KB112264

다시 시작하는 독서

책장에 잠든 설렘을 깨우다

박홍순 지음

비아북
ViaBook Publisher

다시 책을 읽는 이에게

누구에게나 독서의 첫 경험에 대한 기억이 있다. 언뜻 생각하기에는 별로 좋은 기억이 아닐 듯하다. 책이라는 말과 함께 무언가 지겹고 답답한 시간이 떠오르는 사람이 많을 테니 말이다. 하지만 곰곰이 되짚어서 책과 처음 만난 시절로 거슬러 올라가면 의외로 첫사랑처럼 아련한 느낌과 만난다. 독서 인생의 첫 단추는 그리 불쾌한 경험이 아니다.

운 좋게 꽤 '괜찮은' 부모를 만난 덕만은 아니다. 아이에게 적당한 책을 잘 골라주어서 재미를 느끼며 읽을 기회를 제공했거나 아예 옆에서 책을 읽어준 친절한 부모가 있어야만 누리는 호사가 아니다. 대부분 유아기에는 그림책, 초등학생 시절에는 동화책을 접하며 흥미를 느낀다. 만약 책을 읽어주는 엄마나 아빠의 따뜻한 목소리가 함께 있었다면 더욱 큰 설렘으로 남아 있으리라. 그게 아니라 해도 그림책이나 동화책 자체가 주는 즐거움은 첫 독서 경험 속에 스며들어 있다.

우리 모두 과거에 한두 번은 책을 좋아하는 독서가였던 적이 있는 셈이다. 그럼에도 평소 독서가 지겹고 답답한 시간으로 떠오르는 이유는 무얼까? 첫사랑의 설렘을 덮어버린 또 다른 경험이 장기간 강제됐기 때문이다. 한국 교육 현실에서는 중학교와 고등학교 시절 독서에 대한 흥미를 잃어버렸기 십상이다. 암기식 공부와 시험이 대부분인 데다가, 다행히 독서를 하더라도 입시 공부의 일환이었기 때문에 즐거움은커녕 부담으로만 작용하였다.

다시 독서에 마음을 두었다면 두 가지 중 하나일 가능성이 크다. 첫 경험 이후 현재까지 책과 담을 쌓고 살았거나 도중에 한 번 정도 다시 독서에 도전한 경험을 가졌던 경우다. 어느 경우든 다시 책을 향해 손을 내민 마음은 매우 소중한 용기다. 다시 책 앞에 선 동기가 다를 수는 있다. 대학 혹은 직장을 다니면서 자극받은 자기 계발 동기든, 인간과 세계에 대한 보다 넓은 이해의 동기든, 자기 성장의 필요를 느끼고 용기를 내었다는 점에서 소중한 기회다.

다시 시작하는 독서가 실망의 반복으로 가서는 안 된다. 이미 한두 번 실패 경험이 있기 때문에 또 책에서 멀어진다면 회복이 어렵다. 그런데 현실적으로는 성공을 기대하기 어려운 사정이다. 막상 다시 독서를 하겠다고 마음먹어도 막막한 기분을 느껴야 한다. 어떻게 무엇을 읽어야 하는지 감이 잡히지 않으니 말이다. 결국 주먹구구식으로 일단 시작하게 될 것이다.

먼저 베스트셀러 목록에 있는 책을 몇 권 잡아보지만 한두 권을 보고 나면 더 진전되는 느낌이 없다. 대체로 포괄적인 내용을 다룬 입문서이기 때문이다. 대문호로 불리는 작가의 소설로 시작하면 실망 확률을 줄일 수 있지만 문학만으로는 내용적 깊이에 한계가 있다. 덜컥 폼 나는 철학 책을 집어 들었다가는 한 문장 넘어서는 것도 어려워 독서에 흥미를 잃기 십상이다.

당장은 독서에 나름 일가견을 가지고 있는 사람의 추천으로 몇 권의 책을 읽고 기분 좋은 출발을 할 수 있다. 하지만 옆에서 계속 안내받기는 어려우니 어느 순간 다시 난감한 상황을 맞이한다. 독서 능력 상승에 맞도록 괜찮은 책을 지속적으로 추천받는다고 해도 문제는 여전히 남는다. 같은 책도 어떻게 읽느냐에 따라 전혀 다른 성과가 나타나기 때문이다. 가벼워 보이는 소설에서 날카로운 문제의식을 찾아내고, 반대로 깊은 내용을 갖춘 책이지만 영화 한 편에서보다 의미를 찾지 못하는 경우도 많다.

이 책의 목적은 어렵게 용기를 내어 다시 독서를 시작하는 사람들이 맞닥뜨리는 곤란 해결에 도움을 주는 데 맞춰져 있다. 어떻게 읽어야 하고, 무엇을 읽어야 하는지를 구체적으로 잡아내도록 했다. 두 가지 모두

나의 독서 경험에서 얻은 구체적인 사례를 통해 실질적인 도움을 주도록 신경을 썼다. 막연하게 독서의 필요성을 설명하는 책에 머물지 않도록 했다. 전형적인 '워크북'이라고 말하기는 어렵지만, 최대한 워크북의 장점인 구체적이고 실질적인 동반자 역할을 하도록 했다.

독서의 길에서 좌절을 맛보았던 사람 혹은 성공적으로 독서 인생의 초반부를 장식했으나 이후 한 단계 높여나가야 할 시점에 도달한 사람들이 이 책을 통해 앞으로의 독서 인생에 도움을 얻었으면 하는 마음이다.

박홍순

차례

제2부 새롭게 책을 읽는 6가지 방법

독서로 설레는 마음

책의
긴 그림자

"돈이 모이는 대로 쪼르륵 달려가 두어 권을 사 와서는 가슴을 콩닥거리며 읽었다."

독서에 대한 글이니 개인적인 독서 경험으로 시작하는 것도 의미가 있을 듯하다. 초등학교 이전에는 책과 관련하여 아무런 기억이 없다. 가난한 가정 형편 때문에 유치원은 꿈도 꾸지 못했으니 한글도 제대로 배우지 못했다. 책이 있어도 읽을 수 없었다. 워낙 그림을 좋아했고 어느 정도 재능을 타고나서인지 어디든 자투리 지면만 있으면 사람이나 동물을 그리는 게 종이와의 유일한 인연이었다.

초등학생 시절에는 집에서 책을 접할 수 있는 조건이 아니었다. 당시

600원 정도 하던 육성회비를 내지 못해 담임선생이 종종 나를 집으로 돌려보내던 처지였으니 교과서 이외의 책을 바라기는 어려웠다. 그러던 중 형편이 괜찮은 친구 집에 놀러 갔다가 책장에서 몇십 권짜리 '소년소녀 세계 명작 전집'을 발견한 것이 독서 인생의 시작이었다.

한 권을 빌려 본 후에 재미가 붙어서 시리즈 전체를 섭렵하는 호사를 누렸다. 흔히 동화책이라고 부르는 『보물섬』, 『톰 소여의 모험』, 『삼총사』, 『소공자』, 『소공녀』, 『피노키오』, 『피터팬』, 『15소년 표류기』 등을 그렇게 접했다. 나중에야 꽤 진지한 책이라는 걸 알게 된 『장발장』, 『돈키호테』, 『걸리버 여행기』 등을 동화책 버전으로 뭣도 모른 채 읽은 것도 이즈음이다.

초등학교 고학년이 되면서, 한편으로 동화책 시리즈를 거의 다 보기도 했지만, 다른 한편으로 조금씩 밋밋한 기분이 들기 시작할 때쯤 새로운 노다지 광맥을 만났다. 바로 추리소설이라는 신세계였다. 또 다른 친구 집에서 각종 추리소설 전집을 발견했다.

코난 도일의 홈스 시리즈부터 뤼팽 시리즈, 애거서 크리스티 시리즈 등에 이르기까지 손에 땀을 쥐게 하는 짜릿한 이야기가 가득했다. 특히 애거서 크리스티의 『오리엔트 특급 살인 사건』은 강렬했다. 기차 칸에 타고 있던 10여 명이 모두 살인 공범이라는 충격적인 결말에 아연실색했던 기억이 있다.

중·고등학생 시절은 서양 고전소설과의 긴 만남의 시간이었다. 드디어 내가 보고 싶은 책을 서점에서 구입해 보기 시작했던 때이기도 하다. 당시 삼중당이라는 출판사에서 나온 고전소설 문고판 시리즈가 있었다.

한 권에 200~250원 정도 했는데, 이렇다 할 용돈이라는 게 따로 없던 내게 안성맞춤이었다. 『죄와 벌』, 『적과 흑』, 『대지』, 『부활』, 『수레바퀴 아래서』, 『달과 6펜스』, 『무기여 잘 있거라』 등을 그때 만났다. 돈이 모이는 대로 쪼르륵 달려가 두어 권을 사 와서는 가슴을 콩닥거리며 읽었다.

특별히 그럴 듯한 이유가 있어서 고전소설을 접한 것은 아니었다. 지금 와서 생각해보면 다분히 사춘기의 관심이 반영된 듯하다. 남녀의 진한 사랑 이야기를 접하기에 가장 용이한, 어쩌면 유일한 통로였기 때문이다. 물론 중학생 시절, 남학교이다 보니 학교에서 손에서 손으로 건네지는 '빨간책'이 성적인 호기심을 충족시켜주긴 했지만 유치한 건 어쩔 수 없었나 보다. 몇 권 보고 나서는 흥미를 잃었으니 말이다. 상당수 고전소설은 전후 맥락이 있어서 사랑 이야기에 빠져들 수 있는 매력을 제공했다.

헤밍웨이의 『누구를 위하여 종은 울리나』를 보다가 주인공인 조던과 마리아가 침낭 속에서 키스를 나누는 장면이 나오자 괜히 조바심이 났다. 톨스토이의 『부활』을 읽으면서는 여주인공 카추사의 모습을 나름대로 그려보기도 했다. 헤르만 헤세의 『지와 사랑』은 더 충격적이었는데, 소설 속에 나오는 골드문트의 여성 편력이 한편으로 부럽기도 했다. 고등학교 교장 선생님이 번역을 했다는 얘기를 듣고 무심코 구입한 책은 요즘 말로 나를 '멘붕'에 빠트렸다. 성적인 '흥분'을 본격적으로 다룬 로렌스의 『채털리 부인의 사랑』이었다. 혹시라도 누군가가 보고 이상하게 생각할까 봐 다른 종이로 표지를 가리고, 그것도 모자라 몰래 숨겨두고 읽어야 했다.

그때는 몰랐다. 『누구를 위하여 종은 울리나』가 파시스트 세력과 세계 진보 세력의 일대 격돌이었던 스페인 내전 문제를 다룬 내용이라는 것을. 『부활』이 러시아 전제군주제에 대한 저항과 나아가서는 인간이 만든 법이나 제도에 대한 근본적 고민을 담고 있다는 것을. 『지와 사랑』이 인간의 오랜 숙제인 이성과 감성의 갈등을 다루고 있는지도 몰랐다. 오직 애틋한 남녀의 에피소드로만 다가왔다.

고등학생 시절에는 친구들과 초보적인 독서 토론 모임을 갖기도 했다. 채만식의 『레디메이드 인생』을 비롯하여 몇몇 책을 읽고, 비록 두서없고 깊이도 없는 토론이지만 머리를 맞대고 끙끙거렸던 기억이 있다. 독서와 토론을 적극적으로 권하던 몇몇 교사의 영향도 있었던 듯하다. 나중에 그분들은 전교조 운동의 맹아가 된 1985년 '민중교육지' 사건의 주역으로 언론에 발표가 됐다.

철학이나 사상과 관련된 책이라고는 그림자도 구경을 못했다. 물론 고전소설 안에도 깊이 있는 철학이나 사상을 만날 수 있는 내용이 적지 않다. 하지만 대부분 어렴풋하고 단편적인 조각으로 담겨 있기 마련이다. 또한 당시의 내 수준에서는 이조차도 전혀 눈치채지 못했다. 그저 줄거리가 주는 매력에만 빠졌다. 그런 내게 대학에서 접한 책들은 새로운 세상을 열어주었다.

금지된 독서

> 출판에 대한 지독한 검열 때문에 더는 깊이 들어갈 수 없었다.

1980년대 초반, 새로운 삶에 대한 부푼 꿈을 안고 들어간 대학은 내 기대와는 달리 거의 질식할 듯한 분위기였다. 교정의 잔디밭은 사복 경찰들의 쉼터로 변했고, 학교 안에는 일상적으로 전경 버스가 10여 대씩 상주하고 있었다. 그러다가 민주화를 요구하는 시위가 발생하면 득달같이 달려들어 폭력으로 학생을 연행해 가던 시절이었다.

요즘 대학생에게도 나름대로의 갈증은 있을 것이다. 대학은 더 이상 상아탑이라 부르기에도 부끄러울 지경에 이르렀다. 이미 대형 고시학원 또는 취직학원으로 전업한 지 오래다. 대학 도서관 책상에는 공무원 수험서나 각종 고시 관련 수험서가 가득하다. 진리를 추구하며 학문을 탐구한다는 대학의 기능이 역사책 속에나 기록될 법한 일이 되었다. 대학은 이제 시장의 한 부분이 되었고, 학생에게 요구되는 것은 시장에서의 경쟁뿐이다.

그러니 과거나 지금이나 대학이 실망스럽기는 마찬가지다. 하지만 그렇다 하더라도 1980년대 초반의 대학에서 느끼는 질식감은 지금과 차원이 달랐다. 최소한의 의사 표현조차 자유롭지 못하고 정규 수업으로 군사훈련을 받아야 하는 대학은 병영 성격이 더 강했다. 질식은 갈증을 낳았다. 아픔을 낳고 있는 시대와 현실을 알고 싶었다.

하지만 갈증을 풀어줄 책이 도무지 알량하기 그지없었다. 약간이라도 사회 비판 의식을 갖고 있는 책은 거의 예외 없이 출판 금지를 당했기 때문이다. 금서 혹은 그에 가까운 취급을 받은 책 가운데 한완상의 『민중과 사회』와 『민중과 지식인』, 리영희의 『전환시대의 논리』, 송건호 등의 『해방전후사의 인식』, E. H. 카의 『역사란 무엇인가』 등이 사회와 인간을 바라보는 새로운 문제의식을 열어주었다. 10여 권 이상으로 묶여서 출판된 교양 전집류 『창작과 비평』, 『씨알의 소리』도 많은 도움을 주었다.

그렇게 세상과 나에 대한 문제의식을 넓혀나가던 중 보다 체계적으로 깊이 있는 독서를 해야겠다는 강한 욕구를 자극받은 책을 만났다. 최종식의 『서양경제사론』은 대학 시절의 독서에서 가장 큰 전환점을 마련해주었다. 원시사회 공산제로부터 고대 그리스 · 로마의 노예제, 중세 유럽의 봉건제를 거쳐 근대 자본주의의 확립과 발전 과정까지 서양의 역사를 경제적 변동을 중심으로 탐구한 책이다.

처음으로 수천 년의 인류 역사 전체를 조망하는 시야, 그것도 평면적인 사건 나열이 아니라 역사의 거시적인 변동 원인까지 파고들어가는 접근이 나에게 전율을 불러일으켰다. 또한 처음으로 한 권의 책을 여러 번에 걸쳐 다시 곱씹으며 읽는 경험을 선사했다. 강물이 시작되는 수원지를 찾아 들어가는 기분으로 관련된 책을 찾아 읽었다. 모리스 돕Maurice Dobb의 『자본주의 발전 연구』, 박현채의 『민족경제론』이나 『민중과 경제』, 김용섭의 『조선후기농업사연구』 등이 그렇게 찾아 읽게 된 책이다.

하지만 출판에 대한 지독한 검열 때문에 더는 깊이 들어갈 수 없었다. 그 흔적이나마 살펴볼 수 있는 책이 어렵게 나오더라도 판매 금지 도서가 되기 일쑤였다. 그때 가로막힌 답답함과 갈증을 해소해줄 돌파구를 일본 서적을 통해 만났다. 문법 책을 펼쳐놓고 일어를 배워가면서 접한 일어판 경제학, 사회과학, 철학 서적이 많은 도움이 되었다. 대부분 복사본이어서 글자가 흐린 데다 겉모습도 초라했지만 뜨거운 피를 돌게 했다.

유난히 이와나미출판사(岩波書店) 책이 많았다. 어쩌다 복사본이 아닌 책을 어렵게 구하게 됐는데, 이와나미에서 펴낸 두툼한 『경제학사전』이었고, 그때 촘촘하게 밑줄을 그어가며 읽은 내용이 현재에 이르기까지 엄밀한 개념 이해의 토양을 제공했다. 이 출판사가 발행하는 일본의 대표적 월간 학술잡지인 『세카이(世界)』는 이후 종종 세계에서 벌어지는 각종 사건에 대한 이해와 국제 정세를 해석하는 진보적 시각을 제공해주었다.

문학작품 독서에도 변화가 찾아왔다. 중 · 고등학생 시절에는 서양 고전소설에서 거의 벗어나지 않았다. 하지만 대학 시절에는 간혹 손에 잡히는 시집으로 이를 대신했다. 몇 가지 이유가 있었다. 먼저 한정된 시간에 집중적인 독서를 해야 하는 상황에서 소설의 긴 호흡이 꽤 부담스러웠기 때문이다. 다음으로 고등학생 때까지 교과서에서 만난 시인과는 격이 다른, 꽤나 매력적인 시인들을 만났기 때문이다. 김수영과 신동엽, 보다 가깝게는 김지하와 김남주, 나아가서는 박노해 등이 그러한 시인이었다.

당시 나름대로 인문학이나 사회학 고전에 대한 파악 능력을 갖추었다고 자신하며 도전한 책에서 어이없이 실패한 쓰라린 경험도 있다. 터무니없을 정도로 일방적인 포기여서 이후 몇 년은 다시 시도할 엄두를 내지 못했다. 그렇게 겁 없이 덤볐던 책이 바로 독일 철학자 헤겔의 세 권짜리 『대논리학』이었다. 한 문장 한 문장 나아가는 게 안 되는 마당에 전체적인 이해는 아예 꿈도 꿀 수 없었다. 헤겔이라는 높은 산을 어렴풋이나마 오르기 위해서는 몇 년 이상의 공부가 더 필요했던 것이다.

대학 시절의 독서 경험 덕분에 이후의 독서는 상당 부분 어떤 분야나 주제를 정해놓고 그 기원에서 시작하여 초기 정착 과정, 몇 차례의 변천 과정을 거쳐 현재의 특징에 이르기까지 역사적인 궤적을 살피는 방식으로 이어졌다.

감옥으로부터의 사색

> "5년이 넘는 기간은 적어도 독방에서는 도무지 끝을 가늠할 수 없는 고통의 시간이었다."

대학 끝 무렵 민주화운동 과정에서 겪은 1년 이상의 감옥살이는 또 다른 독서 경험을 얻게 해주었다. 밥 먹고 자는 시간 이외에 1년이 넘는 기간 동안 오직 책만 봐야 했다. 강제된 고통이었지만, 어쨌든 결과적으로 보면 한 평이 안 되는 독방에서 책과 나만 마주하는 절대 고독의 시간을 보냈다. 그만큼 상당 기간 오롯이 독서에 전념하는 기회를 가져본적이 어디 있었겠는가. 집중적인 독서가 일상적인 독서에 비해 얼마나 큰 효과를 발휘하는지 경험한 시간이었다.

또한 하나의 영역을 붙잡고 씨름한 기간이기도 했다. 그 영역은 자의 반 타의 반으로 고대에서 근대까지의 한국 역사에 한정되어야 했다. 먼저 타의가 강했다. 1980년대 초·중반의 감옥은 양심수에게서 책 읽을 기회를 앗아가려 했다. 조금이라도 사회 비판적 내용이 포함된 책이면 여지없이 불허 조치가 내려졌다. 오죽하면 『샘터』라는 잡지 이외에 모든 책이 불허라는 말이 나올 정도였겠는가. 제목에 민중이라는 단어는 물론이고 해방, 저항, 비판, 지식인, 제3세계, 모순, 변증법 등 심지어 민족이라는 단어만 들어가도 금지 딱지가 붙었다.

소설이나 여성잡지만 볼 수는 없는 노릇이어서 불허 대상이 되지 않아 체계적으로 독서할 수 있는 영역을 찾아야 했다. 철학이든 경제학이든 외국 사상가의 책은 제대로 번역되어 있지 않으니 애초에 체계적인 독서가 사실상 불가능했다. 그나마 풍부하게 접근할 수 있는 국내 저자나 자료는 한국 역사와 관련된 것이었다. 그 결과 나름대로 짜낸 묘안이 한국 고대사에서 근대사까지에 해당하는 책이었다.

해방 이후 현대사는 사사건건 문제가 되니, 그 이전으로 멀찍이 거슬러 올라가는 수밖에 없었다. 삼국시대나 고려시대, 조선시대를 놓고 시비를 걸지는 않을 테니 말이다. 다만 나중에 일제강점기를 놓고는 다시 교도소 측과 실랑이를 벌여야 했다. 제도 교육 과정에서는 철저하게 배제됐지만, 역사적으로는 도저히 부정할 수 없는 좌파 계열의 독립운동과 관련된 내용이 부분적으로라도 들어가면 어김없이 허가 여부를 둘러싼 충돌이 벌어졌기 때문이다. 어쨌든 1년 남짓 모든 시간을 한 영역만을 파고들면서 책과 대화를 나누는 데 썼던 경험이 나의 독서 인생에 하나의 전형이 되었고, 큰 버팀목이 되었다.

이후 현재에 이르기까지, 관심 영역이나 주제를 정하고 일정 기간 횡과 종으로 접근하는 방식으로 독서를 해왔다. 서양철학사, 중국과 한국을 중심으로 한 동양철학사, 세계사, 경제 이론사, 미술을 비롯한 예술의 역사 등이 각각 그렇게 몇 년씩의 독서를 통해 만난 영역이다. 그 과정에서야 비로소 알았다. 헤겔 이해에 있어서는 텍스트 분석 능력만이 아니라 그 이전까지의 서양철학 전체에 대한 이해가 전제되어야 한다는 점, 특히 독일 관념론 철학에 선행하는 근대 철학에 대한 이해가 필요하다는 점을 말이다. 몇 개월에 걸쳐 칸트의 『순수 이성 비판』을 한 문장씩 뜯어보고 나서야, 마찬가지로 헤겔의 각 문장이 제대로 눈에 들어오기 시작했다.

지난 10여 년 동안 집필하고 출판한 20여 권의 책은 이러한 독서 경험의 결과물이다. 특히 사회운동 과정에서 1990년대 초반에서 후반에 이르는 5년이 넘는 기간 동안 다시 한 번 감옥살이를 했다. 5년이 넘는 기간은 적어도 독방에서는 도무지 끝을 가늠할 수 없는 고통의 시간이었다. 고통의 증가가 역설적이게도 다른 한편으로 독서와의 밀착도 증가로 나타났다. 물론 오랜 사회 활동의 경험 속에서 형성된 문제의식이 적지 않게 작용했겠지만 기본적으로 내가 겪어온 독서, 초등학생 때부터 현재까지 40여 년의 독서 인생이 가장 중요한 토대 역할을 했다.

"금전과 효율성이 지배하는 사회에서 인간적 가치나 생명의 가치는 사치가 되어버린다."

개인적인 요소가 포함되어 있기 때문에 모두가 공감하는 독서 경험은 아닐 수 있다. 초등학생 시절에 처음으로 책과 인연을 맺은 이후 현재에 이르기까지 독서의 길에서 한 번도 단절을 겪어보지 않았으니 말이다. 하지만 오랜 기간 책을 매개로 사람들을 만나왔던 만큼 어떤 면에서는 단절 경험을 가진 사람 혹은 여전히 독서에 갈증을 느끼는 사람을 누구보다 자주 접했다. 어떤 사정이 있고, 선뜻 다시 책을 향해 손을 내놓지 못하는 심정이 무엇인지도 나름대로 충분히 겪어서 알고 있다.

또한 어떤 면에서는 독서에 관한 한 나와 비슷한 정서를 갖고 있는 사람이 의외로 적지 않다. 대학 시절 초반기까지의 독서 경험에 대해서는 공통의 기억으로 느끼는 사람이 적지 않을 것이다. 모두라거나 대부분이라고 할 수 없지만, 또한 시대의 차이는 있지만 어느 정도 공감할 수 있는 문화적 분위기라고는 할 수 있다.

초등학생 때 소년소녀 세계 명작 소설을 접하고, 중·고등학생 때 대문호로 불리는 몇몇 작가의 고전소설을 접한 추억을 갖고 있다. 대학에 들어가서 인문학이나 사회학 입문서를 통해 조금은 더 적극적으로 세상과 만났던 기억도 공유한다. 종종 대형 서점에 들러 설레는 마음으로 신간 서적을 살피고 한두 주일을 함께 지낼 책을 골랐던 사람도 많다. 물론 정도의 차이는 있을 것이다.

10여 년 전까지만 해도 지하철이나 버스에서 책을 읽는 사람의 모습은 언제나 접할 수 있는 풍경이었다. 학생이든 직장인이든 가방이나 손에 책 한 권쯤 갖고 다니는 모습도 흔했다. 대학에서는 독서를 매개로 한 다양한 동아리가 활발하게 활동했다. 문제는 그 많은 독서가들이 지금은 어디에 있는가 하는 점이다.

현재 20~30대라고 해서 집단적 독서 경험이 전혀 없는 것도 아니다. 중 · 고등학교에서 독서 교육이 시작되면서 신기한 기분으로 고전 입문서를 접했던 경험이 있다. 더군다나 10여 년 전부터는 초등학생 독서토론 교육이 상당히 보급된 상태이기 때문에 지금 20대 청년에서 청소년 사이라면 집단적인 독서 경험에서 멀리 떨어져 있지 않다. 제한된 시기이긴 하지만 책과 사귄 적이 있는 그 많은 초보 독서가는 지금 어디에 있는가?

독서에 관한 한 후진국이라는 소리를 자주 듣는 한국 사회이지만 그 저변에는 책과 인연을 맺었던 덕에 언제든지 적절한 기회와 조건만 주어지면 책으로 손을 내밀 예비 독서가의 폭이 상당히 두텁다. 다시 책을 벗으로 삼고자 하는 예비 독서가가 길을 찾을 수 있도록 함께 걷는 친절한 안내자만 있다면 풍성한 독서 문화는 가히 희망적이다.

독서는 개인적 측면이든 사회적 측면이든 어떤 상황에서도 포기할 수 없는 과제다. 책은 직접 겪어서 접할 수 없는 새로운 발상을 제공한다. 시간과 공간의 한계를 뛰어넘어 인류가 수천 년 쌓아온 생각과 경험을 우리가 원하는 만큼 보여준다. 독서를 통해 높아진 꿈을 실현하기 위해 도전하고 시행착오와 시련을 겪으면서, 자율적이고 자립적 인간으로 나아가는 정상적인 성장의 길이 열린다.

개인의 문제만이 아니다. 독서에서 멀어짐으로써 사회도 병들어간다. 인문학이 무너지면 사회의 윤리적 기반도 무너진다. 기술적·기능적 사고만이 지배하면서 사회 각 영역에서 윤리의 토대가 허물어진다. 학문이 오직 돈 버는 수단으로 치부되고 삶의 의미가 금전적 가치에 종속되는 현실에서, 인간에 대한 성찰은 기대할 수 없는 지경에 이른다. 눈앞의 이해관계 안에서 반복적 일상을 보낸다. 금전적 논리와 효율성의 논리만이 지배하는 사회에서 인간적 가치나 생명의 가치는 사치가 되어버린다.

독서는 나와 세상을 혁신하는 매우 중요한 기둥이다. 개인적으로는 삶에 대한 새로운 문제의식, 어제와 다른 내일의 전망을 고민하게 한다. 분석적이고 종합적인 사고 능력, 비판적이고 창의적인 사고 능력을 고양시킨다. 독서는 세상을 바꾸는 힘이기도 하다. 사회의 수준은 개인의 수준을 반영하기 때문이다. 독서로 성숙해진 개인이 사회의 수준을 높인다. 민주주의와 인권, 문화가 발달한 나라일수록 높은 독서량을 보이는 것은 우연이 아니다.

새로운 사고의 지평을 위해서는 인문학적 상상력이 필요하다. 관성과 상식의 세계에서 벗어나기 위해 그간 익숙하던 것을 낯설게 바라보는 자유로운 발상이 필요하다. 문제는 자유로운 발상이 하루아침에 찾아오지 않는다는 점이다. 가장 좋은 방법은 고정관념에서 벗어나 새로운 시선과 발상으로 사유를 전개했던 고전과 독서를 통해 만나는 일이다. 다행히 오래전부터 사상가와 작가, 예술가 등이 사유 실험을 해왔다. 고전을 만나 다르게 바라보고 현상 이면을 파고들어가 생각하는 경험이 축적될 때 새로운 시야와 사고 지평이 열린다.

독서의 설렘을 되찾고 한동안 비켜서 있던 독서의 길로 들어섰다면 이제 구체적인 방법을 고민해야 한다. 작심삼일, 아니 보다 현실적으로 말해서 작심석달로 끝나지 않을 세밀한 계획을 세워야 한다. 자기 나름의 독서 목표, 기존의 독서 경험, 현재 도달한 이해력 정도 등에 따라 세부적인 부분에서는 일정한 차이가 생길 수밖에 없다. 그러나 독서가 성공의 방향으로 향하도록 하는 공통분모는 있다. 그 토대 위에 자기 특성에 맞는 계획을 세울 일이다. 자기만의 독서 인생을 튼튼하게 세우는 전략과 방법을 찾기 위해 함께 보조를 맞춰 한 발짝씩 걸어보자.

제1부

독서의 어려움과 가능성

내 앞의 장애물

•

새롭게 시작하기

1장

내 앞의 장애물

경제 동물의 삶

"독서에 관한 한 우리가 일본인보다 몇 배는 더 경제 동물이다."

한국인에게 왜 책을 읽지 않는지 물어보면 대체로 "바빠서!"라는 대답이 돌아온다. 학생이라면 대학 입시 때문에 책 볼 시간이 없다고 한다. 마찬가지로 대학생은 취업 준비 때문에 다른 데 시선을 돌릴 수 없다고 한다. 이미 직장을 다니는 성인이라면 일 때문에 마음의 여유가 없다고 한다.

하지만 냉정하게 말하면 대부분 핑계일 뿐이다. 여가 시간 부족이 충분한 독서를 가로막는 중요한 조건일 수는 있다. 하지만 조건만으로는 도저히 설명할 수 없을 정도로 독서 현실이 참혹하다. 특히 극심한 경쟁이나 부족한 여가 시간에 관한 한 우리와 그리 큰 차이가 나지 않는 일본과 비교해도 그렇다. 청소년이나 대학생도 입시 준비나 취업 준비 때문이라고 변병하기 어렵다. 한국만큼이나 입시 지옥과 취업 지옥에 시달리는 일본에 비해 독서량이 고작 몇 분의 1 수준이니 말이다. 우리보다 조금은 덜하지만 그래도 큰 차이는 없을 정도로 장시간 노동과 높은 노동 강도가 강제되는 일본 직장인에 비해 마찬가지로 몇 분의 1에 불과한 독서량을 보면 일 핑계를 대기도 어렵다.

외적 조건 이전에 책을 읽어야겠다는 절실한 마음이 없다. 돈이 되는 것 이외에는 별 관심이 없다. 사실 독서만이 아니다. 텔레비전 드라마나 블록버스터 영화처럼 아무 생각 없이 한순간 소비할 수 있는 것이 아니라면 미술 전시회를 비롯하여 문화 전반에 대해서도 별 관심이 없다. 취업이나 연봉 혹은 승진과 관련된 성적이나 자격증, 처세술이 아니라면 도무지 책으로 손이 가지 않는다. '방에 책이 없는 것은 몸에 정신이 없는 것과 같다'는 키케로의 말은 그저 한가한 인간의 '꼰대' 같은 지적일 뿐이다.

세계인이 일본인을 조롱할 때 흔히 쓰는 말이 '이코노믹 애니멀 Economic Animal'이다. 경제적 실리에 관한 일에는 물불 가리지 않고 달려들지만 다른 것은 거들떠보지 않는다고 하여 '경제 동물'이라고 빈정대는 것이다. 하지만 독서에 관한 한 우리가 일본인보다 몇 배는 더 경제 동물이라고 해도 별로 부정할 방법이 없다.

직업과 관련된 전문 지식 습득이 불필요하다거나 이를 소홀히 해도 된다고 말하고 싶은 마음은 조금도 없다. 특히 현대 정보화사회에서는 일상적으로 전문 지식을 스스로 갱신해야 한다.

이와 관련하여 미국의 경영학자로서 현대 경영학을 창시한 학자라 평가받는 피터 드러커Peter Drucker는 『프로페셔널의 조건』에서 다음과 같이 강조한다.

"지식은 빨리 변한다. 오늘은 확실했던 것이 내일에 가서는 어리석은 것이 되어버리는 것이야말로 지식의 본질이다. 새로운 조직 사회에서 어떤 한 분야의 전문 지식을 갖고 있는 지식인은 4년 내지 5년마다 '새로운' 지식을 습득해야 한다. 그러지 않으면 소유하고 있는 지식이 모두 진부한 것이 되어버려 시대에 뒤떨어진 사람이 되고 만다."

앨빈 토플러가 『제3의 물결』에서 앞으로는 지식이 가장 중요한 권력이라고 말한 것은 잘 알려져 있다. 농업혁명과 산업혁명에 이어 정보혁명이라는 제3의 물결 아래서는 지식이 가장 중요한 자원이라고 한다. 이를 습득하는 최고의 방법은 단연 책이다. 경제적인 측면에서도 책은 중요하다.

그런데 전문 지식에는 일종의 유통기한이 있다. 특히 정보 기술과 관련된 지식은 피터 드러커가 말한 4년 내지 5년이라는 기간조차 길게 느껴질 정도로 빠르게 변화한다. 게다가 기존의 지식에 새로운 지식이 덧붙여지는 누적 방식에 머물지 않고, 아예 전혀 다른 지식으로 대체되는 경우도 적지 않기 때문에 전문 지식 습득을 게을리하면 경쟁력을 상실

할 위험에 처한다. 경제나 경영 관련 지식도 비슷할 것이다.

하지만 전문 지식으로 한정된 독서는 필연적으로 정신적 불구를 만든다. 전문 지식 자체로는 기술적인 면에서 발전이라고 할 수 있지만, 심한 경우 인간과 사회에의 영향이라는 점에서는 얼마든지 후퇴가 발생할 수 있기 때문이다. 원하지 않던 결과를 포함하여 다양한 영향이 섞여 나타날 수 있기에 인문학적·사회학적 견지에서의 검토와 가치판단이 필요하다.

맹자가 『맹자』에서 기능적인 전문 지식에 머물 때 나타나게 될 위험을 날카롭게 지적한 다음 내용은 충분히 경청할 필요가 있다.

> 봉몽逢蒙이 활쏘기를 예羿에게서 배웠다. 예의 기술을 다 배우고 나서 생각해보니, 천하에 오직 예만이 자기보다 재주가 훌륭했다. 이에 예를 죽여버렸다.
>
> 맹자가 말했다. "이렇게 된 데는 예에게도 죄가 있지."
>
> 공명의公明儀가 말했다. "거의 죄가 없는 듯한데요?"
>
> 맹자가 말했다. "가볍다고는 할 수 있겠지만, 어찌 죄가 없을 수야 있겠소?"

언뜻 봐서는 무슨 의미인지 한눈에 들어오질 않는다. 『맹자』에는 더 이상 설명이 없으니 스스로 맹자가 말하고자 하는 바를 찾아내는 수밖에 없다. 예는 활을 쏘는 기술로 유명한 사람이다. 그의 제자가 천하 명궁의 이름을 홀로 얻기 위해 스승을 죽였는데, 맹자는 스승에게도 죄가 있다고 한다. 상대방이 어리둥절하여 무슨 죄가 있다는 것이냐며 묻는데, 맹자는 그저 제자보다는 아니지만 스승에게도 죄가 있다는 말을 되풀이한다.

도대체 왜 제자에게 죽임을 당한 예에게 죄가 있다는 걸까? 스승은 오직 제자가 활 쏘는 기술을 잘 배우도록 가르치는 일에만 힘썼을 뿐인데 말이다. 일반적으로 사회에서 장점으로 여기는, 한눈팔지 않고 기술 전수에만 매달린 그 태도와 방식이 바로 죄다. 기술만 가르치고 인간의 도리는 가르치지 않았으니 기술을 위해 스승을 죽이는 행위까지 서슴지 않고 자행한 것이라는 지적이다. 그러니 어찌 스승에게 죄가 없겠느냐고 한다.

인간과 사회에 관련하여 옳고 그름이라는 가치판단이 배제된 전문 지식 공부가 얼마나 큰 폐해를 만들어낼 수 있는지를 언급한 내용이다. 직업과 관련된 전문 지식 습득을 독서와 공부의 전부처럼 생각하는 사고방식이야말로 경제 동물을 만드는 주범이다. 다시 말해서 경제 동물은 학력이 부족해서 혹은 어쩔 수 없이 육체노동에만 의존해야 하는 상황에서 생기는 증상이 아니다. 학력과 무관하게 인간의 존재 의미와 행복을 오직 물질적인 차원의 먹고사는 문제로 여길 때 자라난다.

물론 우리 모두가 유명한 독서광이 될 수는 없다. 엄청난 독서가이며 애서가로 유명한 나폴레옹은 전쟁 중에도 사서를 통해 계속 신간 서적을 구입했다고 한다. 한가할 때는 대부분의 시간을 책과 함께 보냈다. 세인트헬레나 섬에서의 유배 생활 당시 그의 '재산 목록' 중에는 프랑스어뿐만 아니라 라틴어와 히브리어로 된 책을 포함한 8,000점의 장서가 중요한 위치를 차지했다고 한다.

르네상스를 대표하는 학자 에라스무스나 환상적 사실주의 문학을 상징하는 보르헤스도 대단한 독서광이었다. 이들의 자서전을 보면 독서에 대한 남다른 태도가 나타난다. 에라스무스는 "약간의 돈이 생길 때마다 나는 책을 산다. 그렇게 하고 남는 돈이 있을 때, 비로소 나는 먹을 것과 입을 것을 산다."고 했다. 먹고사는 일보다 책이 우선순위에 들어간다. 그에게는 육체의 양식보다 정신의 양식이 더 중요했다. 보르헤스는 한술 더 떠 "새 없는 세상을 상상할 수 없는 사람이 있다. 물 없는 세상을 상상할 수 없는 사람이 있다. 나로 말할 것 같으면, 책 없는 세상을 상상할 수 없다."고 했다. 아예 이 세상의 의미를 책에서 찾았다.

일상생활을 하며 살아가는 대부분의 사람이 사상가나 작가, 그 가운데서도 둘째가라면 서러워할 정도로 유별난 독서광과 같을 수는 없다. 또한 그렇게 되자고 하거나 닮아가자고 권할 생각도 없다. 그들에게는 그들의 몫이 있고 평범한 삶을 사는 사람에게는 또 그 나름대로의 몫이 있으니 말이다. 하지만 적어도 경제 동물로 살지는 말아야 한다. 먹고사는 문제에만 몰두하는 생활은 하다못해 작은 벌레도 한다.

인간도 생존하고 번식하는 존재인 이상 먹고사는 문제에 상당히 신경을 쓸 수밖에 없다. 다만 여기에 머물지 말자는 말이다. 조금만 노력하면 최소한 경제 동물로 살아가지 않을 수는 있다. 책이 우리 내면을 가득 채우지는 못한다 할지라도 우리가 책과 친구처럼 서로 대화하고 의지하며 살아갈 수는 있다.

자존심과 비평 기질

"자신과 다른 견해를 가진 사람으로부터 배울 기회를 스스로 차단해버리고 만다."

독서를 방해하는 적은 사회적 상황을 비롯한 외부 조건이나 경제동물로서의 사고방식에만 있는 것이 아니다. 프랑스 문예평론가 파게는 지난 100여 년 동안 독서법의 고전으로 읽혀오고 있는 『독서술』에서 내부적인 독서의 장해물을 다음과 같이 언급한다.

"내가 말하고자 하는 독서의 적은 잘 읽는 것, 유용하게 보람 있게 유쾌하게 읽는 것을 방해하는 기질이라든지 경향이라든지 습관 같은 것들이다. 이렇게 보면 독서의 중요한 적은 자존심, 겁, 열정 그리고 비평 기질 등이다."

먼저 자존심이 어떻게 읽는 것을 방해하는 독서의 적이 되는가? 자존심은 자부심이나 자기애 혹은 질투심으로 표현될 수도 있다. 한국에서 가장 문제가 되는 방해물이다. 많은 한국인이 독서의 필요를 잘 느끼지 못하는 이유가 여기에 있다. 이미 자신은 세상과 인간에 대해 충분히 많은 것을 알고 있기 때문에 별도로 애써 책을 읽을 필요가 없다고 생각하는 것이다.

이미 많은 것을 알고 있다는 자부심이 독서에 대한 열린 마음을 가로막는다. 보통은 몇 가지 통로를 통해 얻은 정보를 배워야 할 지식의 전부로 여긴다. 먼저 어릴 때부터 생존경쟁에서 터득한 요령을 곧 인간과 세상에 대한 지식이라고 본다. 혹은 중 · 고등학교 시절에 교과서에서 배운 지식을 포장하는 정도로 충분하다고 단정하기도 한다. 가장 흔한 경우로는 텔레비전 뉴스나 신문, 잡지를 통해 얻은 단편적 정보를 곧 지식으로 여기면서 책 읽을 필요성을 느끼지 못하는 사람들이다. 그래서 공자는 『논어』에서 지적 겸손을 중시한다.

"유由야! 네게 안다는 것에 대하여 가르쳐주겠다. 아는 것을 안다 하고, 모르는 것을 모른다 하는 것이 바로 아는 것이다."

모든 공부의 진지한 출발은 무지의 자각에서 비롯된다. 자존심, 자부심, 자기애 가운데 무엇이라고 부르든 자신에 대한 오만은 필연적으로 지적 게으름을 초래한다. 보통 자동차 운전을 배우고 1년 정도 운전을 하면 겁이 없어지면서 과속 운전을 하게 된다. 큰 사고가 나기 십상이다. 알량한 경험과 지식에 지나치게 자만하기 때문에 나타나는 현상이다. 독서나 공부도 마찬가지다. 우리는 자신이 부족하다고 느끼는 만큼만 더 배울 수 있다.

다음으로 책 앞에서 겁을 먹는 것도 독서와 거리를 만드는 내적 요인이다. 여러 종류의 겁이 부정적인 작용을 한다. 어려울 것이라고 지레짐작하거나 당장의 어려움을 극복할 수 없는 장벽으로 여겨 한 단계 진전된 내용으로 나아가는 독서를 포기한다. 고민 없이 봐도 되는 가벼운 소설에 머물고, 인문학 고전을 비롯해 독해 능력을 필요로 하는 책에는 아예 다가서지를 않는다.

사상가나 저자의 권위에 주눅이 드는 겁도 문제다. 고전을 읽으면서 내 나름대로의 관점으로 접근하기보다 사상가의 생각을 따라가기에 급급한 경우가 많다. 그 이유로는 여러 가지가 있다. 대부분은 내용 이해만으로도 벅차 비판적 접근은 엄두조차 나지 않는다는 것이다. 이 상태로는 책을 읽어도 소화시키지 못하고 뒤꽁무니만 따라가는 뒤떨어진 독자가 된다. 결국 어느 정도 기간이 지나면 독서에 흥미를 잃게 된다.

대작가나 대사상가로 통하는 사람에게서 느껴지는 무게감 때문에 겁이 나기도 한다. 다시 말해 '감히 대사상가의 생각에 도전하다니'라는 생각이 앞서는 것이다. 그러한 면에서 이러한 겁은 열정이라는 감정과 겹치기도 한다. 저자에 대한 추종이라는 점에서 열정이지만, 다른 한편으로 뒤집어서 보면 겁이기도 하다. 이때도 자기 나름의 관점을 갖지 못하고 독서의 기쁨을 제대로 누릴 수 없다.

그러므로 작가나 사상가의 핵심 주장을 충분히 이해한 후에는 상대편의 입장에서 어떤 의문이 제기될 수 있는지 논쟁적 접근을 하는 것이 필요하다. 또한 저자가 주장을 펼치는 과정에 논리적 비약이나 모순이 없는지 추적해야 한다. 나아가서는 주장을 뒷받침하는 논거가 타당하고 적절한지도 관심의 대상이 된다.

이 과정에서 또 다른 편향에 빠지지 않도록 주의해야 한다. 파게가 '비평 기질'이라고 표현한 편향이다. 읽고 있는 책에 대한 충분한 이해가 마련되기도 전에 섣불리 비평의 잣대를 들이대는 경향을 말한다. 성급한 비평 기질은 작품 자체로부터 오는 생생한 감동을 앗아가 버린다.

이는 이해와 통찰, 대안적 모색보다 대립에서 자기만족을 구하는 '불평' 일 뿐이다.

이러한 태도나 접근으로는 책을 통한 기쁨을 제대로 누릴 수 없고, 결국 어느 정도 경험한 후에는 오히려 책에 거리감을 느끼게 된다. 당연히 독서를 통한 깊이 있는 공부가 어려워진다. 조선 후기의 실학자이자 역사학자인 안정복 역시 「권기명에게 답함」이라는 글에서 독서에서 나타나는 비평 기질을 경계한다.

> "책 한 권을 읽고 한 가지 이치를 얻는 데도 침잠하여 꼼꼼히 하는 공부를 보탤 겨를도 없이 먼저 제 주장부터 늘어놓아 반드시 자기 뜻에 합치되기만을 구하려 든다. 만약 이런 점을 서둘러 돌이키고 빨리 되돌리지 않는다면 (…) 이기려고만 들 뿐 뜻을 겸손히 해서 마음을 비워 받아들이는 뜻이 사라지고 만다."

독서를 하면서 상대가 말하고자 하는 바가 무엇인지를 파악하는 데 먼저 초점을 두기보다 자기주장을 내세우는 데 급급한 버릇을 비판한다. 이러한 사람은 자기 시야 안에서만 상대를 이해하려 한다. 만약 자기 관점과 조금이라도 다른 부분이 발견되면, 전체적인 이해를 뒤로 한 채 일단 비판의 날을 세우기 바쁘다. 그 결과 자신과 다른 견해를 가진 사람으로부터 배울 기회를 스스로 차단해버리고 만다. 지극히 협소한 자기 지식 안에 머물고, 자기 한계를 넘어서는 보다 큰 공부에 결정적인 방해가 된다.

독서를 방해하는 내부의 적을 정확히 파악하여 자기 주변에서 걷어낼 때 우리는 비로소 독서의 즐거움과 성찰 그리고 이를 통해 성장하는 자신을 발견한다. 평생에 걸쳐 책을 자신의 벗이자 동반자로 삼아 살아갈 수 있다.

잡식성 독서가 주는 허무

" 아무런 체계 없이 그냥 손에 잡히는 대로 읽는 경향에 빠져 있는 경우다. "

독서에 관한 한 나름대로 일가를 이루었다고 자신하는 사람 가운데 스스로 잡식성임을 자랑스럽게 말하는 경우를 드물지 않게 본다. 이들은 책을 닥치는 대로 읽어치웠다는 점을 뿌듯하게 생각한다. 이러한 방법을 아예 바람직한 독서법으로 권하기도 한다. 영국을 대표하는 정치가이자 노벨문학상을 수상한 작가이기도 한 윈스턴 처질도 수상록 『폭풍의 한가운데』에서 잡식성 독서를 권한다.

> "쓰다듬고, 쳐다보기라도 해라. 아무 페이지나 펼쳐서, 아무거나 눈에 띄는 구절부터 읽기 시작하는 거다."

처칠에 의하면 어느 책을 읽든 상관없다. 책장에 다양한 분야의 책을 꽂아두고 말 그대로 책 구경을 하는 것이어도 좋다. 그러다가 아무 책이나 한 권 뽑아서 보면 되고, 심지어 처음부터 읽을 필요도 없다. 아무 데나 펼친 후에 눈길을 끄는 대목부터 읽어나가면 될 일이다. 그리고 어느 정도 읽다가 책장에 다시 꽂아둔 후 다음 날에 굳이 그 내용을 이어서 볼 필요도 없다. 또 다른 책을 집어서 전혀 다른 내용으로 시작해도 무방하다는 것이다.

처칠만큼 극단적인 방법은 아니지만 마이크로소프트의 창업자이자 전 최고경영자인 빌 게이츠Bill Gates도 잡식성 독서가로 잘 알려져 있다. 자신의 직업과 연관된 분야인 컴퓨터나 비즈니스는 물론이고 인문학, 사회학 등 다양한 분야를 섞어 읽는다. 자신의 블로그인 '게이츠 노트'에 그동안 올린 서평만 해도 경영학, 문학, 과학, 철학, 사회학 등 분야를 가리지 않고 백수십 건이 넘어설 정도로 잡식성 독서를 즐긴다.

잡식성 독서를 어떻게 볼 것인가를 논의하기 위해서는 먼저 '잡식성'의 의미부터 분명히 해야 한다. 만약 다양한 분야에 대한 관심을 의미한다면 전혀 문제 될 게 없다. 오히려 지극히 정상적이고 바람직한 경향이다. 기본적으로 독서를 즐긴다는 것은 잡식성 경향을 전제로 하기 때문이다.

각각의 학문 영역은 인간과 세상에서 벌어지는 다양한 현상을 인위적 기준에 따라 구분하고 분류한 것이다. 하지만 엄밀하게 말해서 현실에서 정확하게 구분될 수 있는 벽은 아니다. 예를 들어 우리 머릿속에서는 편의상 정치와 경제를 구분하지만 현실에서는 이들이 서로 섞여 특정한 현상으로 나타나기 마련이다. 문학과 철학을 그리 명확하게 분리할 수 있는가 하는 것도 문제다. 결국 독서에 대한 관심은 인간과 세계에 대한 관심을 의미하고, 그만큼 다양한 분야로 접촉면을 넓히는 방향으로 나아가는 게 당연하다.

하지만 자신의 독서를 잡식성이라고 말하는 사람 가운데 상당수는 다양성이 아니라 아무런 체계 없이 그냥 손에 잡히는 대로 읽는 경향에 빠져 있다. 다양하다는 것과 체계가 없다는 것은 전혀 다른 의미다. 다양성은 체계성과 얼마든지 같이 갈 수 있다. 과거에서 현재에 이르는 역사적 전개든 정치, 경제, 사회, 문화 등 제 분야든, 실로 구슬을 꿰듯 그 한가운데를 관통하는 체계를 갖추고 있다면 아무리 폭이 넓어지더라도 산만해지지 않는다.

잡식성 독서가 체계를 통해 정신적인 구심력을 확보하지 않은 채 닥치는 대로 책을 읽는 것을 의미한다면 머리는 뒤죽박죽이 되어버린다. 머릿속에 갈래가 잡히지 않은 채로 이것저것 섞어서 동시에 여러 권의 책을 읽는 방식은 잘 읽지 않는 것과 별로 다르지 않는 결과를 초래한다. 여기서 문제로 삼는 잡식성 독서는 바로 이 후자의 의미다.

테이블에 켜켜이 쌓인 서류 더미와 세부적인 분류법에 따라 정리함 속에서 체계가 잡힌 서류를 비교하면 이해가 빠를 듯하다. 분류를 통한 체계는 지극히 인위적인 작업이 축적되고 훈련된 결과로 만들어진다. 우리의 머리는 분류되고 체계가 잡힌 채로 주어지지 않는다. 그냥 무엇이든지 올려놓을 수 있는 넓은 테이블에 가깝다.

잡식성 독서는 이 테이블 위에 닥치는 대로 서류를 던져놓는 꼴과 같다. 독서량이 늘어날수록 테이블 위에 서류가 넓게 퍼지고 수십 겹 이상 쌓이는 형국이다. 처음에는 서류가 많지 않기 때문에 어디에 무엇이 있는지 구별하기가 어렵지 않다. 일정 기간까지는 테이블 위에 놓아도 크게 문제가 되지 않는다. 어떤 면에서는 분류를 하고 체계를 잡는 작업이 더 번거롭게 느껴진다. 그래서 당장은 특별한 불편이나 필요성을 느끼지 못하는 상태에서 자꾸 올려놓게 된다.

하지만 눈으로 확인할 수 있는 정도를 넘어서까지 서류가 쌓이고 나면 기억을 통해 구분하는 일이 불가능해진다. 그다음부터는 쌓이면 쌓일수록 더욱 복잡해진다. 점차 책을 통해 알고 있는 게 실질적으로는 아는 게 아닌 상태가 된다. 머리 안에서 찾아 쓸 수 없는 내용이니 무용지물이나 마찬가지 상태이기 때문이다. 독서를 통해 정신이 충만해지기보다는 혼란스러워지고, 심한 경우 빈약해진다. 잡식성 독서의 결과는 허무하다.

잡식성 독서가 필요한 때가 따로 있기는 하다. 모든 자발적인 인간 활동은 흥미에서 시작된다. 독서도 스스로 흥미를 느낄 때 지속적으로 즐길 동기가 형성된다. 이 시점에서는 독서의 계획과 체계보다는 책 자체에 마음이 끌리도록 해야 한다. 재미를 느낄 수 있도록 마음과 손이 가는 대로 자유롭게 놓아둘 필요가 있다. 사람에 따라 그 기간은 다르겠지만, 적어도 그 이후에는 잡식성 독서에서 벗어나야 한다.

편식성 독서로 인한 왜곡

> "아무리 많이 읽어도 입문서는 단지 입문일 뿐이다. 한 발자국도 더 깊어질 수가 없다."

잡식성 독서가 허무로 끝난다면 '편식성' 독서는 정신의 왜곡을 초래한다. 그러한 면에서 편식성 독서가 더 위험하다. 편식성 독서는 크게 두 가지 방향으로 나타난다. 하나는 오직 한 분야에 국한된 독서에 매달리는 경향이다. 다른 하나는 여러 분야를 폭넓게 접하더라도 특정한 관점에 해당하는 책만 보는 경향이다.

사람들은 제한된 영역에서의 편식성 독서에 쉽게 빠진다. 여기에는 몇 가지 이유가 있다. 하나는 자신의 의사와는 무관하게 제도 교육이 만들어놓은 조건이 편식성 독서를 강제한다. 제도 교육 과정은 전공 이외에는 관심을 가질 수 없는 조건이기 때문에 여기서는 특정한 분야에 국한된 독서 경험을 갖기 십상이다.

특히 한국의 대학은 입학과 동시에 학생을 특정 전공에 가둔다. 대학에서는 한정된 시간 안에 취업을 위하여 일정 정도 이상의 성적을 놓고 치열한 경쟁을 해야 하기 때문에 인문학, 사회학, 과학 등 학문 전 분야와 폭넓게 접촉할 수 있는 기회가 사실상 차단된다. 지극히 기능적인 지식 성격이 훨씬 더 강한 이공 계열이라면 더욱 심하다. 전공을 넘어 다른 분야와 만나더라도 그나마 직업 생활과 연관성이 높은 경제 혹은 경영 분야에 국한된 독서 경험에 머무는 경우가 많다.

다른 하나는 상업적인 유인이 만든 편식성 독서다. 주로는 상업적으로 조장된 베스트셀러 중심의 독서다. 처세술과 연관된 자기 계발 서적, 흥미 위주의 판타지소설 등이 그 대상이다. 주요 대학 도서관 대출 순위에서 판타지소설이 꾸준히 상위권을 차지하는 것도 같은 현상이다. 판타지소설 유행 현상에 대해서는 『뉴스위크』에서 "내가 알기로 『해리포터』 시리즈만큼 세계의 독서 수준을 끌어내린 작품도 없다."고 한 지적이 의미심장하다. 판타지소설을 읽고 독서에 흥미를 갖게 되어 다른 책으로 관심이 확대된다면 바람직하지 않느냐고 의문을 품을 수 있다. 하지만 우리는 판타지소설에 빠진 사람에게 대부분 고전소설이나 인문학 독서를 멀리하는 경향이 생긴다는 점을 경험적으로 잘 안다.

특정한 관점에 해당하는 책만 보는 경향은 왜곡된 사고방식을 만들어낸다. 대부분은 사회의 지배적인 이데올로기 범위 내에서 벗어나지 않는다. 해당 사회 지배 계층의 이해를 대변하는 관점으로의 편식이 나타난다. 조선 후기 실학자 박제가도 『북학의』에서 이 문제점을 비판한다.

> "두보杜甫의 시를 공부한 자는 오직 두보밖에 모른다. 다른 시는 거들떠보지도 않고 미리 업신여긴다. 그래서 시를 짓는 방법이 매우 보잘것없다. 당나라 시를 공부한 자 (…) 그리고 송 · 금 · 원 · 명의 시를 공부하는 자는 학식에 있어서도 이들보다는 앞서 있다. 그러니 모든 서적을 섭렵해서 인격의 진면목이 저절로 드러나는 사람들이야 어떠하겠는가?"

두보의 시만 읽는 행위는 두 가지의 편향을 상징한다. 하나는 특정한 시대에 한정된 편향이다. 그렇기 때문에 박제가는 두보 이후의 나라인 송 · 금 · 원 · 명의 시를 공부하는 자는 더 나은 학식을 갖출 수 있다고 강조한다. 다른 하나는 유가에 한정된 편향이다. 두보는 철저하게 유가 사상을 체현했던 사람이고, 유가를 통치 이념으로 삼은 조선에서는 두보의 시를 최고로 여겼다. 유가 이외의 시와 학문을 일종의 이단과 금기로 취급했다. 박제가는 유가의 관점으로만 인간과 세상을 바라보면 졸렬해진다고 했다. 유가적 사고방식에 머물지 않고 다양한 관점을 담은 서적을 섭렵할 때 비로소 인격의 진면목에 도달할 수 있다는 것이다.

한국 사회에서 이러한 경향은 현재에도 완강하게 유지되고 있다. 오랜 기간 군부와 연결된 독재 정권 경험을 갖고 있고, 형식적 민주주의가 일부 도입된 이후에도 상당히 견고한 권위주의 통치 체제가 여전히 유지되고 있기 때문이다. 기본적인 교육과정에서부터 한편으로는 철저하게 자본주의 시장경제 관점, 다른 한편으로는 반공 이데올로기가 사실상 강요된다. 대중매체와 사회적 분위기도 획일화된 관점 안에서 생각하도록 압력을 지속적으로 넣는다. 독서 경향도 강제와 압력에서 자유롭기 어렵다.

예를 들어 경제학을 놓고 보더라도 자유주의 경제학만이 제도 교육과정에서 요구되고, 이는 곧바로 독서 경향으로 나타난다. 한국 대학의 경제와 경영 관련 학과는 자유주의 경제학을 다루는 것으로 거의 완벽하게 획일화되어 있다. 서울대에서 마르크스주의 경제학을 연구하고 가르친 교수는 김수행 교수 하나밖에 없다. 다른 대학에는 아예 그조차도 없다. 김수행 교수가 서울대에서 퇴직할 때 그 빈자리를 둘러싸고 논란이 일었다. 대부분의 여론은 최소한의 명맥을 유지하기 위해서라도 마르크스 경제학자를 뽑아야 한다는 쪽으로 기울었다. 하지만 그런 견해는 무시당했다. 결국 현재 서울대 학생은 마르크스 경제학을 배울 기회 자체를 가질 수가 없다.

모든 대학은 자유주의 경제학이 완벽하게 지배한다. 그중에서도 미국의 시카고학파, 즉 하이에크, 미제스, 프리드먼 등을 중심으로 한 신자유주의 경향이 압도적인 지배력을 행사하고 있다. 이는 그대로 독서 경향으로 연장된다. 시중에 나와 있는 주요 경제, 경영 관련 서적이나 독서 경향을 보면 몇몇 예외는 있지만 대부분이 그 연장선상에 있다. 심지어 자본주의 경제학의 전통 위에 서 있으며 20세기 중반 이후 자본주의 경제학의 중심축 가운데 하나인 케인스 이론조차도 변방 취급을 받을 정도다.

그 결과 성장과 분배, 자본과 노동 가운데 총량 중심의 외형적인 경제성장과 기업의 이윤을 얼마나 효율적으로 극대화할 것인가 하는 데만 치중하는 심각한 편향이 생겼다. 이로써 경제의 목적이 사회 구성원 개개인의 행복보다는 기업과 소수 개인의 이익에 있다는 왜곡된 시각이 사회적으로 양산되었다.

여러 분야를 읽더라도 입문서만 찾는 것도 편식성 독서의 하나다. 소설을 넘어 철학, 역사학, 경제학, 사회학 등을 접하더라도 난이도가 낮은 책만 골라서 읽는 방식이다. 서점에 나가 각 분야별로 독자들이 많이 찾는 책을 모아놓은 코너를 보면 입문서가 즐비하다. 하지만 아무리 많이 읽어도 입문서는 단지 입문일 뿐이다. 한 발자국도 더 깊어질 수가 없다. 여러 분야를 건드렸어도 내적으로 쌓이는 내용이 없기 때문에 유기적인 연결이 어렵다.

2장

새롭게 시작하기

독서에 필요한 기술

"제일 좋은 방법은 함께 여정을 떠날 독서의 동반자를 만나는 것이다."

글쓰기, 말하기 등 다른 인간 활동이 일종의 기술이듯이 읽기로서의 독서도 기술이다. 물론 주먹구구식으로 쓰거나 말한다고 해서 글이나 말이 아니라고 할 수는 없다. 하지만 무작정 말할 때 설득력은 사라진다. 마찬가지로 단순한 의사 전달이라면 모를까 제대로 된 글이 되기는 어렵다. 그렇기 때문에 수사학이 발달하고, 글쓰기 기법을 훈련한다.

하지만 독서에 대해서는 가볍게 생각한다. 기술이기보다는 그저 개인의 취향 정도로 여긴다. 어떻게 가든 서울로만 가면 되지 않느냐는 식의 논리가 적용된다. 그렇기 때문에 잡식성 독서나 편식성 독서를 자랑스럽게 밝히는 사람조차 많은 것이다. 어떤 물건을 만드는 일이든 글쓰기나 말하기든 기술인 이상은 습관화될 때 힘을 발휘한다. 독서 기술도 머리로 아는 데 머물지 않고 일정 기간 훈련을 통해 정신과 몸에 익숙하도록 습득해야 한다.

미술에 비유하면 보다 이해가 빠를 듯하다. 대부분의 사람이 초등학교에 들어가기 전까지는 그림 그리기에 어느 정도의 흥미를 갖는다. 연필로 무언가를 긁적거리며 그릴 때까지는 재미를 느낀다. 그러다가 어느 순간 미술에 정나미가 떨어지는 순간이 온다. 자신이 미술에 전혀 소질이 없다는 실망감을 갖게 되는 때와 일치한다. 어떤 순간일까? 보통은 초등학교에서 수채화를 배우며 실패를 거듭한 후, 그림이 자신과 아무런 인연이 없다며 선을 긋는다. 물감을 칠할 때마다 색이 번져 그림을 망치기 때문이다.

그 상태나 방식 그대로는 여러 장을 그려도 실력이 늘기는커녕 실망감만 커진다. 독서도 마찬가지다. 무턱대고 책을 읽는 방식은 매번 물감이 번져 그림을 망치는 것과 같다. 이렇게 하면 읽은 책이 책장에 쌓여가도 좀처럼 진전되는 성취감을 가질 수가 없다. 제자리를 맴도는 낭패감에서 벗어나기 어렵다.

그림 실력을 늘리려면 그리는 기술을 터득해야 한다. 일반적으로 많이 배우는 투명 수채화라면 그 방법에 맞게 훈련해야 한다. 한쪽에 붓이 갔으면 그곳이 마를 때까지 기다리며 다른 쪽 작업을 해야 한다. 그래야 투명 수채화의 핵심인 겹치기 효과를 표현할 수 있다. 보통은 이게 안돼서 망치는 것인데, 사실은 그럴 수밖에 없는 조건이다.

한국의 초등학교 미술 교육 현실에서는 계속 망칠 수밖에 없다. 학교의 수업 편재상 한 시간 안에 한 장의 수채화를 완성해야 하는데, 이는 어린 초등학생이 작품을 완성하기에는 터무니없이 부족한 시간이다. 한쪽 칠한 곳이 충분히 마를 때까지 기다릴 시간이 도무지 나지 않는 것이다. 결국 시간에 쫓겨 성급하게 덧칠을 하게 되고, 모두 색이 번지는 꼴을 봐야 한다. 급기야 자신은 미술에 전혀 소질이 없다는 자괴감을 느끼고 흥미를 잃는다. 이때의 실패 기억이 성인이 되어서도 끈질기게 남아 미술에 거리를 두게 만든다.

당연히 적합한 조건을 만들어야 하고, 투명 수채화에 맞는 방법에 따라 반복해서 그리는 습관을 들여야 한다. 또한 밝은 색에서 점차 어두운 색 순서로 칠해야 겹치는 효과가 가능하다. 너무 여러 번 겹치면 탁해지므로 두세 번 안에 본래 내고자 했던 색을 만들어내야 한다. 더욱 효과를 내려면 밝은 곳은 아주 밝게, 어두운 곳은 아주 어둡게 처리해야 한다. 따뜻한 계열의 색은 가까운 느낌이 들고 차가운 계열의 색은 멀리 있는 느낌을 준다는 점도 알고 있으면 효과를 극대화하는 데 도움이 된다.

물론 독서는 그림 작업에 비해 훨씬 복잡하고 고도한 정신 활동이라는 점에서 이와 완전히 동일하지는 않다. 개인적으로 독서의 목표를 어디에 두느냐에 따라 일정한 변화가 불가피하다. 그림에 비해 일정한 경지에 올라서는 데 훨씬 오랜 기간이 걸릴 수도 있다. 이에 더해 자신의 그동안 독서 경험과 준비 정도에 따라 독서 계획은 달라진다. 공자도 『논어』에서 현실에서 도달한 정도의 차이를 고려한 학문 활동을 지적한다.

"중급 이상의 사람들에게는 상급의 것을 얘기할 수 있으나, 중급 이하의 사람들에게는 상급의 것을 얘기할 수 없다."

어느 분야든 처음 만날 때는 상대적으로 쉬운 책으로 출발하기 마련이다. 욕심을 부려 처음부터 어려운 책을 집어 들었다가는 오히려 높은 벽을 만난 느낌이 반복되어 흥미와 자신감만 잃기 십상이다. 별도의 입문서든 그런 역할을 하는 책이든, 소화할 수 있는 책부터 시작한다는 것쯤은 누구나 다 안다.

하지만 입문서를 읽고 난 다음 어떻게 해야 하는지가 막연하다. 흥미로 시간을 때우기 위해 보는 책이 아닌 이상 책 속으로 한 발자국만 들어가도 그 난이도에 숨이 턱 막히는 기분이다. 그렇다고 쉬운 책이나 당장의 능력으로 충분히 읽을 수 있는 책만 계속 읽으면 더 나아갈 수가 없다. 발전이 더디거나, 심하면 제자리에서 벗어나지 못하고 계속 맴도는 결과에 봉착하고 만다. 좀이 쑤시고 고통스러울지라도 난해한 책을 붙들고 싸워야 한다.

모든 난관을 헤치고 성공적인 독서 인생을 만들려면 처음부터 자신에게 맞는 독서 전략을 짜고 무엇을 어떻게 읽을지 계획을 가져야 한다. 제일 좋은 방법은 함께 여정을 떠날 독서의 동반자를 만나는 것이다. 책을 같이 고르고 독서 후에 함께 토론도 할 수 있는 상대가 있다면 더 바랄 게 없다. 하지만 그런 행운을 누릴 수 있는 사람은 거의 없다. 현실적으로는 친절하게 독서를 안내해줄 책을 만나는 방법이 있다.

자신만의 오솔길

"자신의 꿈과 흥미로부터 독서 동기가 나와야 즐겁다."

사상가나 작가 중 '독서에는 왕도王道가 없다'는 충고를 던지는 이가 꽤 있다. 인류 역사를 통틀어 몇 손가락에 꼽히는 독서가로도 유명한 독일의 대문호 괴테는 죽기 얼마 전에 이런 말을 남겼다고 한다.

> "나는 독서하는 방법을 배우기 위해서 80년이라는 세월을 바쳤는데도 아직까지 그것을 잘 배웠다고 말할 수 없다."

독서에는 왕도가 없음을 강조할 때 자주 인용되는 문구다. 괴테는 어린 시절부터 그토록 긴 세월을 항상 책과 함께 살았다. 서가에는 4,000여 권에 이르는 책이 있었다. 그럼에도 잘 배운 독서 방법이 없다고 하니 올바른 독서법을 논하는 것 자체가 의미 없다고 단정하기 십상이다.

독서에 왕도가 없다는 충고가 반드시 적용되어야 하는 독서 방법이 있기는 하다. 1~2년 동안 수백 권을 읽고 나면 독서에 관한 한 마치 초절정 고수의 경지에 이를 것처럼 소개하는 독서 방법론이 여기 해당된다. 이들은 충고를 비웃듯 오히려 '독서에 왕도가 왜 없어!'라며 기적의 독서법을 설파한다. 그러나 오랜 세월의 큰 수고로움을 겪지 않고 단 몇 년 안에 인문학, 사회학 전반에 대한 깊은 내공을 쌓을 수 있는 '왕도'는 이 세상 어디에도 없다.

하지만 괴테의 말이 곧 독서를 아무렇게나 해도 된다는 의미는 전혀 아니다. 올바른 독서 방법을 찾기 위해 공들인 오랜 세월의 노력을 후회하는 탄식도 아니다. 예를 들어 평생 피아노 연주를 했고, 전 세계에 걸쳐 최고의 연주자로 인정받는 음악가가 노년에 이르러 '아직도 어떤 게 잘하는 연주인지 잘 모르겠다'고 하면 그 의미를 어떻게 해석해야 할까? 잘하는 연주는 애초에 없다고 해야 하는가? 그만큼 예술의 길이 멀다는 의미로 받아들여야 균형 잡힌 태도일 것이다.

마찬가지로 '독서에는 왕도가 없다'는 말도 독서를 잘하는 방법은 한두 가지 앙상한 원칙으로 쉽게 찾을 수 없으며 부단히 찾아야 하는 과제라는 의미로 이해하는 것이 적절하다. 그러지 않는다면 나름대로 원칙을 정해 독서를 했던 괴테를 이해할 수 없을 것이다. 그는 손에 잡히는 대로 아무 책이나 읽지 않았다. 돈이나 세속적인 성공에 도움이 되는 책보다는 내적인 성장에 도움이 되는 책, 특히 고전을 중심으로 한 독서를 했고 또 다른 사람에게도 권했다.

독서에 분명 왕도는 없겠지만, 또한 상대적인 차원이기는 하지만, 더 효과적으로 독서하는 방법은 확실히 있다. 어떤 책을 읽을 것인지가 일단 문제가 된다. 고전을 중심으로 읽는다고 해서 해결될 문제가 아니다. 동서양 고전을 대충 꼽아보면 철학 분야 하나만 놓고 보더라도 수백 권 가운데서 골라야 하는 문제가 생긴다. 게다가 문학, 역사, 경제, 정치 등 분야를 조금만 넓혀도 그 수는 걷잡을 수 없이 늘어난다.

또한 자신의 독서 동기와 목표, 이해력 정도에 따라 다르게 선택해야 하는 난점도 있다. 만약 독서 동기와 동떨어진 책 혹은 도달한 문장 이해력을 넘어서는 책이라면 설사 많은 책을 읽더라도 재미가 붙기보다 오히려 정나미가 떨어져버린다. 독서가 기쁨은커녕 의무와 부담으로 어깨를 짓누르게 된다. 자신의 꿈과 흥미로부터 독서 동기가 나와야 즐겁다. 또한 점차 이해의 즐거움이 한 발씩 자라나는 과정이어야 장기적인 독서 동력이 생긴다.

단지 무엇을 읽을까 하는 도서 목록만의 문제는 아니다. 같은 목록의 책을 읽더라도 어떻게 읽느냐에 따라 상당히 다른 내적 성취가 이루어진다. 최악의 경우는 읽은 내용을 기억 속에 저장하는 암기로서의 독서다. 이해와 성찰을 중심으로 한 독서라 하더라도 어떤 체계와 방법으로 접근하느냐에 따라 결과는 상당히 달라진다. 한정된 시간에 비슷한 분야의 책을 읽지만 내적인 만족과 성취에 있어서는 큰 차이가 생긴다.

이 책의 활용

> "같은 책을 읽더라도 최대한 스스로의 역량을 끌어올릴 수 있는 방법에 초점을 맞추었다."

이 책은 '무엇을'과 '어떻게'라는 독서의 두 분야를 포괄한다. 먼저 '어떻게 읽을 것인가'와 관련하여 몇몇 영역으로 구분했다. 말 그대로 방법론의 문제다. 같은 책을 읽더라도 최대한 스스로의 역량을 끌어올릴 수 있는 방법에 초점을 맞추었다.

분석하며 읽는 정독의 방법, 역사적 맥락을 적용하는 통시적 방법, 서로 다른 분야를 넘나들며 연결하는 통섭적 방법, 단순한 이해와 수용을 넘어 비판적 시각을 적용하는 비평적 독서 방법, 토론이나 집필과 연계된 독서 방법, 습관으로서의 독서 방법 등을 통해 입체적으로 독서 능력 향상에 도달하도록 했다.

이 가운데 자신에게 적합한 어느 한두 개를 골라 선택하는 차원이 아니다. 올바른 독서를 위해서는 하나도 빼놓지 않고 모두 습득해야 한다. 다만 자신의 준비 정도 때문에 하나씩 익히려고 한다면 책에 서술한 순서에 따르는 것이 가장 효과적이다. 독서가 일정 단계에 이르면 이 가운데 두세 가지를 함께 시도하고, 나중에 충분히 익숙해졌을 때는 제시된 대여섯 가지가 동시에 작동하는 방법이 될 것이다.

또한 분석적 독서, 통시적 독서, 통섭적 독서, 비판적 독서 등 각각의 독서 방법을 다루면서 가급적 독자의 이해를 높이기 위해 나의 실제 독서 사례를 통한 설명을 덧붙였다. 이를 통해 먼저 각각의 방법이 무엇을 의미하는지, 어떻게 실행할 수 있다는 것인지 파악하는 일이 우선이다. 파악이 된 후에는 여기에 머물지 말고 자기 나름대로 주제를 정해 같은 방법으로 새로운 시도를 하기 바란다. 자신의 독서 목적이나 취향에 가까운 다른 주제나 책을 선정하고 이 책을 통해 이해한 방법을 동일하게 적용함으로써 자신의 것으로 꼭꼭 씹어 소화하길 권한다.

다음으로 '무엇을 읽을 것인가'를 다룬 제3부에서는 개인의 사정에 따라 다른 선택이 가능하다. 여기서 제시한 각 분야 목록이 모두에게 동일한 필요로 다가갈 수는 없기 때문이다. 자신의 독서 동기와 취향, 도달한 독서 수준에 따라 다르게 선택하고 조합하는 것이 바람직하다.

다만 고전을 중심으로 한 독서라면 자신의 동기나 취향과는 별도로, 맨 처음 항목에서 고전 필독서로 분류한 목록을 공통적인 과제로 삼을 필요가 있다. 편의상 100권으로 정했는데, 동서양 고전 필독서로 분류한 책은 자신의 관심 분야와 무관하게 인간과 세계에 관심을 갖는 사람이라면 누구나 필수적으로 접할 필요가 있다. 이를 기본 뿌리로 삼고 각 분야로 심화하는 방식이 적합하다.

또한 맨 뒤에 나오는 연령별, 수준별 분류 목록에서는 구분 기준을 기계적으로 적용할 필요가 없다. 여기서 구분한 연령은 사실 자신이 도달한 이해력과 맞물려 있는 기준이기 때문이다. 만약 독서 경력과 훈련 정도가 상당히 쌓인 편이어서 텍스트에 대한 이해 능력이 자신이 속한 연령보다 높다면 다음 단계로 넘어가도 무방하다. 또한 문학과 비문학으로 다소 거칠게 구분했는데, 자신의 독서 목적이나 취향에 따라 어느 한 분야에 더 치중하여 접근해도 상관이 없다.

제2부

새롭게 책을 읽는 6가지 방법

자세히 읽기, 길잡이 독서법

•

맥락 읽기, 통시적 독서법

•

폭넓게 읽기, 통섭적 독서법

•

겹쳐 읽기, 비평적 독서법

•

말하기와 쓰기, 병행 독서법

•

문화적 읽기, 일상의 독서법

1장

자세히 읽기, 길잡이 독서법

좋은 다독 vs. 나쁜 다독

"인문학을 언급하면서 터무니없는 독서량을 권하는 것은 사기에 가깝다고 봐야 한다."

독서와 관련하여 예부터 지금까지 벌어진 가장 큰 논란은 다독과 정독을 둘러싼 것이다. 스스로 독서깨나 한다는 사람 가운데 다독을 자랑하는 이가 많다. 발명가로 세계인에게 잘 알려져 있는 에디슨도 독서에 관한 한 둘째가라면 서러워할 사람이다. 그 역시 다독가임을 자랑한다. 사실 에디슨은 독서와 거리가 있는 가정환경에서 자랐다. 12세 무렵에는 열차 판매원 일을 했는데, 중간 쉬는 시간이면 손에서 책이 떠나지 않았다. 책을 구입할 형편은 못 돼서 주로 디트로이트 시립 도서관을 이용했다.

> "나는 책꽂이의 가장 밑에 있는 책부터 읽기 시작하여 한 권 한 권 책꽂이에 꽂힌 책을 순서대로 독파해나갔습니다. 나는 책을 몇 권 골라서 읽은 것이 아니라 도서관 전체를 읽어버린 것입니다."

도서관의 책을 순서대로 하나씩 빼내다 보니 나중에는 몽땅 다 읽었다는 말이다. 트루먼 대통령도 도서관을 거의 통째로 읽었다는 말로 자신의 다독을 자랑했다. 미국의 시립 도서관이 설마 동네 구멍가게 규모일 리는 없을 테니 거기 있는 책을 전부 읽었다는 에디슨이나 트루먼의 말에는 상당한 과장이 섞여 있으리라. 도서관 문턱이 닳을 정도로 자주 드나들었고 많은 책을 읽었다는 강조 정도로 이해하는 게 적절할 듯하다.

독서가로 알려진 사람이라면 기본적으로 다독가일 수밖에 없다. 그리고 독서의 목적에 따라 다독이 필요한 경우도 적지 않다. 단순한 정보 전달이나 일시적 재미를 위한 독서와 깊이 있는 내용 이해를 위한 독서는 다르다. 예를 들어 신문이나 잡지는 대부분 정보를 얻기 위한 수단이다. 서점을 가득 채운 책 가운데 상당수는 정보 전달이 그 직접적인 목적이다. 또한 서점에는 로맨스나 SF 소설 혹은 스릴러나 추리 소설처럼 흥미 위주의 책이 널려 있다.

반대로 쉽게 읽을 수 없는 책이 있다. 깊이 있는 이해를 전제로 하기 때문에 한 문장씩 곱씹어야만 하는 책이다. 문장을 독해하는 것은 물론 그렇게 이해한 내용을 근거로 내적 통찰을 달성해야 한다.

영국 경험론 철학의 아버지 베이컨도 『수상록』에서 책을 몇 가지로 구분하였다.

> "책에 세 가지가 있다. 깊이 읽고 음미해야 하는 것이 그 하나이고, 단순히 삼켜서 소화할 만한 것이 그 둘이며, 조금도 씹어서 소화할 필요가 없는 것이 그 셋이다. 바꿔 말하면 그 일부를 읽으면 되는 것이 있고 정독할 필요가 없는 것이 있으며 전연 읽을 만하지 않은 것이 있다."

'전연 읽을 만하지 않은 것'은 재미나 오락거리로 쓰인 책이다. 판타지나 로맨스 소설 혹은 무협소설이라면 아예 소화할 필요도 없는 심심풀이 땅콩이다. 아침부터 밤까지 내내 읽는다면, 만화가 그러하듯이 하루에 예닐곱 권도 읽을 수 있다. 어차피 재미나 오락거리는 내용 분석이 필요하지 않으니 하루, 이틀 지나 내용이 가물거린다 한들 아무 상관이 없다.

'단순히 삼켜서 소화할 만한 것'은 정보 전달을 목적으로 하는 책이다. 주로 사회에서 벌어지는 사건이나 직업적으로 요구되는 정보다. 이 경우는 역사적인 긴 안목이나 천착해 들어가는 통찰이 필요한 독서가 아니기 때문에 속도를 내도 무방하다. 여러 종류의 신문이나 잡지를 연달아 읽듯이 단순 정보라면 하루에 한 권을 읽든 두세 권을 읽든 뭣이 대수겠는가.

'깊이 읽고 음미해야 하는 것'에는 흔히 고전이라고 부르는 책이 상당

부분 포함된다. 고전소설은 각 분야 고전 가운데 가장 수월하게 읽힌다. 그래서 고전 독서를 하고자 하는 사람이 제일 먼저 손에 잡는 책이기도 하다. 하지만 가장 가벼운 고전소설이라 하더라도 하루에 한두 권 이상을 읽어젖힐 수는 없는 노릇이다.

줄거리 파악이 목적인 책은 로맨스나 무협 소설처럼 하루에 몇 권이든 읽을 수 있다. 고전소설이 고전인 이유는 단지 줄거리에 있지 않다. 줄거리는 일정한 세월이 흘렀기 때문에 빤하고 고리타분한 전개가 대부분이다. 셰익스피어나 톨스토이, 졸라 등의 소설이 그렇듯이 철 지난 신파극에 가깝다. 만약 재미있고 세련된 이야기 전개를 기대했다면 조금 읽다 집어던지기 십상이다. 고전소설의 줄거리 그대로 텔레비전 드라마를 제작했다가는 본전도 건지지 못하고 쫄딱 망할 것이 분명하다.

고전 반열에 오른 소설이라면 공통적으로 읽는 도중에 몇 군데 막히는 부분이 나온다. 작가의 설명이나 어려운 대화 가운데 불쑥 튀어나온다. 망설이지 않고 빠르게 책장을 넘겨 그런 대목을 지나쳐버린다면 수백, 수천 권을 읽어도 사실 고전을 접한 것이 아니다. 옛날 드라마를 여러 편 본 데 지나지 않는다. 고전소설이 고전인 이유는 거기에 우리를 골치 아프게 만들고 깊이 생각하게 하는 내용에 있기 때문이다. 그 자리에 머물러 몇 번을 다시 살펴본 후, 책장을 덮고 의미를 곱씹어 생각할 때 비로소 고전과 대화를 나누었다고 할 수 있다.

하물며 철학을 비롯한 인문학, 사회학 고전이라면 더 말할 필요도 없다. 며칠을 붙들고 있어야 한 권을 제대로 이해하는 책이 수두룩하다. 간혹 길게는 몇 달 동안 씨름해야 비로소 그 정수를 맛보게 되는 책도 있다. 그러기 위해서는 작가에게 끊임없이 의문을 던지고 대화를 이끌어내야 한다. 재미삼아 몇 권 보는 게 아니라 인생에 걸쳐 독서를 벗하며 살아갈 생각이라면 최소한 고전이 목록 안 일정 부분을 차지해야 한다. 나아가 세계와 삶을 통찰하는 진지한 독서 계획을 갖고자 한다면 고전을 그 중심으로 삼고, 나머지로 보완을 하는 방식이 필요하다.

모든 다독이 다 나쁘지는 않다. 나쁜 다독과 좋은 다독이 있다. 문제는 안타깝게도 나쁜 다독을 권하는 경우가 적지 않다는 점이다. 먼저 나쁜 다독은 터무니없이 많은 책을 권한다. '기적'과 '성장' 혹은 '성공' 등의 화려한 수식어를 있는 대로 붙여가면서 다독을 권하는데, 그 권수가 1년에 수백 권 이상이다. 심지어 1년에 1,000권, 3~4년에 수천 권 내외를 제안하기도 한다. 그러한 독서가 성공하는 인생을 만든다고 한다.

앞에서도 언급했듯이 무협소설이나 SF소설이라면 1년에 1,000권이어도 아무 상관이 없다. 누군가 이런 자랑을 하면 그를 텔레비전 막장 드라마 보듯 책을 읽어댄 사람으로 치부하면 될 일이다. 하지만 1년에 수백 권 이상 권하는 책들의 대부분이 인문학 독서를 표방한다는 점이 문제다. 고전을 중심으로 한 인문학을 언급하면서 터무니없는 독서량을 권하는 것은 거의 사기에 가깝다고 봐야 한다.

좋은 다독은 정독에 기초하는 경우다. 당연히 여기에는 '많은' 책의 정도도 제한된다. 먼저 정독에서 출발해야 한다. 좋은 책을 선택하여 꼼꼼하게 읽는 작업이 전제되어야 한다. 독일의 소설가이자 시인인 헤세는 「독서에 대하여」라는 글에서 이렇게 말한다.

"인생은 짧다. 무가치한 독서로 시간을 허비한다면 미련하고 안타까운 일이 아니겠는가? 내가 여기서 말하고 싶은 것은 책의 수준이 아니라 독서의 질이다. 한 권 한 권 책을 읽어나가면서 기쁨이나 위로 혹은 마음의 평안이나 힘을 얻지 못한다면 문학사를 줄줄이 꿰고 있다 한들 무슨 소용인가? 아무 생각 없이 산만한 정신으로 책을 읽는 건 눈을 감은 채 아름다운 풍경 속을 거니는 것과 다를 바 없다."

개인적인 경험에 기초하여 다독을 권하는 사업가가 많다. 하지만 철학자를 비롯하여 동서양의 사상가는 대부분 정독을 권한다.

영국의 철학자 홉스는 "만일 나로 하여금 타인과 같이 많은 책을 읽게 한다면 또한 타인과 같이 무학이 될 것"이라고 하였다. 조선 중기의 유학자 이이도 『격몽요결』에서 "반드시 책 한 권을 숙독하여 그 뜻을 모두 알아서 통달하여 의심이 없게 된 뒤에 다른 책으로 바꿔 읽을 것"을 권한 바 있다.

고전 중심의 독서 계획을 짤 때, 정독에 기초한 다독은 어느 정도 분량이 적합할까? 인문학 독서와 토론 교육으로 유명한 미국 세인트존스 대학의 고전 독서 커리큘럼은 좋은 참고가 된다. 여기서는 4년 동안 고전 100권을 읽는데, 이는 세미나 수업에서 토론할 때 필요한 책이고, 나머지 수학, 과학, 음악, 언어 등 다양한 수업에서 읽는 책까지 포함하면 실제로 4년 동안 읽는 책이 200~300권 정도가 아닐까 생각된다.

세미나에서 저자가 말하고자 하는 바가 무엇인지, 그 의도를 해석하는 데 대부분의 시간을 보내는 만큼 더 읽기도 어렵다. 책에 따라서는 전체 분량 중 절반이나 한두 장 정도만 읽는 경우가 적지 않다는 점에서 완전 통독을 전제로 한 것도 아니지만, 독서와 토론으로 대부분의 시간을 보내는 대학생에게도 4년 동안 최대치 다독 분량이 이 정도를 넘어서기는 힘들다.

현실적으로 고전 중심의 정독일 때 1년으로 치면 아무리 많이 잡아도 100권 이상의 목표는 무리다. 독서를 위해 시간을 자유롭게 쓸 수 있는 조건에서 잡는 최대 독서량이니, 다른 학업이나 직장 일을 하면서 일부 시간을 내야 하는 조건이라면 하향 조정이 불가피하다. 인문학, 사회학을 전공하는 학생이나 직업 작가가 아닌 이상, 현실적으로 1년에 50권 내외만 돼도 정독과 병행하는 다독, 적절한 의미에서의 다독에 해당할 것이다.

서재에 갖고 있는 책의 양은 이보다 수십, 수백 배 많아도 무방하다. 보다 풍부한 이해를 위해 바람직하다. 조선 중기 문인이자 정치가 허균이 『한정록』에서 한 다음과 같은 말이 적절한 언급일 듯하다.

> 왕도곤의 책장에는 찌를 찔러둔 책이 1만 권을 훨씬 넘었다. 손님이 한참 동안 곁눈질해서 보자, 공이 말했다. "많다고 괴로워 말게. 다만 참고하고 찾아보려고 갖추어 둔 거라네. 인생에 쓸모 있는 책은 단지 몇 종류를 숙독하면 된다네. 비유하자면 한 고조가 천하를 취할 적에 가장 뜻이 맞았던 사람은 소하와 장량과 한신 등에 불과했지."

독서가로 유명한 김대중 대통령의 서재에는 2만여 권의 책이 있었다고 한다. 왕도곤과 마찬가지로 상당 부분은 참고 서적일 것이다. 폭넓고 깊이 있는 독서를 하는 데는 다양한 참고 서적이 도움이 된다. 경우에 따라 참고 서적 중 단 몇 쪽만 필요할 수도 있다. 그런데 책 한 권을 제대로 이해하기 위해서는 여러 권의 관련 참고 서적을 살펴봐야 하는 경우가 많다. 예를 들어 그리스철학자 플라톤의 『국가』를 충분히 소화하기 위해서는 소피스트를 비롯하여 당대의 다양한 철학적 견해, 더 들어가서는 그리스신화에 대한 폭넓은 지식이 요구된다. 마찬가지로 공자의 『논어』나 장자의 『장자』의 의미하는 바를 제대로 파악하기 위해서는 춘추전국시대를 수놓은 제자백가의 다양한 사상을 함께 비교하며 보아야 한다.

독서의 맛

> "이 세상에 추상적으로 존재하는 것은 없다. 과일을 먹을 때도 마찬가지다. 막연한 맛이 어디 있겠는가?"

고전 독서는 고정관념에서 벗어나 새로운 시선과 발상을 갖도록 도와준다. 고전에는 사상가와 작가 등이 인문학적 상상력에 기초하여 전개한 사유 실험이 가득하다. 인간과 세상을 다르게 바라보고, 나아가서는 현상의 이면을 파고들어 생각하는 힘을 길러준다. 문제는 고전 독서가 만만하지 않다는 점이다.

미국의 사상가이자 문학가인 소로는 『월든』에서 독서에도 훈련이 필요하다고 강조한다.

> "독서를 해야 한다는 것은 분명하다. 진실한 마음으로 책을 읽는 행위는 고귀한, 오늘날 관습에 필요한 어떤 것보다 힘든 훈련이다. 독서는 고대의 운동선수가 치렀던 힘든 훈련처럼, 족적을 이루고자 평생 부단히 노력해야 하는 정신 집중을 요한다."

심각한 내용을 난해한 문장으로 담은 책을 제대로 이해하기 위해서는 서둘지 말고 천천히 읽어야 한다. 먼저 말하고자 하는 바가 무엇인지를 엄밀하게 아는 작업이 필수적이다. 무조건적 수용이어야 한다는 말이 전혀 아니다. 비판적인 입장을 갖기 위해서도 먼저 상대 주장을 정확히 파악해야 한다. 대충 읽고 비판하면 상대와 무관한 비난으로 변질된다. 독자적인 자기 입장을 세우기 위해서도 엄밀한 문장 독해가 우선이다.

하지만 철학 고전에 도전했던 사람이라면 뼈저리게 느꼈듯이 몇 쪽을 넘기기도 전에 머리가 지끈거린다. 인내심을 갖고 같은 단락이나 문장을 몇 번이나 다시 보지만 인내심이 밑바닥을 보이는 경험을 한다. 도전하는 마음으로 핵심 단락에 달라붙어 싸워야 한다. 모르는 개념이 나오면 찾아보고, 심상치 않은 분위기를 풍기는 문장에 대해서는 잠을 설치며 끙끙대는 싸움이 필수적이다. 그래서 중국 송대 유학자 주자는 『주자어류』에서 충분히 의미를 알고 소화시킬 수 있는 독서를 강조한다.

"독서는 과일을 먹는 것과 같다. 처음에 과일을 막 깨물면 맛을 알지 못한 채 삼키게 된다. 그러나 모름지기 잘게 씹어 부서져야 맛이 저절로 우러나고, 이것이 달거나 쓰거나 감미롭거나 맵다는 것을 알게 되니, 비로소 맛을 안다고 할 수 있다."

이 세상에 추상적으로 존재하는 것은 없다. 과일을 먹을 때 느끼는 맛도 마찬가지다. 막연한 맛이 어디 있겠는가? 서로 다른 과일마다 독특한 맛이 있고, 심지어 같은 종류의 과일에서도 종자나 재배된 지역 혹은 수확 시기에 따라 미묘한 맛의 차이를 느낄 수 있다. 그러한 차이까지 알 때 제대로 맛을 음미한다고 할 수 있다. 마찬가지로 추상적인 지식은 아는 것이 아니다.

무엇보다도 먼저 핵심 단락이나 문장을 읽고 씨름해야 한다. 대부분의 글은 주장과 이를 뒷받침하는 논거의 구조로 되어 있다. 원문을 읽으면서 핵심 주장과 논거를 구분하는 작업이 필요하다. 핵심 문장에 대해서는 승부를 보는 마음으로 달라붙어야 한다. 마치 어려운 영어 문장을 이해하는 방식으로 중요한 용어에서 문장의 구조에 이르기까지 '연구'하고 '분석'하는 방식이어야 한다. 고전의 핵심 문장은 사상가의 생각을 압축적으로 표현하고 있기 때문에 제대로 깊이 있게 이해함으로써 전체적인 문제의식을 예리하게 읽어낼 수가 있다.

칸트의 경우

"간단한 하나의 문장조차 까다로워서 정복하기가 쉽지 않다. 단어와 구절을 끊어서 꼼꼼하게 분석하며 읽어야 한다."

엄밀한 독해 사례로 칸트의 문장은 좋은 상대다. 칸트는 많은 독서가에게 높고 가파르기로 유명한 산맥이다. 독서광이면서 철학에 심취했던 아르헨티나 소설가 보르헤스조차 자서전에서 칸트와 관련한 쓰라린 경험을 토로했다. 철학적 오리엔테이션을 칸트에게서 얻고자 했으나 실패했다고 한다. 철학적 준비 부족 때문만은 아니었다. 무엇보다도 어려운 문체가 문제였다. 예를 들어 누구나 들어봤을 칸트의 정언명령을 살펴보자.

"너의 의지의 준칙이 항상 동시에 보편적 법칙 수립의 원리로서 타당할 수 있도록 행위를 하라."

그의 도덕관을 가장 잘 보여주는 문장이다. 칸트의 도덕을 흔히 의무론적 도덕관이라고 하는데, 이 문장 안에 그 원리가 압축적으로 담겨 있다. 하지만 이 간단한 하나의 문장조차 까다로워서 정복하기가 쉽지 않다. 단어와 구절을 끊어서 꼼꼼하게 분석하며 읽어야 한다.

먼저 "너의"라는 말부터 중요하다. '너'는 도덕의 주체를 의미한다. '너'는 단수 표현으로, 집단과 구분되는 독립적 개인을 의미한다. 칸트는 도덕 행위의 주체를 개인에 둔다. 근대 이전의 서양 중세 사회에서는 인간이라는 집단이 도덕의 출발점이었다. 중세 사회는 기독교가 지배하던 신 중심의 사회였다. 기독교의 도덕관은 '원죄론'에서 출발한다. 아담과 이브가 선악과를 따 먹고 신으로부터 낙원에서 쫓겨난 이후 모든 인간이 죄인이라는 논리다. 원죄론 아래서 개인은 아무 의미가 없다. 그가 누구든 어떤 행위를 하든 모두 죄인이다. 죄인으로서의 인간 집단만이 행위 주체였다.

칸트는 도덕 행위의 주체를 집단에서 개인으로 바꾸어놓는다. 개인이 스스로의 판단과 행위에 의해 죄인이 아닌 선한 인간일 수 있는 길을 연다. 정해진 종교적 숙명이 아니라 개인이 어떻게 하느냐에 따라 얼마든지 다른 방향으로 갈 수 있게 된 것이다. 칸트 혼자만의 시도는 아니다. 서양에서는 근대에 이르러 개인으로서의 인간을 세우려 했다. 현대 개인주의 사회의 원리가 근대에 시작된 것이다.

다음으로 "너의 의지"를 살펴봐야 한다. 의지는 행위와 관련이 있다. 우리는 어떤 행위를 할 때 그러한 행위를 하려는 의지를 갖는다. 당연히 도덕도 행위와 연관이 있다. 만약 아무런 행위로 연결되지 않는 생각일 뿐이라면 거기에는 도덕이든 뭐든 개입할 여지가 거의 없다. 의지가 '너의', 즉 개인과 연결되면 '자유의지'의 의미를 갖는다. 타인이나 사회로부터 어떠한 강제나 권유 없이 순수하게 개인의 판단에 의한 의지라는 점에서 자유의지다.

자유의지 없는 행위는 도덕의 대상에 포함되지 않는다는 점을 강조한다. 자유의지 없는 행위에는 본능적 행위나 강제된 행위 등이 포함된다. 예를 들어 우리는 갓난아이가 옷에 똥을 싸거나 물을 엎질렀다고 해서 도덕적 비판을 하지 않는다. 아직 자유의지에 의한 판단이 불가능한 나이이고, 본능적 행위이기 때문이다.

강제된 행위도 마찬가지다. 만약 어떤 사람이 자유롭게 선택할 수 없는, 오직 한 가지 이외에는 어떠한 선택도 할 수 없는 상황에 있다면 이는 윤리의 기준으로 평가할 수가 없다. 만약 그렇게 하지 않으면 생존할 수 없기 때문이다. 오직 이렇게 할 수도 있고 저렇게 할 수도 있는 자유 상황이 전제되어야만 윤리는 의미를 갖는다.

"준칙"은 말 그대로 기준이다. 자유의지라고 해서 마음대로 해도 된다는 뜻은 아니다. 어떤 기준에 의해 일관되게 이루어져야 한다. 그래야 자유의지에 의한 행위가 기분에 따라 좌우되지 않고 일관성을 갖는다. 원래 우리를 둘러싼 상황이 항상 동일하지 않기 때문에 조금만 변화가 있어도 다른 행위를 할 가능성이 있다. 뚜렷한 기준이 있어야 그때그때 변화하는 상황에서도 일관된 도덕적 행위를 할 수 있다.

그런데 칸트는 의지의 준칙을 사람마다 마음대로 정할 수 있는 것으로 보지는 않는다. "보편적 법칙 수립의 원리로서 타당"해야 한다. 보편적 법칙은 객관적이고 절대적이라는 의미다. 우선 보편적이기 위해서는 주관적 감정에서 벗어나야 한다. 사람마다 제각기 다르면 보편적일 수 없다. 예를 들어 즐거움은 사람마다 다른 주관적 욕구다. 만약 도덕이 개인의 쾌락 증가와 고통 축소를 기준으로 삼는다면 일관된 기준은 불가능하다.

쾌락은 경험에 의한 욕구이기 때문에 단지 얼마나 많은 즐거움을 주는가 하는 감정에 의존할 수밖에 없다. 그런데 잘 알다시피 감정은 사람마다 아주 다르다. 어떤 사람에게 즐거움을 주는 행위가 다른 사람에게는 불쾌한 감정을 불러일으키는 경우가 적지 않다. 어떤 사람은 등산이 즐겁지만 그런 취향이 없는 사람에게는 고통으로만 다가온다. 그래서 누구에게나 공통적으로 해당하는 기준을 세워야 한다는 주장이다.

또한 '보편적'이라는 말은 절대적이라는 의미를 갖는다. 상황에 따라 변하지 않고 동일하게 적용될 수 있는 도덕 기준이어야 한다. 우연은 도덕법칙일 수 없다.

감정에 의한 행위가 우연히 선善한 행위일 때 도덕이라 할 수 없는가 하는 의문이 들 수 있다. 예를 들어 길에서 우연히 물에 빠진 아이를 발견했을 때 누구나 아이를 구하려고 한다. 물에 빠진 아이를 구하는 행위가 선한 행위임을 부정할 수 없다면 자연스럽게 우러나오는 동정심이 그 자체로 도덕일 수 있지 않을까 하는 의문이 생긴다.

또한 거리에서 누군가 길을 물어왔을 때 친절하게 가르쳐주었다면 이 역시 도덕적인 행위가 아닐까 하는 의문이 생긴다. 혹은 우연적 감정이 아니라 천성적으로 동정심이 많아서 허영이나 사익 등의 동기 없이도 자기 주위에 기쁨을 확대시키는 데서 만족을 발견하고 타인의 만족을 기뻐할 수도 있다.

칸트는 우연한 행위는 도덕에 해당하지 않는다고 한다. 설사 올바른 행위와 일치되는 바가 있어도 우연히 일어난 일에 지나지 않기 때문이다. 비유하자면 동물도 자기 새끼나 종족을 보호하기 위해 희생한다. 하지만 동물의 희생에 대해 도덕적이라고 하지 않듯이 감정적으로 우연히 이루어진 행위 역시 마찬가지라는 주장이다.

우연한 행위나 동점심이 다행히 공익과 명예에 해당한다면 칭찬과 격려를 받을 만하지만, 참된 윤리적 가치를 갖는 것은 아니다. 오히려 자기만족적인 명예심과 같은 경향성에 해당하는 경우가 많다. 도덕은 감정적 경향이 아니라 일관성을 가져야 하고, 보편 법칙으로서의 성격을 지녀야 한다. 우연성은 물론이고 지속성을 지닌 감정적 경향을 뛰어넘어 순전히 도덕법칙을 의식하고 행동할 때만 도덕으로 인정될 수 있다는 얘기다.

그러면 어떻게 보편적 법칙을 수립할 수 있는가? 현상에는 감각이나 감정을 통해 접근한다. 법칙은 현상의 이면에 있는, 다양하게 나타나는 현상을 꿰뚫는 본질이다. 법칙에는 감각이나 감정으로는 도달할 수 없고, 오직 이성을 통해서만 가능하다. 감각이나 감정은 초기에만 의미 있는 역할을 할 뿐 최종적으로는 이성의 힘에 의존해야 한다.

예를 들어 하늘 위로 던진 공이 다시 내려오고, 가을이 되어 사과가 땅에 떨어지는 현상은 누구나 감각을 통해 본다. 하지만 감각은 사물이 땅으로 떨어지는 현상만 볼 뿐이다. 그 이면의 어떤 원리는 발견해내지 못한다. 이성을 통해서만 만유인력의 법칙을 이해하고 이를 현실에 적용한다.

결국 '보편적 법칙 수립의 원리에 타당'해야 한다는 말은 도덕이 이성적 판단에 의해서 의식적으로 이루어진 행위로 제한되어야 한다는 의미를 지닌다.

마지막으로 "행위를 하라"는 말은 명령이다. 책임과 의무라는 이름으로 강제되는 명령이다. 자유의지와 이성에 기초하지만 책임은 강제이기 때문에 도덕은 의무에 해당한다. 의지의 준칙이 보편적 법칙에 타당하도록 따라야 하기에 법칙이 직접 의지를 규정하고 강제하는 관계다. 도덕법칙에 적합한 행위는 언제나 선하다고 정의한다.

그러므로 의무의 요구를 따르려는 동기만이 행위에 도덕적 가치를 부여한다. 행위의 결과는 도덕적 가치를 판단하는 데 직접 관계가 없다. 도덕성에 대한 검사는 오직 정언명령에 의한 의무를 이행할 동기, 즉 의지 여부에 의해 이루어진다. 예를 들어 돈을 빌릴 때 갚을 의지도 없이 자신의 현실적 필요를 중시하면 약속이나 목적 자체를 불가능하게 만들 뿐이다. 도덕법칙의 준수 동기를 확고히 함으로써 비로소 인간을 수단이 아닌 목적으로 대할 수 있다.

칸트는 도덕이 이성에 의한 의무인 이상, 감성이 지배하는 시기를 최대한 단축시키는 도덕교육이 필요하다고 보았다. 그가 보기에 감성과 이성은 일정한 나이에 이르러 서로의 역할을 자연스럽게 교체하는 방식으로 전개되지 않고 이성의 힘에 의해 감성의 굴레를 넘어설 때 얻어졌다. 그래서 이성적 사고에 미숙한 어린아이조차도 도덕교육을 통해 이내 명민해지고 판단력 증가에 적지 않은 흥미를 갖게 된다고 생각했다. 이에 아이에 대한 교육을 감성에 맡기기보다 치밀한 이성의 힘을 일찍 사용하도록 도덕 교과서를 통해 도덕적 의무의 올바름을 가르쳐 이를 현실에서 목격하도록 지도해야 한다고 했다.

지저분해도 괜찮아

“그때그때 떠오르는 생각을 문장으로 완성할 필요 없이 책의 여백에다 직접 적어두는 정도도 유용하다.”

독서 안내 서적에서는 체계적인 메모나 독후감을 반드시 쓰도록 권한다. 독서광 중 메모 습관을 가진 인물로 링컨이 꼽힌다. 모자 속에 종이와 연필을 넣어 다니는 독특한 버릇이 있었다고 한다. 일하는 틈틈이 독서를 했기 때문에 언제든지 메모할 수 있도록 몸에 필기구를 지녔던 것이다. 인도의 독립 영웅 네루가 『세계사 편력』을 쓸 수 있었던 것도 오랫동안 독서를 하며 만든 메모 노트 덕분이었다고 한다.

만약 책을 읽으면서 체계적인 메모나 독후감을 작성할 수 있는 조건이라면 충실히 이행하는 것이 당연히 바람직하다. 기억에는 분명한 한계가 있으니 독서 노트를 마련해서 필요한 내용을 일목요연하게 정리해둔다면 여러모로 도움이 된다. 특히 특정 주제를 중심으로 일종의 ‘연구’에 해당하는 독서를 하거나 글을 쓰기 위해 필요한 독서를 하는 중이라면 더욱 메모가 유용하다.

나 역시 특정한 글을 쓰는 작업과 연관해서 독서할 때는 반드시 주요 내용을 메모한다. 세부적으로 분류한 소주제나 쟁점 별로 각각 관련된 내용이 나오면 표시해두었다가 별도로 메모를 한다. 필요한 경우에는 나름대로의 해석이나 문제의식, 반론 등을 적어놓기도 한다. 그러다 보면 해당 주제나 쟁점 별로 여러 권의 책에서 가려 뽑은 다양한 관점이 독서 노트 안에서 비교되고, 검토 과정에서 평소 생각하지 못했던 새로운 문제의식이 떠오른다. 연구와 집필 과정에서 생략될 수 없는 절차다.

하지만 시간이나 상황이 충분하다면 모를까, 매우 한정된 조건에서 모든 독서에 이를 곧이곧대로 적용하기는 어렵다. 프랑스의 비평가 바르트도 『텍스트의 즐거움』에서 스스로를 건방진 독서가라 칭한다.

> "한 권의 책을 요약하거나 카드에 기재하는 일, 내가 그 뒤로 사라지는 일 등은 할 수 없으며, 또 하고 싶지도 않습니다. 반대로 책의 몇몇 요소나 문장을 분리하여 불연속적인 단상으로 소화하는 일 따위는 잘할 수 있으며, 또 하고 싶어 합니다."

규칙적이라거나 체계적인 독서는 아니라고 한다. 이러한 독서 방식은 작업하는 데도 그대로 반영되어 체계적으로 정리하거나 비교하는 일은 하지 않는다고 한다. 그저 무계획적이고 즉흥적인 단상 정도를 긁적거리는 것이다.

나도 연구나 집필 관련 독서가 아니라면 체계적인 메모나 독후감 강박관념에 시달릴 필요가 없다는 생각이다. 오히려 메모나 독후감 작성보다는 내용 이해에 집중하는 시간 혹은 관련된 책을 비교해 보는 시간을 더 많이 확보하는 게 필요한 경우도 있다.

다만 책을 읽으면서 중요한 부분에 밑줄을 그어두는 일은 필요하다. 또한 그때그때 떠오르는 생각을 문장으로 완성할 필요 없이 책의 여백에다 직접 적어두는 정도도 유용하다. 시간이 없으면 간단한 단어나 구절 정도도 좋다. 밑줄을 긋거나 몇 자를 적어두는 것은 나중에 필요한 내용을 찾기 위해 필요한 작업만은 아니다. 어떤 면에서는 책 읽기를 잠시 중단하는 의미도 갖는다. 관성적으로 읽는 작업을 중단하고 잠깐이라도 생각의 시간을 갖고 자신의 생각을 개입시키는 틈을 만드는 일이다. 일종의 소통 과정이다. 그런 면에서 책은 지저분하게 읽을 필요가 있다.

밑줄을 긋거나 단상을 적어둔 곳은 언제든지 다시 찾아볼 수 있게 표시해야 한다. 표시가 있어야 다른 책을 보다가 연관된 내용이 나오면 언제든지 비교하며 생각할 수 있기 때문이다. 이러한 작업은 연구나 집필 작업과 관련하여 필요한 내용을 찾아서 생각하거나 정리하기 위해서도 필요하다. 개인적인 경험으로는 여러 색으로 구분된 포스트잇을 사용하여 내용에 따라 다르게 표시하는 방법을 권한다. 아홉 개 색으로 구분된 포스트잇 각 색을 나름대로 주제와 연결시켜 해당 내용이 나오면 책갈피에 표시를 해둔다. 그러면 다시 처음부터 뒤적거릴 필요 없이 곧바로 해당 내용을 찾아 펼칠 수 있다.

같은 책을 두 번 읽는 이유

> “한 번 읽는 것으로도 충분한 책이 얼마든지 있다. 모든 책을 다시 읽을 필요는 없다.”

집이 흔들리지 않고 오래 보금자리 역할을 하기 위해서는 기둥이 튼튼해야 한다. 기둥이 굳건하면 태풍과 같이 거센 바람이 불든, 며칠 동안 폭설이 내려 무겁게 눈이 쌓이든 크게 걱정할 일이 없다. 또한 여러 부대시설을 만드는 데도 안전을 걱정할 필요가 없다. 칸막이를 쳐서 방을 더 만들든 밖으로 난 창을 더 내든 아예 몇 군데를 확장하든, 요구되는 작업이 수월하게 이루어진다.

독서도 마찬가지다. 기둥 성격의 책이 있고, 벽이나 문, 창문, 주방, 화장실 등에 해당하는 책이 있다. 예를 들어 서양철학에서는 화이트헤드가 "2,000년 동안의 서양철학은 모두 플라톤의 각주에 불과하다."고 말했듯이 플라톤이 중요한 기둥에 해당한다. 서양 근대 철학에서는 베이컨, 데카르트, 칸트가 중심 기둥이다. 경제학이라면 애덤 스미스, 리카도, 밀, 마르크스, 케인스라는 기둥을 정확히 이해해야 나머지 경제이론 이해로 넓혀나가기가 용이하다.

다른 어떤 책에 비해서도 정확하고 풍부한 이해가 요구된다. 집 기둥을 세울 때와 마찬가지로 핵심이 되는 책에 충분히 공을 들여야 한다. 이와 관련하여 유용한 독서 방법이 '다시 읽기'다. 파게도 『독서술』에서 다시 읽기의 중요성을 강조한다.

> "더 잘 알기 위해 거듭 읽는다. 이런 의도에서 다시 읽는 것은 특히 철학자, 모럴리스트, 사상가다. (…) 또한 세부를 즐기기 위해, 문체를 즐기기 위해서도 거듭 읽는다. (…) 끝으로, 다소간 의식적인 의도이지만, 자기를 자신과 비교하기 위해 거듭 읽는다."

꼭 기둥 역할을 하는 책이 아니라 일반적인 고전소설만 해도 다시 읽는 작업이 필요하다. 중·고등학생 혹은 대학생 시절에 읽었던 고전소설은 사실 초벌구이처럼 책이 주는 맛의 일부분만을 접한 데 지나지 않는다. 작가가 대화와 설명 속에 숨겨놓은 맛을 제대로 찾아 즐기기 위해서는 일정한 세월과 축적된 독해 능력이 필요하다. 대부분의 고전소설은 10년 이상의 독서 경험을 통해 철학과 세계 역사, 경제학 등에 대한 지식이 형성된 상태에서 다시 볼 때 재발견의 즐거움을 누릴 수 있다.

다시 읽는 과정에서는 이토록 중요한 내용이 있었는지조차 기억나지 않는 경우가 많다. 예를 들어 학창 시절에 톨스토이의 『부활』을 읽은 사람은 젊은 네플류도프 공작이 하녀 카추샤를 유린하고, 그녀가 매춘부의 삶을 살다가 재판정에 서는 이야기를 기억한다. 자신의 죄를 참회한 공작이 유형을 가게 된 카추샤를 따라 시베리아까지 가고, 그녀와 불우한 이웃을 위해 헌신한 내용도 기억한다. 하지만 그 과정에서 나누었던 중요한 대화 내용은 대부분 기억하지 못한다.

톨스토이가 정작 말하고자 한 내용은 바로 이 대화에 있다. 『부활』은 『전쟁과 평화』, 『안나 카레니나』와 함께 톨스토이의 3대 걸작 중 하나로 꼽히는 작품인데, 톨스토이가 러시아 정교로부터 파문을 당한 직접적 원인을 제공하기도 했다. 기존 통념을 넘어서는 사회적·정치적 이념이 적극적으로 반영된 작품이기 때문이었다. 톨스토이는 말년에 가서 체제 모순을 고발하는 사상이 담겨 있지 않은 이전 자기 작품의 가치에 회의적이었다.

사실 중·고등학생 시절에는 네플류도프의 입을 빌어 러시아의 전제주의, 농노제, 지주계급의 토지 독점을 비판하고 사유제의 폐지와 농노 해방을 옹호하는 내용이 눈에 들어오지 않는다. 예를 들어 범죄에 대해 논하면서 "대부분의 사람이 무죄라고 하는 이유는 그들이 자라온 환경 탓이며 자기가 저지른 행위를 범죄라고 생각하지 않기 때문"이라고 하거나, 재판소의 목적을 논하면서 "재판소란 지주계급에 유리한 현행 제도를 유지하기 위해 생겨난 행정상의 도구"에 불과하다는 대화 내용을 스쳐 지나치기 마련이다. 따라서 톨스토이가 그토록 강조한 이념적 변화를 감지하기 위해서는 나중에 다시 읽기 과정이 필수다.

각 분야에서 길잡이가 되는 핵심 책이라면 더 말할 나위가 없다. 엄밀하게 말하자면 '다시'라는 표현으로는 부족하고, '거듭' 읽기라고 하는 게 적합하다. 가까이에 두고 여러 번 읽고 또 읽어 내용을 속속들이 소화시키면 그 분야 전체 흐름을 잡아내고 다른 책을 읽는 기준이 된다. 사실 기둥 역할을 하는 책은 그리 많지 않다. 인류 역사를 통틀어서 수백 권 정도에 불과할 것이다. 여기에 개인의 취향까지 고려하여 선별하면 인생에서 항상 곁에 두고 거듭해서 읽는 책은 수십 권 정도로 압축된다.

동양 사상이라면 흔히 '사서四書'라고 부르는 책이 여기에 해당한다. 사서는 유가에서 꼽는 가장 중요한 책인데, 『논어』, 『맹자』, 『중용』, 『대학』을 말한다. 박지원은 『열하일기』에서 중국인과의 대화를 통해 사서에 대한 다시 읽기의 중요성을 강조한다.

"'글을 읽었는가?' 하고 묻자 사서는 읽었으나 아직 강의講義는 못했다고 한다. 글을 배우는 데는 송서誦書와 강의 두 가지가 있어서 우리나라와는 아주 딴판이다. 우리나라에서는 처음부터 음과 뜻을 한목으로 배우지만 중국에서는 초학자가 먼저 사서의 문장을 입으로 읽기만 하고, 읽는 것이 숙달된 뒤에야 다시 선생에게 뜻을 배운다."

성리학의 기초가 되는 몇몇 책은 거듭 읽어서 중요한 대목을 암송할 정도였다. 먼저 머리와 입에 익숙하도록 만들어놓고, 이후 두고두고 뜻을 새기는 방식으로 독서를 했다. 중국의 독서가들은 대체로 이 방법을 따랐던 듯하다. 한국의 유학자 중에도 공부에 열심인 사람들은 거듭 읽기를 중시했다.

율곡 이이도 반복해서 읽기를 즐겼다. 한번은 친구가 "금년에 책을 얼마나 읽었는가?" 하고 묻자, "올해는 『논어』, 『맹자』, 『중용』, 『대학』을 아홉 번씩 읽었네."라고 답했다고 한다. 유가만 꼽은 것이니 분명 한계가 있다. 개인적인 의견으로는 여기에 반드시 『장자』와 『한비자』를 추가로 포함시켜야 한다.

베버는 아예 "두 번 읽을 가치가 없는 책은 한 번 읽을 가치도 없다."고 단언한다. 과도한 말이기는 하다. 한 번 읽는 것으로도 충분히 적합한 가치를 지니는 책이 얼마든지 있으니 말이다. 모든 책을 다시 읽을 필요는 없다. 다시 읽기와 거듭 읽기를 구분하여 거칠게 말하자면, 고전 소설을 포함하여 수백 권 정도의 고전이 다시 읽기의 대상이 되고, 그중에서도 다시 엄밀하게 고른 수십 권 정도의 핵심 고전이 거듭 읽기의 대상이 되지 않을까 싶다.

하지만 두 번 이상 읽은 책이 과연 몇 권이나 되는지 꼽아보면 대체로 손가락 안에 들어오거나 그나마도 거의 없을 것이다. 난해했던 책을 읽으며 뿌연 안개 속을 헤매다 다시 읽으면서 일순간 안개가 걷히며 온갖 사물이 뚜렷해지는 경험, 자신도 모르는 사이에 내용이 스며들어오는 경험을 가질 때 진정한 독서가로서의 만족을 누릴 수 있게 된다.

2장

맥락 읽기,
통시적 독서법

시간의 흐름

> "가장 좋은 방법은 발생부터 초기 정착, 발전 과정, 현재에 이르기까지 역사적 순서를 기준으로 한 접근이다."

독서를 하면서 제일 갑갑한 것은, 몇 권은 주변 사람의 소개나 언론의 추천으로 보았지만 그다음에는 어떤 책을 읽어야 하는지가 막연한 상황이다. 베스트셀러 목록에 올라 있는 책들을 찾아보지만 함량 미달인 경우가 많아 몇 차례 실망을 맛보기도 한다. 많은 사람이 읽은 책과 좋은 책이 별로 관련이 없기에 계속 이 방법을 유지하기가 꺼림칙하다. 사재기로 순위가 조작된다는 이야기가 자주 들리니 기분이 나쁘기도 하다. 갈수록 서점의 베스트셀러 코너에서 서성거리는 게 민망해진다.

처음 독서에 취미를 붙이는 단계라면 손이 가는 대로 몇 권을 골라 읽는 일이 적절할 수도 있다. 하지만 몇 권만 지나도 흐름이 있고 내적으로 축적되는 독서에 대한 갈증이 생긴다. 제일 많이 추천받는 방식이 같은 영역 내에서 책을 찾는 것이다. 해당 영역 내에서 비교적 쉬운 책으로 시작하여 점차 난이도를 높여나가는 순서로 독서 계획을 잡으라고 한다. 예를 들어 서양철학이면 한두 권의 철학 입문서를 먼저 읽는다. 그다음 서양철학을 대표하는 철학자 몇 명을 선정해 도전하는 식이다.

몇 달 지나지 않아 방향을 잃고 허둥대는 자신을 발견하게 된다. 먼저 읽었던 책과 다음에 읽는 책 사이에 어떤 관계가 있는지도 불분명해진다. 난이도로 순서를 정하는 게 무의미하다는 점을 금방 느낀다. 입문서에서 한 발짝만 들어가면 어느 책이 다른 책보다 난이도가 높은가 낮은가를 구분하는 일이 사실상 어려워지기 때문이다. 책과 책 사이에 순서를 정할 수 없는 상태에 봉착한다. 책을 읽으면서 내적으로 쌓이는 느낌을 경험하기도 어렵다. 꽤 여러 권 읽었는데 자꾸만 내용이 흩어진다.

가장 좋은 방법은 발생부터 초기 정착, 몇 단계의 발전 과정, 이어서 현재에 이르기까지 역사적인 순서를 기준으로 접근하는 통시적인 방법이다. 역사적인 궤적을 따라 한 권 한 권 읽어나가 자기 내부에 체계적으로 덧쌓는 방식일 때 지식은 풍성해지면서도 깊이를 잃지 않는다. 깊이와 폭을 동시에 충족시키게 된다.

단지 지식이 많아지고 체계화되는 데 머물지 않는다. 통시적 독서 과정을 통해 정신적 능력도 고양시킬 수 있다. 단순한 데서 복잡한 데로, 얕은 데서 깊은 데로 점차 고도화되는 내용을 따라가며 정신 능력이 발전하는 자신을 발견한다. 역사적인 궤적은 곧 변화를 의미한다. 정신은 현상의 고정된 상태에 머물지 않고 역동적인 변화에 주목하게 된다. 그러면 단순한 사실을 넘어서 추세를 보는 눈, 나아가 변화를 일으키는 내적 요인과 외적 조건을 이해하는 눈을 갖게 된다. 변화의 동력을 찾으면서 사물과 현상의 본질적 측면을 이해하는 데 필요한 사고 능력이 자라난다.

하지만 실제 독서를 해보면 하나의 영역만 해도 범위가 너무 넓어서 막연하기만 하다. 예를 들어 '서양철학'이라고 하면 그 포괄 범위가 얼마나 넓은가. 그리스를 비롯한 고대 철학에서 출발해 중세철학으로, 나아가 근대 철학을 거쳐 현대 철학까지 역사적 흐름을 따라가기 마련인데, 고대 그리스철학만 놓고 봐도 소크라테스가 주인공으로 나오는 플라톤의 몇몇 대화편이나 아리스토텔레스의 대표 작품만 본다고 해결될 문제가 아니다. 자연철학, 소피스트 철학, 헬레니즘 철학 등에 대한 접근이 필요하다. 그래야 플라톤조차 제대로 이해할 수 있다. 각 분야로 들어가도 여전히 정신이 없다. 자연철학 하나만 놓고 봐도 탈레스, 아낙시만드로스, 피타고라스, 헤라클레이토스, 파르메니데스, 아낙사고라스, 데모크리토스 등 다양한 관점과 사상가를 만나야 한다. 소피스트나 헬레니즘 철학에도 다양한 입장의 수많은 철학자가 즐비하다.

고대 그리스철학 하나만 놓고 봐도 사정이 이러한데 서양철학 전체는 더 황당한 느낌이다. 그나마 철학자 이름이 상대적으로 익숙한 근대 철학의 주요 입장으로 제한해도 한없이 넓다. 프랑스 중심의 합리론을 대표하는 데카르트 · 스피노자 · 라이프니츠, 영국 경험론을 대표하는 베이컨 · 버클리 · 흄 · 홉스 · 로크, 독일 관념론을 대표하는 칸트 · 피히테 · 셸링 · 헤겔 등 머리가 지끈거린다. 현대 철학은 근대 철학보다 분화 정도가 훨씬 복잡해서 아예 망망대해에 떠다니는 기분이다.

영역 구분만으로 통시적인 접근을 하면 이렇게 미로를 헤매기 쉽다. 따라서 독서의 범위를 보다 좁힐 필요가 있다. 영역 내에서 주제를 분류하여 여기에 적합한 책으로 좁혀 읽는 방식이다. 하지만 이조차 말이 쉽지 실제로 시도하면 정도의 차이가 있을 뿐 막연한 느낌에서 벗어나기 어렵다.

우리는 철학을 보통 우리를 둘러싼 세계가 어떻게 구성되고 변화하는가를 탐구하는 '존재론', 인간의 본질을 탐구하는 '인간론', 세계와 인간의 인식 방법을 분석하는 '인식론', 인식론과 밀접한 연관을 지니면서 실천적인 내용과 직결되는 '윤리론', 공동체 혹은 국가에 대한 태도 및 개인과 사회의 관계 등을 중심으로 하는 '정치철학'으로 구분한다. 여기에 각 철학 사조와 연관된 미술 양식 변화를 탐구하는 '미학'을 추가하기도 한다. 이렇게 범위를 한 단계 좁혀놓고 접근해도 여전히 범위가 너무 넓어서 좀처럼 내용이 착 달라붙는 즐거움을 얻지 못한다.

철학만이 아니다. 일상 영역이나 주제를 놓고 봐도 사정은 별반 다르지 않다. 인생, 행복, 자유, 죽음, 사랑 등 비교적 친근한 주제를 놓고 통시적인 방법으로 범위를 정하려 해도 경계선이 불분명할 정도로 넓다. 이 가운데 '사랑'이라는 주제로 통시적 독서 계획을 만든다고 가정해보자. 아예 책을 문학작품으로 한정해놓고 봐도 어떻게 분류해서 독서 계획을 잡아야 할지 엄두가 나기 않기 십상이다. 고대문학에서 중세와 근대 그리고 현대 문학에 이르기까지 아마 90퍼센트 이상이 사랑을 매개로 한 작품일 테니 말이다.

현대에 와서 추리소설이나 판타지소설 등 장르가 다양해졌지만 그래도 대형 서점의 문학 코너를 둘러보면 책 전체의 반 이상이 사랑과 직접 연관성을 지니는 내용일 것이다. 그러므로 사랑이라는 주제 내에서도 보다 세부적인 소주제로 더 좁힌 후에 통시적인 접근을 하는 작업이 필요하다. 첫사랑, 이혼, 외도 관계, 노인의 사랑, 성적인 욕망, 동성애 등 다양한 구분이 가능하다.

'죽음'이라는 주제를 놓고도 자연사, 병으로 인한 죽음, 자살, 평균수명, 사후 세계에 대한 이해, 장례 의식 등 수많은 소주제 갈래가 나올 수 있다. 나아가 철학적 '인식론'에 있어서도 시간 개념, 공간 개념, 모순에 대한 이해, 감각과 이성의 관계, 상상력의 역할 등으로 더 쪼개놓고 과거부터 현재까지의 철학적 견해를 비교하는 방식이 현실적이다.

그렇다고 해서 계속 소주제로 제한한 독서만 해야 한다는 의미는 전혀 아니다. 일정하게 내용이 축적되고 사고 훈련이 되면 조금씩 주제의 범위를 넓혀야 한다. 꼬리에 꼬리를 물며 책을 선택해 읽되, 조금씩 주제의 넓이를 확장해나가는 것이다. 나중에는 큰 주제는 물론이고 철학, 경제학, 역사학, 정치학 등 영역별로 역사적 맥락을 종합하는 수준으로 나아간다.

보다 쉽고 명확한 이해를 위해, 소주제 중심의 통시적 독서가 어떻게 가능한지 살펴보자. 하나의 소주제를 정하고, 실제로 어떤 책을 선정하여 읽고, 어떻게 내용을 찾아내며, 이를 어떻게 체계적으로 비교하여 정리할지를 나의 경험을 통해 제시함으로써 이해를 돕고자 한다.

앞에서 잠시 언급한 사랑이라는 주제 내에서 외도, 이른바 '불륜'으로 불리는 혼외 관계를 중심으로 소주제를 정할 생각이다. 독서를 위해 추릴 책도 문학작품으로 한정하자. 그런데 톨스토이가 『예술론』에서 "간통은 모든 소설이 좋아할 뿐만 아니라, 유일한 제재였다."고 했듯이 문학만 놓고 봐도 너무 범위가 넓다. 더 좁혀서 한국의 근대와 현대 소설을 중심으로 하는 제한적인 방식 안에서 펼쳐보자. 관련된 영화 몇 편은 보다 풍부한 참고와 재미를 위해 연결한 것이다. 통시적 독서이니 어디서 출발하여 현재 어디까지 왔고, 앞으로 어디로 가리라 예상할 수 있는지를 살필 생각이다.

불평등한 사랑의 역사

"내 욕망이 아무리 특이하다 할지라도 어떤 유형에 속해 있단 말인가? 그것은 분류될 수 있단 말인가?"

일제강점기의 시각 : 단죄 대상이자 수동적 존재로서의 여성

일제강점기 근대소설에서도 간통은 종종 소재로 쓰였다. 사회 전반적으로 여전히 유교적 엄숙함이나 경건주의가 강하게 영향을 미치는 상태였지만, 외도를 오직 권선징악 성격으로 한정하여 다룸으로써 논란을 비켜 갈 수 있었다. 몇몇 작품에서 그 전형적인 특징을 찾아볼 수 있다.

김동인의 『유서』에서 간통은 상황이나 전후 사정과 상관없이 오직 죽여 마땅한 죄일 뿐이다. 아내의 외도를 의심하는 남편 O는 친구인 화자가 "만약 사실이면?" 하고 묻자 잠시도 망설이지 않고 "연놈을 죽이지요."라고 내뱉고는 벌떡 일어서서 마치 원수를 대하기라도 하듯이 무서운 눈으로 쏘아본다. 남편만이 아니다. 친구인 화자의 태도도 마찬가지다.

O의 아내? 그런 변변치 않은 여편네 하나는 죽든 살든 아무 관계없으되, 아까운 재주를 품은 O뿐은 결코 타락시키고 싶지 않았다.

화자는 옛날과 같이 가족 전체가 몽둥이를 들고 나서서 두 연놈을 쳐 죽일 수도 없고, 그렇다고 증거를 잡아 고소를 하자니 친구 O의 명예를 더럽힐 뿐이라고 생각한다. 그리하여 친구 아내와 둘이 있는 시간을 만든 후 속임수를 써서 유서를 작성하게 만들고, 손에 쥐고 있던 가운의 허리띠로 O의 아내를 목 졸라 죽인다.

채만식의 『탁류』에서 벌어지는 상황도 비슷하다. 초봉과 중매결혼을 앞둔 태수는 하숙을 하던 한 참봉 집의 부인인 김 씨와 혼외 관계를 갖는다. 초봉을 탐내는 태수의 친구 형보의 흉계에 의해 둘이 관계를 갖는 현장에 한 참봉이 들이닥친다. 방망이를 움켜쥐고 방 안으로 뛰어들어가 두 사람의 머리를 깨어버린다.

향락의 뒤끝을 수습치 않은 채 고단한 대로 풋잠이 든 두 개의 반나체. 얼기설기 서로 얼크러진 두 포기식의 다리. 팔과 팔……. 탑삭부리 한 참봉은 이것을 보고, 알아내고, 분노가 치밀고 하기에 반초의 시간도 필요하지 않았다. (…) 피는 흥건히 흘러, 즐거웠던 자리를 부질없이 싱싱하게 물들여놓는다.

결국 두 사람 모두 몽둥이에 맞아 죽어 싸늘한 시체로 나뒹군다. 그런데 정작 아무런 망설임도 없이 마치 당연하다는 듯이 부인과 태수를 죽인 한 참봉 자신은 이미 집 밖에 여러 명의 첩을 둔 경험을 갖고 있다. 사건 당시에도 외도 상대 여성이 있었고, 그 여인의 집에서 자고 오는 날이 허다했다. 김 씨나 태수를 비롯해 주변 사람들도 공공연하게 이를 잘 알고 있었다. 오직 여자의 외도만이 마땅히 죽어야 할 범죄 취급을 받았다.

또 하나의 특징은 상황에 끌려가기만 하는 여성의 소극성이다. 일제강점기의 소설 가운데서는 나름대로 외도에 대해 가장 적극적인 태도를 보이는 김동인의 『약한 자의 슬픔』조차 큰 틀에서는 예외가 아니다. 남작의 유혹에 고작 "부인이 아신다면?"이라고 한마디 하고는 '아차! 부인이 모르면 어찌한단 말인가? 모르면 이것이 허락의 의미가 아닐까?'라며 온통 속마음으로만 애를 태운다. 심지어 어느 순간 자신이 잠시 어색한 웃음을 지은 것을 놓고 '이것은 매춘부의 웃음, 매춘부의 행동이 아닐까?'라며 자책하기 바쁘다.

나중에 남자에게서 버림을 받은 후 고통과 번민 끝에 그녀는 정조 유린의 잘못을 걸어 배상과 사죄 광고 등을 청구하는 소송을 법원에 제기한다. 하지만 정작 재판정에서 남작을 보자마자 그녀는 다시 스스로를 탓한다.

> 남작을 볼 때 갑자기 죄송스러운 생각이 났다. '오죽 민망할까? 이런 데 오는 것이 남작에겐 오죽 민망할까? 내가 잘못했지, 재판을 왜 일으켜? 남작은 날 어찌 생각할까? 또 부인은?' 이제라도 할 수만 있다면 재판을 그만두고 싶었다.

결국 원고의 주장은 증거가 없다며 재판에서 기각당한다. 그녀는 병적으로 날카롭게 된 상태에서 자살을 생각하다가 그저 살아지는 대로 살아보자는 결론을 내린다. 그리고 상당히 생뚱맞게 추상적인 의미의 사랑에서 희망을 찾는다. '우주에 널려 있는 사랑, 자연에 퍼져 있는 사랑, 천진난만한 어린아이의 사랑!'이라는 넓은 세계가 자신을 구원해줄 것이라 믿는다. 여성은 관계를 맺는 과정이든 헤어지는 과정이든 나아가서 그 이후 논란이 생겼을 때도 시종일관 소극적이고 수동적인 역할로만 제한된다.

해방 직후 : 외도에 대한 새로운 시각의 가능성

해방 이후 간통을 주제로 제일 먼저 충격을 준 문화적 사건은 단연 정비석의 소설 『자유 부인』이다. 1954년 신문에 연재된 8개월 동안은 물론이고, 영화에 이르기까지 큰 논란을 불러일으켰다. 한 서울대 법대 교수는 "문화의 적이요, 문학의 파괴자요, 중공군 50만 명에 해당하는 적"이라는 내용의 글을 발표했다. 정비석은 이적 소설로 고발과 투서가 들어간 치안국, 특무 부대 등에 불려 가 조사를 받았다. 영화도 개봉 전

날까지 허가가 나지 않아 키스신 등을 대폭 잘라야 했다.

일단 달라진 것이 외도의 주인공이 남성이 아니라 여성이라는 점이다. 이 소설이 사회적으로 논란이 된 것도 먼저 일반 가정의 부인이 공공연하게 혼외 관계를 맺는 행위 자체 때문이었다. 다음으로 남편이 의심만 해도 전전긍긍하던 근대소설 분위기와 다르게 여성이 적극적으로 자신의 주장을 펼치기 시작했다.

교수 부인인 선영은 동창회에 나가고 양품점 일도 하면서 바깥세상에 관심을 갖게 된다. 동창 모임에 나가면서부터 주인공 선영에게 변화가 찾아온다. 신입 회원 환영 댄스파티가 열리는데, '남자 파트너는 반드시 자기 애인을 데리고 와서, 꼭 그 사람하고만 춰야 한다'는 조건이 걸렸다. 누군가가 자기 남편을 데리고 가는 것은 괜찮지 않겠느냐고 말했다가 친구들에게 당장 타박을 받는다.

> "애인을 데리고 오라는데, 누가 쑥스럽게 남편을 데리고 가니!" (…) 최윤주는 자신만만한 모양이었다. 선영은 못나 보이고 싶지 않아서, "없다면 거짓말이 되겠지만, 쑥스러워서 어떻게 그런 델 같이 나가니?"라고 한다.
>
> "그게 봉건사상이라는 거야! 이젠 정말이지 그런 케케묵은 봉건사상은 깨끗이 청산해버려야 해! 애인하고 춤추는 게 뭐가 쑥스럽단 말이냐."

동창 모임에서 계획한 댄스파티를 계기로 옆집 하숙생이자 남편의 제자인 대학생 춘호에게 춤을 배우며 둘은 깊은 관계를 맺는다. 춘호는 적극적으로 선영을 유혹한다. 불륜이지만 좋으니 어쩔 수 없다는 소극적인 태도가 아니다. 오히려 정당성을 주장한다. 기독교 성경에 나오는 선악과 이야기를 하면서 오히려 이브에게 고마워해야 한다고 주장한다. "죄악의 인식이야말로 생활을 복잡화하고, 생활을 미화하는 원동력"이라는 것이다.

선영도 원하지 않지만 어쩔 수 없이 끌려가는, 수동적이기만 한 태도가 아니다. 유혹에 응하면서 뜨거워지는 자신을 발견한다. 춘호가 "나하고 정사해버릴까요?"라고 하자, 선영은 말초신경이 찌르르해오도록 강렬한 자극을 느낀다. 도발적인 태도에 놀라서 빼기보다 애처로운 듯이 춘호의 뺨을 쓸어준다. 적극적으로 춘호의 방을 자주 찾아간다.

게다가 동시에 또 다른 남자와 관계를 맺는다. 양품점 주인 한태석이 유혹하자 "부인이 무서우세요?"라며 이끌고, "애인 대용품이 되어주세요."라며 댄스홀에 가자고 한다. 댄스파티가 있던 날 "애인의 자격으로 동행한다면 모르거니와, 대용품이라면 못 가겠습니다."라는 태석의 말에 "좋아요! 그만한 프라이드가 계시다면 애인으로 승급시켜드릴 테니 빨리 가세요."라고 잡아끈다.

선영은 한술 더 떠 댄스파티 도중에 빠져나와 태석과 호텔 방으로 향한다. 주변의 부인들도 마찬가지다. 소풍을 가자는 남자의 제안에는 "그러지 말고 온천장으로 가자고 확실히, 똑바로 말씀하세요."라고 답한다. 즉흥적인 행위만은 아니다. 선영의 내면 변화가 동반된다.

> '나는 왜 노예처럼 살아왔을까?' 화려한 바깥세상과 담을 쌓고 살아왔던 자신이 뉘우쳐지며, 속절없이 흘러간 청춘이 아쉽기 그지없었다. 자유의 푸른 하늘! 그 푸른

하늘을 제비처럼 좌우로 날아보고 싶었다.

어느 순간에는 몇몇 친구처럼 이혼할 생각도 한다. 일부종사란 가소로운 봉건사상일 뿐, 어리석은 남편을 섬기면서 한평생을 살아가는 것은 개화된 20세기 여성에게 용납할 수 없는 일로 느껴졌기 때문이다. 자유 부인이면 어떠냐고도 한다. 남편인들 아내의 자유와 권리를 부인할 수 없고, 진시황이 환생한들 만리장성으로도 이 시대적 흐름을 막아낼 길이 없다고 생각한다.

하지만 근대소설의 틀에서 완전히 벗어나지는 못했다. 새로운 시각의 가능성을 보여주었을 뿐, 아직은 기존 사고방식이 상당히 깊게 스며들어 있다. 선영의 친구는 간통 사실이 밝혀진 후 댄스파티 중에 약을 먹고 자살한다. 선영도 양품점 부인의 투서로 간통이 들통나 집에서 쫓겨나게 되자 180도 돌변해 오직 후회의 감정에 지배된다.

가정! 여자들은 가정을 떠나서는 자유도 행복도 있을 것 같지 않았다. 왜냐하면 여자들의 자유와 행복이란 오로지 결혼이라는 토대 위에서만 성립될 수 있기 때문이었다.

오직 남편과 아이가 있는 집만이 유일한 자유의 세계요, 행복의 보금자리라고 생각한다. 안방과 남편과 자식들이 그리워지며 눈물이 솟는다. 노예의 집이라고 생각했던 가정이 이제 알고 보니 노예의 집이 아니라 극락이었다는 것이다. 느닷없는 태도 변화인데, 왜 그런지 설득력 있는 설명이 없다. 사실은 남편도 미혼 여성과 연애를 시도했었다. 결국 남편의 용서를 통해 선영은 가정으로 돌아온다. 아이를 끌어안고 "다이 엄마 잘못"이라며 운다. 작가는 "마누라 단속에 조금만 엄격했던들 선영이 그처럼 허영의 날개를 펴지는 못했으리라."고 자신의 생각을 덧붙인다. 여성에게 자유를 주었기에 문제가 생겼다는 식이다.

군사정권 시대 : 미혼 여성 대상의 남성 외도 표현만을 허용

1961년 쿠데타 이후 박정희 군사정권은 다양한 문화 예술 단체를 해산시키고 표현의 자유를 극도로 제한한다. 성에 대한 표현도 철퇴를 맞는다. 가뭄에 콩 나듯이 간통을 다루더라도 논란을 피해갈 방법을 찾았다. 가장 큰 논란이 대부분 기혼 여성의 행위와 관련되어 나타났기에 이를 피하는 쪽으로 소설의 이야기를 짜는 것이다. 강한 가부장제 분위기 아래서 기혼 남성과 미혼 여성 사이의 일은 논란을 피해갈 수 있는 소재였다. 그래서 이 시기에는 사실상 미혼 여성 대상의 남성 외도에 대한 표현만 허용되는 분위기였다.

군사정권 시대 장안에 화제가 되었던 외도 소설도 정비석의 작품이었다. 1965년부터 장장 5년에 걸쳐 『대한일보』에 연재된 『여인 극장』이다. '노변정담'이라는 이름으로 연재되었는데, 나중에 제목이 바뀌어 출판되었다. 기존의 윤리 체제를 벗어난 여성들에 대한 치밀한 심리묘사와 거침없는 성 묘사로 뜨거운 화제를 불러일으켰다. 작가는 "소설이 아니라 실제로 있었던 이야기들"이라며 현실에서 직접 이야기 소재를 가져왔다고 소개한다. 단편소설 분량의 글을 여러 편 연재하는 방식이었다.

혼자인 여성 가운데 가장 빈도수가 높은 것은 미망인이나 이혼녀를 상대로 한 유부남의 외도 이야기다. 60세가 다 된 일암 선생은 우연한 기회에 30대 중반의 여인과 만남을 갖게 된다. 관심을 갖고 있었으나 그 여인이 미망인이라는 사실을 알고부터 급격하게 외도 상대로 바라본다.

> "주인은 7년 전에 세상을 떠나셨어요."
>
> 미망인이라는 말을 직접 듣고 나니 새삼스러이 가슴이 두근거렸다. (…) 그 젊은 미망인을 소실로 맞아들이자는 것은 아니다. (…) 고독한 그 여인에게 위안을 주는 동시에 자신도 최후의 쾌락을 한 번 누려보고 싶은 그저 그뿐이었다.

일암 선생은 욕망 때문에 밤에 잠도 제대로 이룰 수가 없다. 성관계를 가진 후 여인도 지극히 만족스러워한다. 일단 살을 섞고 난 이상에는 부끄러울 것이 없는지, 몸을 격렬하게 움직이며 소리를 지른다. 하지만 그는 2~3년 내로 정력이 감퇴되어 그 방면에는 자신이 없다. 오십 고개를 갓 넘은 부인에게 한 달에 한 번 정도로 의무를 수행하는 것이 고작이다. 살림을 차리기에는 정력이 뒷받침되지 않는다고 판단한다. 그저 가끔씩 만나 욕망을 충족시키면 될 일이라 생각한다.

철저히 남성적 시각에서 전개되는 이야기가 많다. 김애옥이라는 여자가 주인공으로 나오는 이야기도 비슷하다. 김애옥은 결혼에 실패하고 헤어진 이혼녀다. 상대 남자는 부인이 있다. 남자는 앞의 일암 선생이 그러하듯이 그녀를 일시적인 욕망 충족 상대로 여긴다.

> 어디서 어떻게 굴러먹은 말 뼈다귀인지 그녀의 정체를 모른다. 그러나 마누라는 30여 년간이나 생사고락을 함께해온 조강지처가 아닌가? (…) 김애옥을 플라스틱 그릇에 비긴다면 마누라는 가보에 해당하는 뛰어난 골동품적 존재라고도 할 수 있다.

물론 여성이 적극적으로 이끌어나가는 역할로 나오는 경우도 종종 있다. 자기 스스로 '여객선'이라고 자처하는 여성 현달숙 이야기다. 하지만 『자유 부인』의 선영과는 달리 이혼하여 혼자가 된 여성이다. 24세에 결혼을 했으나, 남편이 무능하고 무력한 데다가 아내로서 구속받는 것이 싫어서 사정없이 걷어차고 집을 나온 34세의 여성이다.

현달숙은 남자를 자주 바꾼다. 무역회사 사장이라는 중년 신사, 증권회사 상무로 있다는 55세의 신사 등 주로 형편이 괜찮은 유부남이 상대다. 친구들이 "너는 어쩌려구 자꾸만 애인을 바꾸니?"라며 고개를 흔들자, 당당하게 스스로를 여객선에 비유한다. "애인을 바꾸기로 어떠냐? 남자들은 여객선을 바꿔 타는 기분으로 여자를 바꾼다니까, 우리 여자들도 여객을 바꿔 태우는 여객선의 기분으로 남자를 바꾸는 것이 뭐가 나쁘단 말이냐?"

가끔 아직 결혼을 안 한 여성을 상대로 한 유부남의 외도 이야기도 나오지만 대체로 미망인이나 이혼녀 혹은 미혼 여성이되 매춘업소에서 일하는 여성의 이야기다. 그리고 술집이나 매춘업소에서 일하게 된 계기로 처녀 때 기혼 남성의 외도 상대가 된 경험이 자주 등장한다.

미스 김은 "연애에 실패하고 나서 이렇게 됐어요. 상대방은 처자가 있는 군인이었어요."라고 한다. 20세 때 처자가 있는 군인과 사랑을 주고받게 되었다. 8개월 가까이 동거 생활까지 했다. 후방에 있던 본처가 그 사실을 알고 춘천으로 달려오는 바람에 그들의 보금자리는 여지없이 파괴되고 말았다. 그 후 서울로 올라와 어떤 요정에 기생으로 나갔다. 기생 한옥심은 23세에 연애결혼을 했으나, 결혼 후에 알고 보니 버젓한 본처가 있어서 동거 생활 1년 만에 이혼을 하고 말았다. 이혼을 하고 나니, 당장 눈앞에 닥쳐오는 것이 생활고였다. 각 방면으로 직업을 구하다 못해, 결국은 기생으로 나서게 되었다.

아예 처녀나 가정이 있는 부인을 상대로 한 외도가 아니라면 양심적인 사람이라는 평가까지 받는다. 김태권 사장 이야기가 대표적이다. 그는 외도란 남자들의 생리적인 배설 행위에 불과하다고 생각한다. 대신 나름대로의 원칙이 있다.

> 김태권 사장의 특징은 순결한 처녀나 가정부인을 결코 유혹하지 않는 점에 있었다. 지금까지 접촉해온 여성은 100명이 훨씬 넘었으리라. 그러나 모두가 화류계 여성들뿐이었다. (…) 그런 점에 있어서는 지극히 양심적인 김태권 사장이었다.

가정부인이나 처녀를 함부로 건드리는 것은 불행을 끼쳐주는 죄악이라고 생각한다. 하지만 화류계 여성들은 매춘이 직업처럼 되어 있어서 아무리 건드려도 후환이 없다는 것이다. 외도 대상이 화류계 여성이고, 그녀에게서 애정을 구하지 않는다는 것만으로 양심적인 사람 소리를 듣는다.

극히 드물게 기혼 여성의 외도가 나오기는 한다. 하지만 『자유 부인』의 선영과 달리 스스로 어느 순간에 중단하고 가정으로 돌아가는 이야기가 중심이다. 32세의 가정부인 김영애 이야기다. 전자공학 기술자인 남편이 유학으로 1년 3개월 동안 부재중일 때 한 젊은 남성과 정을 통해 왔다. 남편이 서울로 돌아오게 되자 그에게 이별을 통보한다. 마지막 만나는 날 다시 한 번 뜨거운 관계를 맺기는 한다.

> "그리웠어! 당신이 그리웠어. 죽이고 싶도록 그리웠어!"
> 그러나 그것은 생리적인 쾌락에서 절로 나오는 대사였을 뿐이지, 실상인즉 그리울 것은 조금도 없었다. 게다가 영애는 이번이 밀회하는 최후의 기회라는 생각에서 쾌락은 더욱 절정에 달하여 몸부림을 치면서 기성을 연발하였다.

그와 자주 뜨거운 밤을 보내고 정도 들었지만, 남편이 돌아오는 마당에 스스로의 결정으로 깨끗하게 관계를 청산한다. 마지막 성관계를 하면서 뜨거운 욕정이 물릴 줄 모르도록 줄기차게 용솟음쳐 올라온다. 하지만 앞으로도 옛날의 비밀 관계를 두고두고 계속하자는 것이 아니다. 당연히 헤어져야 한다고 생각한다. 단지 앞으로는 다시 만날 수 없으니 마지막 밤이라는 생각에서 오는 짜릿함일 뿐이다.

1960년대 문학작품 중 우리에게 가장 잘 알려진 소설이라 할 수 있는 김승옥의 『무진기행』도 상황 설정은 비슷하다. 기혼 남성과 미혼 여성의 관계다. 소설 속의 화자는 "백이 좋고 돈 많은 과부"를 만나 결혼한 것을 반드시 바랐던 것은 아니지만 결과적으로 잘되었다고 생각하고 있는 사람이다. 제약회사 전무로의 승진을 앞두고 논란을 피해 고향인 무진에 잠시 내려와 있다가 모교의 음악 선생이자 미혼 여성인 인숙과 관계를 맺는다.

어느 날 갑자기 아내로부터 급히 상경하라는 전보가 온다. 화자는 아내의 전보가 자신의 외도에 대해 여행자에게 주어지는 자유 때문에 생긴 일시적인 일탈일 뿐이라고 말하고 있음을 느낀다. 아니라고 고개를 저으며 그녀에 대한 자신의 진정성을 되뇐다. 그러면서 갑자기 떠나게 되었음을 알리는 편지를 쓴다.

> 사랑하고 있습니다. 왜냐하면 당신은 제 자신이기 때문에 적어도 제가 어렴풋이나마 사랑하고 있는 옛날의 저의 모습이기 때문입니다. (…) 저를 믿어주십시오. 서울에서 준비가 되는 대로 소식 드리면 당신은 무진을 떠나서 제게 와주십시오.

그녀는 서울로 가고 싶다고 했었다. 그는 서울로 올라가 곧 연락을 주겠다고 한다. 서울로, 자신에게로 달려오라고 한다. 그렇게 두 사람의 관계를 이어가면 앞으로 행복할 수 있을 거라는 말도 잊지 않고 편지에 적어 넣는다. 하지만 거듭 편지를 읽어본 후에 찢어버린다. 버스를 타고 무진을 떠나면서 '당신은 무진읍을 떠나고 있습니다. 안녕히 가십시오'라는 팻말을 보고 자신의 비겁한 마음을 들킨 것 같아 심한 부끄러움을 느낀다.

이른바 불륜으로 지칭되는 혼외 관계를 기혼 남성과 혼자인 여성 사이로 좁혀놓는 한에서만 표현이 허용되는 상황은 소설만이 아니라 영화에도 영향을 미쳤다. 1968년에 화제가 된 영화 「미워도 다시 한 번」이 대표적이다. 시골에 아내가 있는 신호는 혜영과 사랑에 빠진다. 하지만 어느 날 신호의 처와 자식이 상경하여 그들 앞에 나타난다. 이에 충격을 받고 잠적한 지 8년이 지나 혜영은 신호 앞에 혼자 키워온 아들을 데려온다. 여러 갈등을 겪으며 아이가 엄마를 그리워하자 신호는 아이를 데리고 시골로 내려간다. 간통은 단지 소재일 뿐, 모성애가 주요 테마다. 이후 멜로드라마의 전형이 되었고 대체로 이 틀에서 벗어나지 않았다.

민주화 시대 : 외도에 대한 가치판단의 배제

1980년대 후반에 형식적 민주주의가 자리를 잡고 표현의 폭이 더 넓어지고 나서야 현실의 복잡한 애정 관계가 문화에 반영된다. 1989년에 나온 박영한의 소설 『우묵배미의 사랑』은 드센 아내와 사는 주인공이 폭력적인 남편에게 눌려 사는 여인과 맺는 관계를 감성적 태도나 과장을 걷어내고 일상을 통해 사실적으로 보여준다. 무엇보다도 윤리적 가치판단으로 마무리해야 한다는 강박관념과 선을 그었다는 점에서 확연히 달라진 분위기를 반영한다.

주인공 배일도의 부인은 서울에 나갔다가 한 이틀 자고 들어왔다며 온 마을 사람이 다 모인 잔칫집 마당에서 다짜고짜 남편의 멱살을 쥐고 악을 쓴다. 기분이 나쁘면 이 새끼, 저 새끼 욕을 해댄다. 솥단지를 집어 던지고 연장 통의 망치를 들고 달려든다. 상대 여성인 공례는 평소 남편에게 머리채를 쥐어뜯기고, 온몸은 멍투성이다. 남편은 매일 빈둥거리며 술에다 외박에다 노상 밖으로 싸돌아다니기만 하면서, 방세는커녕 쌀 한 말 변변히 갖다 주는 일이 없다.

그러던 두 사람이 같은 공장에서 재단사와 재봉 기술자로 일하면서 서로에게 의지하는 마음을 갖게 된다. "서로의 헐벗은 마음을 어루만져 주는 상대가 가까이 있다는 것 하나만으로도 우린 족했다." 매일 비닐하우스에서 관계를 갖는 것에 미안해하자 그녀는 "장소가 무슨 문제예요? 맘이 소중하죠. 난 여기가 다방이나 여관보다 훨씬 편하고 좋은걸요."라고 따뜻하게 대답한다.

일단 기혼 여성이 자발적이고 적극적인 외도의 주인공으로 등장하는 점이 이전과 달라진 설정이다. 또한 '불륜'으로 치부되는 간통에 대한 태도도 이전과 상당히 다르다. 선악에 대한 판단을 유보한다. 권선징악이나 처절한 반성과는 거리가 멀다. 배일도가 "계속 우린 이렇게 샛길루 가야 할 거예요."라며, 사람들의 눈길을 피하며 관계를 이어가야 하는데 괜찮겠느냐고 묻자 그녀는 담담하게 대답한다.

> "넓구 환한 길은 재미가 없잖아요?" (…) 싹수가 노란 알건달 서방한테 쥐어박히면서 죽느니만 못한 삶을 견디느니 이따금씩 이렇게 좋은 남자 가까이 지내면서 서방 뭇매를 당하는 게 차라리 낫다. 그 정도는 이미 견딜 각오가 단단히 되어 있다.

소설에서 보이는 변화는 영화에서도 비슷하게 나타난다. 20세기의 대미를 장식하며 간통에 대한 인식 변화를 극적으로 보여준 영화가 1998년 임상수 감독의 『처녀들의 저녁 식사』다. 여기서 여성들은 성을 즐기고 거리낌 없이 대화 주제로 삼는다. 호정은 유부남과의 잠자리 끝에 간통죄로 고소당하고 조사를 받는다. 하지만 그간의 영화처럼 반성이나 욕망의 덧없음으로 마무리하지 않는다. 여전히 당당하다. "도대체 언제부터 형사와 검사가 내 아랫도리를 관리해온 거니? 국가보안법이면 몰라. 간통이 뭐야, 간통이!"

결혼해서 한 남자에게 매달리고, 고정된 섹스에 익숙해져 살지 않겠다고 한다. 이제 간통을 포함하여 개인의 감정과 행위에 국가가 개입하거나 처벌할 권리가 없다는 주장에 이른 것이다. 최근의 간통죄 위헌판결을 고려하면 문화에서 20년 가까이 앞서는 상황 설정과 표현이 나타난 것으로 봐야 한다. 나아가 남성 중심적 성 담론에 정면으로 도전한다. 그녀들은 엉덩이와 다리를 창밖으로 드러내고 흔들어대며 남성 위주의 통념을 조롱한다.

2000년대 초반 : 결혼 제도에 대한 반발과 새로운 가족 형태의 모색

21세기로 접어들어 어떤 변화가 찾아왔는가? 가장 두드러진 현상은 법적 개입 비판을 넘어 결혼 제도 자체에 대한 문제 제기로 나아간 점이다. 2000년에 출간된 이만교의 소설 『결혼은 미친 짓이다』가 신호탄을 쏘았다. 기혼 여성과 미혼 남성의 비밀스러운 관계를 다룬다.

먼저 결혼에 대해 기성세대와 전혀 다른 태도를 보인다. 부모님은 결혼은 무조건 해야 한다는 전통 사회의 논리에 충실하다. 어머니는 "재는 장가를 가야만 철이 들 거다."라는 말을 입에 달고 산다. 병원에 가서도 내 병은 약 먹어서 나을 병이 아니라 아들이 결혼해야 낫는 병이라며 중매를 들어달라고 간호사에게 조를 정도다. 하지만 주인공은 사랑이나 결혼 자체에 대해 상당히 다른 생각을 갖는다.

> "사랑은 세상에서 신축성이 가장 뛰어난 고무줄일 뿐이야. 사랑이란 단어의 개념망이 너무 넓다는 뜻이야. 사랑은 누가복음 13장 1절에 나오는 의미로부터 결혼해 달라는 뜻이거나 단지 함께 섹스하자는 뜻에 이르기까지 그야말로 이어령비어령이지 뭐."

특히 결혼에 대해서는 지극히 회의적 태도를 가지고 있다. 애인 관계에 있는 연희가 왜 결혼할 생각이 전혀 없는 거냐고 묻자 "그따위 이유는, 서른 가지라도 댈 수 있어."라고 한다. "당신이 세상에서 제일 사랑스러워, 라고 저녁마다 거짓말하면서 살 자신이 없어."라는 것, "내가 추구할 만한 결혼의 모델이 없다."는 점도 이유가 된다. 결혼하고 평생 사랑하며 행복하게 사는 데 있어 모범이 없다는 말이다.

주변에서 결혼에 대한 압박이 거세지자 연희에게 차라리 가짜 결혼을 하자고 한다. 결혼 신고는 하지 않고 각자 간섭도 하지 않으며 따로 살다가 명절 때나 부부 행세를 하자는 제안이다. 조금만 주의하면 들키지 않는다고 강조한다. 주말부부인 양 살면 된다. 시부모가 오실 때 남편이 집안일에 손가락 하나 까딱 안 한다며 불만 몇 가지를 투덜대면 가짜로 살고 있다고는 아무도 의심하지 못한다는 것이다.

그러던 어느 날 연희가 다른 남자와 결혼한다고 하자, "신랑 하나만 바라보고 평생을 살 수 있다고 생각해? 결국 네 결혼은 그것 자체만으로도 일종의 간통미수죄야."라며 어이없어한다. 결혼하고도 한 남자만 바라보고 살 여자가 아니라는 지적이다. 연희는 "난, 자신 있어."라고 단호하게 말한다. 그런데 남편을 두고 다른 남자와 외도를 하지 않을 자신이 아니다. "절대 들키지 않을 자신!"이다. 결국 결혼한 연희가 두어 달 만에 준영의 자취방에 나타난다. 또 하나의 신혼 방을 차린다. 그녀에게서 이중적 관계에 대한 죄의식은 애초에 찾아볼 수 없다.

"날이 갈수록 아무런 죄책감도 느껴지지가 않아. 그냥 언젠가 네가 말한 것처럼 두 개의 드라마에 겹치기 출연을 하고 있는 것 같을 뿐이야. 그래서 남들보다 약간 바쁘게 살아가는 듯한 느낌뿐이야."

화자도 "합리적이고 성숙한 사회일수록 성이 자유로울 수 있는 게 아닐까?"라며 공감을 표시한다. 결혼했다고 해서 사랑과 성관계 등 모든 것을 오직 두 사람 사이에서만 해결해야 한다는 주장은 전혀 현실적이지 않다는 것이다. 결혼과 연애는 별개의 문제다. 결혼이란 사회적 관계의 하나일 뿐 사랑과 동의어는 아니라며 기존 결혼 제도에 도전장을 던진다.

영화에서도 비슷한 발상이 등장한다. 2003년 영화 『바람난 가족』은 『결혼은 미친 짓이다』에서 보여준 연희의 태도가 단순히 기발한 '발상'이 아니라 이미 현실 가족 관계에서 '사실'의 일부임을 드러낸다. 주부 호정은 동네 고등학생과 바람이 난다. 남편에게도 정기적으로 만나는 애인이 있다. 심지어 환갑이 넘은 시어머니도 초등학교 동창과 비밀스러운 관계다. 말 그대로 가족 모두가 밖에 연인을 따로 두고 결혼은 형식적으로 유지하는 상태다. 우리에게 결혼과 사랑을 별개로 취급하기는 너나 나나 마찬가지 아니냐는 말을 건네는 듯하다.

결혼은 형식에 불과하지만 아직 간통은 드러나면 안 되는 비밀의 방이라는 점은 공통적이다. 2007년 영화 『바람피기 좋은 날』에서는 이 굴레조차 벗어던진다. 주부 이슬에게 간통은 안 들키면 좋지만 들켜도 어쩔 수 없는 일이다. 어린 대학생과 즐기는 와중에 남편이 경찰과 함께 들이닥치지만 반성과는 거리가 멀다. 남편이 남자의 머리를 몇 대 쥐어박자 "때리지 마, 더러운 놈아. 사람 창피하게 만들고! 쪼잔한 새끼!"라고 소리친다. 감방에 처넣겠다는 협박에 "나는 너를 지옥에 처넣을 거야. (…) 세상에 널린 게 남자다!"라며 대든다. 남편과 화해한 후 며칠 만에 다시 비밀 만남을 즐긴다.

여기까지는 간통을 매개로 일부일처제 중심의 기존 가족제도에 대한 불신을 노골적으로 드러내는 방식이었다. 2006년 박현욱의 소설 『아내가 결혼했다』에 이르러서는 간통이라는 개념 자체를 정면으로 부인하며 새로운 가족 형태의 모색으로까지 나아간다.

어느 날 아내가 "좋아하는 사람 생겼어."라고 선언한다. 이혼하겠다는 것은 아니다. 남편과 그 사람을 모두 사랑하기에 이혼하지 않고 애인과 결혼하겠다는 것이다.

> "나는 당신을 사랑해. 그래서 당신과 결혼했어. 지금도 당신을 사랑해. 당신과의 결혼을 깨고 싶은 생각은 추호도 없어. 그리고 또 나는 그 사람을 사랑해. 그래서 그 사람과 결혼하고 싶어. 이상하게 들리겠지만 그게 전부야."

"중혼은 불법"이라고 항의해보지만 굳이 법적으로 인정받는 부부가 될 필요는 없다며 인류학자의 조사 결과도 들먹인다. 동물만 봐도 지구상에 있는 모든 종의 생물 중에서 일부일처로 종족을 보존하는 건 1프로 정도밖에 안 된다는 근거를 든다. 인간으로 좁혀놓고 봐도 각기 다른 사회 238곳 가운데 일부일처제를 강요하는 사회는 겨우 43곳뿐이라는 것이다. 남편은 하는 수 없이 "그럼, 그놈과는 바람만 피워."라고 양보하지만 아내는 "그 사람을 사랑해. 같이 살고 싶어."라며 완강한 태도를 유지한다. 남편은 "가는 데까지 가보자."라며 두 손을 들고 인정하지만 갈수록 태산이다. 어느 날 아내가 초음파 사진을 꺼내 놓는다.

아내는 활짝 웃으며 말했다.

"초음파 사진이야. 축하 파티 하자. 임신이야. 5주래."

(…)

"누구 아이야?"

"누구 아이긴. 내 아이지. 당신 아이고. 또 그 사람 아이고."

상대 남성도 남편을 설득한다. "이런 비정상적인 생활이 언제까지 갈 것 같아요?"라며 그에게 항의하자 남들과 다르지만 비정상은 아니고, 폴리패밀리도 충분히 가능한 일이라고 한다. 다시 아이가 나중에 크면 어떻게 할 것인지, 아이에게 이런 상황을 납득시킬 수 있다고 생각하느냐고 추궁해보지만 "오히려 유연한 발상을 지닌 아이로 성장하지 않을까요?"라는 대답이 되돌아온다.

나중에 아내는 결국 자신과 두 명의 남편이 같이 살 것을 제안한다. 단호하게 "그놈하고 같이 살 수는 없어."라고 버티지만 이층집을 구해서 다 같이 살자고 계속 설득한다. 우여곡절 끝에 "그놈이 2층에 살아야 돼. 그리고 밥도 따로 먹어야 돼."라는 조건을 걸고 동의한다. 그 조건들이 충족되면 다양한 가족 형태가 인정되는 뉴질랜드로 가서 모두 함께 살겠다고 한다. 그런데 정작 떠나서 다 함께 살 작정을 하니 이상하게도 마음에 걸리는 것이 없음을 느낀다.

최근 소설을 비롯한 문화 영역에서 나타나는 전통적 가족제도에 대한 반발과 새로운 모색은 부권제에 기초한 일부일처제가 위기를 맞이하는 현실을 반영한다. 서유럽에서는 이미 기존 제도의 권위가 무너졌고, 한국 사회에서는 점차 틈이 커지는 중이다. 소설은 언제나 현실을 한발 앞서 반영하기 마련이다. 호불호나 옳고 그름의 문제 이전에 산업화나 도시화로 인한 가족 변화를 먼저 겪은 사회의 전조 현상을 만나게 해준다.

프랑스를 예로 들면 사르트르와 보부아르가 시도한 계약 결혼 가족이 전체 가정의 10퍼센트를 차지한다. 30세 이하 커플의 50퍼센트가 법적 관계 없이 살고 있으며 전체 신생아의 36퍼센트가 혼인 외 출산이다. 공동생활을 거부하며 이웃에 거주하는 별거가족(LAT족)도 급증 추세다. 여기에 동성애, 일부다처, 일처다부 가족 등을 더해 다양한 가족 형태가 공존한다. 법적인 일부일처제 가족이 지배적 가족 형태라고 말하기조차 어려워진 상황이다. 가족 형태의 다양화는 앞으로 대부분의 사회에서 일반적 경향으로 나타날 전망이다. 여러 이유가 있겠지만 가부장제 가족의 억압성에 대한 반발이 가장 큰 이유일 것이다.

지금까지 보여준 문학작품과 현실의 관계처럼, 최근의 다양한 가족 형태를 향한 도발은 향후 한국 사회에 나타날 현실을 예고한다. 아직 한국은 일부일처제를 유일한 정상가족으로 여기기에 새로운 관계에는 더 격한 반발이 뒤따른다. 무엇보다 먼저 관념으로 현실을 꿰어 맞추는 것이 아니라, 현실 변화를 있는 그대로 봐야 하지 않을까? 다수라는 이름으로 자행되는 억압적인 '정상' 개념을 의심하고, 점차 다양한 가족 형태에 대한 진지한 통찰이 필요하지 않을까?

바르트가 『사랑의 단상』에서 "내 욕망이 아무리 특이하다 할지라도 어떤 유형에 속해 있단 말인가? 그것은 분류될 수 있단 말인가?"라고 던진 문제의식은 우리에게 특히 중요한 의미를 지닌다. 다수의 권위로 정상가족 자리를 독점하고 여기에 맞지 않는 행위를 비정상의 굴레 안에 가둬 배제하고 억압하는 데 익숙한 한국 사회에서 곱씹어야 할 생각이다.

독자적 독서 인생 만들기

"과거에서 현재에 이르는 전 과정을 자신의 힘으로 끌어와서 완결하는 독서 경험을 할 때 자기만의 독서 스토리를 만들 능력을 얻는다."

통시적으로 소주제에 접근하는 독서에는 여러 장점이 있다. 먼저 독서의 재미가 살아난다. 앞의 사례에서 볼 수 있듯이 가장 사적인 행위처럼 보이는 외도가 시대별로 사회적 조건과 맞물리면서 관점 변화를 보이는 것이 흥미롭다. 어떤 변화가 나타나는지 살펴보는 과정에서 즐거움이 샘솟는다. 그냥 소설 줄거리를 읽는 것이 아니라 특별한 내용을 찾아나가는 맛이 있다. 마치 숨은그림찾기를 하듯이 말이다.

미술작품의 감상 재미를 높이는 방법과 비슷하다. 예를 들어 잔뜩 기대를 갖고 루브르미술관을 찾아 며칠의 시간을 두고 천천히 그림을 감상하다 보면 당혹스러운 경험을 한다. 전시된 회화 가운데 거의 반 이상이 중세 종교화라는 사실을 알게 된다. 성경의 일화, 예수나 성모 혹은 열두 제자나 주요한 성인의 이야기를 담은 그림이다. 신기한 것도 한두 시간이지 계속 비슷한 그림이 반복되면 슬슬 지루해지기 시작한다.

하지만 중세 회화 중에서도 가장 많고 그림 속 구성 요소도 비슷한 성모화만 하더라도 단순 반복이 아니다. 같은 성모화도 시대에 따라 그림을 통해 드러내고자 하는 메시지가 다르다. 회화적인 표현 방법에도 적지 않은 차이가 나타난다. 이를 이해하기 위해서는 중세 초기 아우구스티누스에 의한 기독교 교리 정립, 이후 교부철학의 발전, 중세 중기 이후 스콜라철학의 전개 등 종교적·학문적 차원의 독서가 필수적이다. 철학과 신학 차원의 관점 차이가 회화적인 표현 방법으로도 이어져서 각각의 특색을 만들어낸다. 변화가 어디서 어디로 향하는지, 왜 그러한 변화가 나타나는지를 통시적 맥락에서 보면 그림 보는 재미가 몇 배는 더 상승한다.

다음으로 소주제에 대한 통시적 독서는 내용을 속속들이 장악하게 해준다. 막연한 이해를 넘어 구체적인 내용에 도달하도록 도와준다. 마치 튼튼한 탑을 쌓듯이 터를 다지고, 그 위에 아랫돌을 깔고, 기단을 튼튼하게 만든 이후 중간에서 상단까지 하나씩 돌을 올려놓는 방식이기 때문에 독서가 진행될수록 내용이 축적된다. 적어도 그 주제에 관한 한 누구도 부럽지 않을 정도의 전문가적 지식을 갖게 해준다.

통시적 독서는 기억의 힘도 비약적으로 증가시킨다. 맥락 없이 여러 권의 책을 읽으면 1~2년만 지나도 내용이 가물가물해지지만 줍혀진 내용을 발생에서 전개 과정, 성장을 통해 현재에 이르기까지의 궤적을 되짚어오는 방식으로 익히면 사라지지 않는다. 흐름이 일목요연하게 잡혀 있기 때문에 오랜 세월이 흘러도 기억 속에서 중심을 잡는다.

더 나아가 다른 주제로 확장해나갈 가능성과 근거를 제공한다. 특정 주제에 대해 역사적 맥락을 잡으면 연관성이 있는 다른 주제로 나아가기 위한 문제의식이 생겨난다. 예를 들어 혼외 관계의 경우 가족제도에 대한 이해 혹은 더 확장해서 사랑의 본질에 대한 이해로 관심을 확장시킬 수 있다. 성적 욕망과 쾌락, 행복의 의미도 긴밀하게 연결되는 주제다. 횡적으로 연관된 주제로 다가서는 방향도 있고, 보다 넓은 범위의 주제로 올라서는 방향도 있다.

그리하여 독자적인 독서 인생을 만들어나가는 데 소중한 밑거름이 된다. 무슨 일이든 독자적인 능력을 기르기 위해서는 처음부터 끝까지 한 바퀴를 돌아보는 경험이 중요하다. 계획 수립을 위한 문제의식과 자료를 모으는 작업, 이에 기초하여 세부 실행 계획을 짜는 작업, 진행 과정에서 변수를 고려하여 변경해가며 마무리하는 작업을 경험할 때 독자적 인식능력, 독자적 실천 능력이 고양된다.

독서도 마찬가지다. 아주 작고 좁은 주제라 하더라도 과거에서 현재에 이르는 전 과정을 자신의 힘으로 끌어와서 완결하는 독서 경험을 할 때 자기만의 독서 스토리를 만들 능력을 얻는다. 횡적으로 닿아 있는 주제든 더 넓은 범위의 주제든 연관된 주제를 잡아내고 스스로 이에 적합한 독서 계획을 만드는 내적 힘이 생겨난다. 나중에는 주제를 넘어 한 영역 전체의 독서 계획을 짜고 실행해나가는 정신적 힘을 얻는다. 결과적으로 타인의 경험을 따라가는 데 머물지 않고 자신에게 필요하고 적합한 독서 인생을 만드는 능력을 갖추게 된다.

3장

폭넓게 읽기,
통섭적 독서법

르네상스형 인간

"근본적으로는 문 · 이과 통합 교육, 대학의 교양과정화 등 제도 개혁이 필요하다."

'통섭統攝'은 서로 다른 것을 한데 묶어 새로운 것을 잡는다는 의미로 쓰인다. 여기서는 인문학과 사회학, 자연과학 그리고 예술 등 다양한 분야를 통합적으로 보는 방법을 말한다. 독서에서 통시와 함께 가장 중요한 방법이 통섭이다. 하지만 보통은 어렵다고 생각하여 엄두를 내지 않기 마련이다. 웬만큼 경험을 쌓은 독서가도 자신 없어 하는 경우가 많다. 한 분야도 어려운데 어떻게 여러 분야를 넘나들면서 읽고 생각하겠느냐는 두려움 때문이다.

특히 한국 사람이 더 심한 편이다. 인위적·제도적으로 통섭을 거부하는 반응을 만들어왔기 때문이다. 무엇보다도 왜곡된 입시 정책이 가장 큰 원흉이다. 이미 초등학교 시기부터 국어와 영어, 수학이 압도적인 중요성을 갖는다. 미술, 음악을 비롯한 예술 분야는 거의 찬밥 취급이다. 중 · 고등학교에서는 사실상 의미 없는 과목으로 전락한다. 직접 입시에 관련이 적거나 없는 과목은 관심 대상에서 멀어진다.

고등학교 2학년이면 문과와 이과로 분리된다. 이후 잘 알다시피 문과는 과학 분야, 이과는 사회 분야와 사실상 높은 담을 쌓게 된다. 아마 이 시기에 문과 학생이 물리학이나 생물학처럼 과학 관련 책을 읽고 있으면 주변의 교사나 친구로부터 이상한 짓을 한다는 핀잔을 들을 게 뻔하다. 사실은 이미 초등학생이나 중학생 시절부터 부모와 학원 교사로부터 문과 체질이니 이과 체질이니 하는 소리를 듣는다. 선행학습이라는 명목으로 한쪽에 편향된 공부와 독서를 강요받는다.

대학에 가도 사정은 다르지 않다. 입학과 함께 개별 전공에 갇힌다. 교양과목이 있기는 하지만 전공 부담이 우리를 짓누른다. 부전공 선택이 가능하지만 대부분 취업에 유리한 경영 관련 과목과 영어에 집중하거나 공무원 시험, 고시 준비에 필요한 공부에 몰두한다. 당연히 다양한 교양 습득이라는 대학의 본래 취지는 사라지고 취업 준비 학원에 필요한 공부만 남는다.

취업이나 당장의 이해관계를 벗어난 분야에 대한 관심 자체가 거의 없으니 책을 읽는 적극적인 행위는 말할 필요도 없다. 공연한 시간 낭비 취급을 받기 십상이다. 통섭 방식으로 독서할 필요도 잘 느끼지 못하지만, 설사 일정하게 느낀다고 하더라도 실행할 엄두를 내지 못한다. 전문적으로 학문 활동을 하는 학자나 극소수의 특별한 사람에게 해당하는 공부라고 여긴다. 여러 분야를 연결하는 독서는 상당한 정도의 능력을 획득한 이후에나 시도할 만한, 깊이 있는 독해력과 폭넓은 배경지식을 갖춘 이후에야 시도할 것이라 생각한다.

하지만 본래 독서는 시작 단계부터 통섭이어야 한다. 사실 우리가 상식이라고 생각하는 학문 간 구분은 근대 이후에 와서야 나타난 현상이다. 동양이든 서양이든 학문의 출발부터 세상 사물에 대한 이해와 인간이나 사회현상에 대한 이해는 분리될 수 없는 것이었다. 내적인 정신과 외부 세계를 통합적으로 이해하는 데 있어서, 비중이나 강조점의 차이, 좀 더 나아가서는 일정하게 발상의 차이가 있지만 두 영역을 분리시키지는 않았다. 근대 철학에 이르기까지 자연학과 인간학, 사회학은 공통된 관심 영역이었다. 근대 수학의 성과 가운데 데카르트나 라이프니츠와 같은 철학자의 기여를 무시할 수 없는 것도 이러한 사정을 반영한다. 현대 철학자 중에도 화이트헤드나 러셀 등 수학자가 적지 않다.

대수기하학 발전에 크게 공헌한 일본의 수학자로, 1970년 수학의 노벨상이라고 불리는 필즈상을 수상한 히로나카 헤이스케(広中平祐)는 『학문의 즐거움』에서 수학과 철학의 친근성을 다음과 같이 강조한다.

"수학은 최종적인 이론으로 만들어야 되기 때문에 문제를 자꾸 제한해가고 정식화해야만 증명할 수 있다. 그러나 수학도 출발점은 인간의 생각이므로 배경에는 모호한 것이 있다. 그렇기 때문에 철학이라 할 수 있다. 수학은 바로 그 사람의 철학에서 출발한다."

수학과 철학이 동일하다는 의미는 전혀 아니다. 수학에는 명확하게 철학과 다른 기술적인 측면, 수학만의 독특한 기술이 있다. 다만 수학이든 철학이든 출발점에는 인식의 원리 탐구가 깔려 있다. 그러므로 수학의 어떤 국면에는 철학적인 요소가 포함된다는 것이다. 철학이 없으면 좋은 수학은 탄생하지 않는다고 강조한다.

한국에서는 수학자나 과학자이면서 철학에서 학문적인 성과를 낸 사람을 찾기가 어렵다. 자연과학 분야의 학자이면서 인문학에 관심을 갖고 '통섭'과 관련된 책을 낸 사람이 극소수 있기는 하다. 하지만 대부분 각각의 분야가 어떻게 관련이 있는지를 일반적인 교양 차원에서 소개하는 정도다. 통섭이 서로 다른 것을 한데 묶어 새로운 것을 잡는다는 의미일 때, 서로 다른 영역을 연결시켜 소개는 하지만 새로운 무언가를 창출하는 데는 이르지 못한다는 점에서 근본적인 한계가 있다.

예술과 다른 분야의 통섭도 아직은 매우 드물다. 예를 들어 미술만 해도 현실에서는 주로 화가의 삶이나 미술 기법과 관련한 설명이 주를 이룬다. 인문학이나 사회학과의 연결은 지나치게 제한적이다. 음악도 감성적인 의미의 감상 대상일 뿐 철학이나 다른 분야로 확장하는 계기를 만들지 못하고 있다. 미학에 대한 탐구는 실제 작품과 긴밀하게 연결되기보다 이론적인 차원에 머무는 경우가 많다. 이른바 아카데미즘 경향이 워낙 강해 일반 사람들이 다가서기에는 어려움이 있다.

근본적으로는 문·이과 통합 교육, 대학의 교양과정화 등 제도 개혁이 필요하다. 하지만 생각하고 판단하는 문제를 전적으로 제도로만 돌려버리고 손 놓은 채 방치할 수는 없는 노릇이다. 제도 개선과는 별개로 통섭 방식의 독서를 통해 개인적으로 사고 지평을 넓히려는 노력도 함께 가야 한다.

현실 문제를 해명하기 위해서도 통섭을 통한 이해가 필수적이다. 예를 들어 인문학, 사회학의 오랜 논쟁점 중 하나인 역사의 진보 여부 하나만 놓고 보더라도 그렇다.

과연 인류 역사는 진보해왔는가, 아니 더 나아가서 역사라는 거창한 의미를 떼어놓고, 단지 진보라는 개념 자체를 어떻게 볼 것인가 하는 것으로 좁혀 보더라도 인문학, 사회학, 자연학, 예술 등을 종합적으로 고려해야 한다.

사실 '진보'라는 말은 어떤 측면에 주목하느냐에 따라 전혀 다른 결론에 도달한다. 만약 과학과 기술 발전을 중심으로 보면 진보 개념은 날카로운 예각처럼 선명해진다. 또한 이 기준에 따르면 확실히 인류는 그동안 진보해왔다고 봐야 한다. 산업화나 물질적인 생산력을 중심으로 접근해도 마찬가지다. 하지만 빈부 격차 심화나 인간에 의한 환경 파괴, 범죄 증가, 개인의 일상적 소외 현상 등의 다른 측면에서 볼 때는 매우 다른 결론에 이른다.

이래저래 다양한 영역을 넘나들면서 공부하고 고민해야 균형 잡힌 시각을 얻게 된다.

움베르토 에코의 만화경

"주로 소설가로 잘 알려져 있는데, 동시에 저명한 기호학자이며, 나아가서는 뛰어난 철학자, 역사학자, 미학자로도 평가받는다."

가장 바람직한 것은 어려서부터 통섭 방식으로 독서와 공부를 이어온 경험이다. 현실적으로 한국의 제도 교육을 받고 성장한 사람이라면 낯설기만 한 상태이리라. 처음부터 너무 멀리 있는 영역, 전혀 접해보지 못한 영역을 무리하게 연결시키려 하다가는 당혹감을 안고 포기하기 십상이다. 상대적으로 거리가 가까운 분야 사이에 다리를 놓는 방식이 수월하다.

누구나 상대적으로 친근한 한쪽의 상대는 소설을 중심으로 한 문학일 것이다. 특정한 주제와 관련하여 문학작품과 인문학, 사회학 고전을 연결하는 통섭이 거부감을 줄일 수 있는 가장 좋은 방법이다. 소설을 통해 거부감을 없앤 후, 문제의식의 실마리를 잡아내고 이를 어려운 고전으로 확장하여 이해하는 방식이다.

시나 소설만으로는 생각의 지평을 확장하는 데 한계가 많다. 문학은 인문학, 사회학이 수행하는 분석과 성찰의 일부 단편을 담고 있는 경우가 대부분이다. 문제의 핵심 성격을 규명하고, 얼마의 폭과 깊이로 인간과 사회에 영향을 미치는지 추적하고, 원인을 심층적으로 밝혀내어 체계적 대안을 모색하는 과정을 담아내기에는 어려움이 많다. 그러므로 철학, 역사학은 물론이고 정치, 경제, 문화를 포괄하는 사회학 고전과 통섭적인 독서를 통해 내용의 깊이와 폭에서 생각을 진전시키는 과정이 바람직하다.

문학을 매개로 인문학, 사회학, 자연학 등을 연결시키는 독서와 글쓰기로 현대사회에서 가장 유명한 인물은 움베르토 에코Umberto Eco다. 한국에는 소설가로 잘 알려져 있는데, 사실은 동시에 저명한 기호학자이며, 나아가서는 뛰어난 철학자, 역사학자, 미학자로도 평가받는다.

잘 알려진 소설 『장미의 이름』만 해도 여러 영역을 넘나드는 그의 독서가 내용에 잘 녹아들어간 작품이다. 읽다 보면 다양한 영역에 걸친 독서가 얼마나 큰 힘을 발휘하는지 실감하게 된다. 수도사들의 의문의 죽음을 추적하면서 마주치는 여러 사건을 풀어나가는 이야기인데, 우리가 쉽게 겪으며 지나치는 '웃음'에 대해 일상을 넘어 철학적인 이해로까지 인식을 넓힌다. 서양 중세 역사는 물론이고 그리스 고전에 대한 이해, 미술을 중심으로 한 예술에 대한 박식한 지식에 이르기까지 내용 전개에 거침이 없다.

심지어 수도원에 미로처럼 만들어진 도서관에서 거울 장치를 설명하며 광학光學, 즉 빛의 성질과 현상을 연구하는 물리학에 대한 해박함을 보여준다. 또한 독살 가능성을 찾아나가면서, 약재로 쓰이는 식물, 동물, 광물에 대하여 그 형태나 효능 등을 연구하는 본초학本草學으로까지 지식의 폭을 넓힌다. 십자군 전쟁을 둘러싼 역사를 다룬 『바우돌리노』에서도 에코는 서유럽의 역사와 문화, 아랍의 역사와 문화, 철학은 물론이고 원자론을 둘러싼 과학적 논의까지 다룬다.

서양 미술을 매개로 한 방대한 저술 『미의 역사』와 『추의 역사』도 통섭 독서의 힘을 잘 보여준다. 회화, 조각, 건축에서 가져온 정보를 기반으로 미와 관련된 문학과 철학 텍스트를 연결한다. 미술이 기본 바탕이면서도 호메로스나 에우리피데스 등의 고전문학, 고대 그리스에서 중세, 근대, 현대에 이르기까지의 다양한 철학 고전 그리고 미학과 각종 자연학 지식에 대한 폭넓은 독서가 어떻게 에코 내부에 축적되었는지를 느끼게 해준다.

문학, 철학, 사회학의 연결 고리

"개인적으로 통섭에 많은 관심을 갖고, 그 독서 경험을 체계화하고 나름의 문제의식을 담아 책으로 만든 경우가 종종 있다."

나 역시 개인적으로 통섭에 많은 관심을 갖고, 그 독서 경험을 체계화하고 나름의 문제의식을 담아 책으로 만든 경우가 종종 있다. 미술과 인문학, 사회학을 넘나드는 방식을 가장 많이 시도했고, 종종 미술 대신 문학을 연결의 한 축으로 삼았다. 실제 책으로 출판한 다음 사례를 통해 설명하면 더 전달이 수월할 듯하다.

개인과 사회의 관계라는 주제에 대해 이청준의 소설 『당신들의 천국』과 퇴니에스의 『공동 사회와 이익 사회』는 궁합이 잘 맞는다. 사회나 전체를 우선하는 논리의 허구성을 파헤친다. 전체를 강조하는 통치자들은 대부분 국민을 위한다는 명목으로 권위주의를 정당화해왔다. 이청준은 사회 구성원을 행복하게 만들어주겠다는 선의를 가진 지배자가 통치 수단을 권위주의에서 찾을 때 어떤 평가를 내려야 하는지를 묻는다. 퇴니에스는 이기주의와 도덕성을 중심으로 개인과 집단의 특성을 규명한다. 이를 통해 법과 제도에 의해 대규모로 조직된 사회만이 인간에게 행복을 보장할 수 있다는 사고방식이 갖는 허구적 성격을 분석한다.

법과 사회정의에 대해서는 위고의 소설 『레미제라블』과 플라톤의 『크리톤』을 연결해본다. 위고는 가난 때문에 빵 한 조각을 훔쳤다가 19년간의 감옥살이를 하고, 출옥 이후에도 전과자라는 낙인 때문에 박해를 받는 주인공 장발장을 통해 분배 정의의 문제에 대해 고민하도록 요구한다. 특히 프랑스대혁명을 배경으로 빈곤이 인간과 사회변동에 미치는 영향을 고찰한다. 플라톤은 '악법도 법이다'라는 소크라테스의 주장으로 잘 알려진 내용을 중심으로 법의 안정성과 정의 실현 가운데 무엇을 중심에 두어야 하는가 하는 가장 대표적인 법 정의의 문제를 다룬다.

개인주의와 자유주의에 대해서는 미셸 투르니에Michel Tournier의 소설 『방드르디』와 알랭 로랑Alain Laurent의 『개인주의의 역사』가 흥미로운 고민거리를 던져준다. 자유와 개인의 진정한 의미를 고민하게 해준다. 투르니에는 무인도 이야기로 잘 알려진 『로빈슨 크루소』를 비판적으로 패러디하여 오히려 원주민의 시각으로 서구인을 바라봄으로써 자유의 진정한 의미를 묻는다. 로랑은 자유로운 개인이라는 인식은 아주 많은 역사적 과정을 거치며 최근에 와서야 형성된 관념이라고 주장한다. 인류 역사에서 개인주의가 어떻게 형성되었는지를 추적한다.

국가와 개인의 관계에 있어서는 최인훈의 소설 『광장』과 루소의 『사회계약론』이 좋은 파트너가 된다. 최인훈은 전쟁과 분단 속에서 개인이 처한 상황을 다룬다. 우리의 실제 역사에서 남한과 북한의 국가가 개인에게 어떤 존재였는지를 냉정하게 파헤친다. 국가 안에서 특히 전체주의적 통치가 팽배한 국가에서 어떻게 개인의 기본 권리와 자유가 제약당하고 개인의 인간성 자체가 왜곡되는지를 생생하게 보여준다. 루소는 사회 구성 원리를 규명한다. 자유로운 개인이 어떻게 사회를 구성하게 되는지, 사회와 개인은 어떠한 의무와 권리 관계를 통해 만나게 되는지를 통해 논리적으로 풀어간다.

민족과 세계의 관계를 탐구하는 데 김구의 자서전 형식의 글인 『백범일지』와 칸트의 『영원한 평화를 위하여』는 다양한 문제의식을 갖게 해준다. 김구는 자기 삶에 대한 성찰만이 아니라 민족의 의미와 민족이 나아가야 할 길을 제안한다. 우리가 현재까지 통념적으로 갖고 있는 민족과 민주주의에 대한 생각이 매우 강하게 나타난다. 칸트는 민족이나 국가 간 전쟁을 어떻게 하면 중단시키고 세계 평화를 이룰 수 있는지를 고민한다. 21세기를 살아가는 현대사회에서도 민족이나 국가 간 전쟁은 매우 중대한 세계 문제다. 어떻게 평화에 도달할 수 있는지를 칸트와 함께 논의할 수 있는 좋은 기회가 된다.

시장경제가 인간을 행복하게 하는가 하는 문제를 둘러싸고는 셰익스피어의 희곡 『베니스의 상인』과 밀턴 프리드먼Milton Friedman의 『선택할 자유』가 좋은 쌍이 된다. 셰익스피어는 고리대금업자 샤일록 이야기를 통해 경제와 도덕 문제를 다룬다. 인간이 돈의 논리에 지배당할 때 어떤 상태에 놓이게 되는지를 신랄하게 고발한다. 프리드먼의 저작은 자유주의 시장 논리를 선명하게 대변하는 고전이다. 자유시장경제가 자원 배분은 물론 소득분배를 가장 효율적으로 수행하기 때문에 정부의 시장 개입은 최소한에 그쳐야 한다는 점을 강력하게 주장한다.

일상이 현대인의 삶에 미치는 영향과 관련하여 아서 밀러Arthur Miller의 희곡 『세일즈맨의 죽음』과 르페브르의 『현대 세계의 일상성』은 진지한 성찰의 기회를 제공한다. 밀러는 한 가족의 일상생활을 통해 현대인이 처한 삶의 위기를 분석한다. 자본주의사회에서 대량생산과 대량소비의 논리가 얼마나 현대인의 일상에 깊이 스며들어와 있는지를 살핀다. 그 속에서 가족과 개인의 사고방식과 삶이 어떻게 왜곡되는지를 고민하게 만든다. 르페브르는 그동안 일상이라는 영역이 부당하게 의미가 축소된 채 방치되어왔다고 지적한다. 일상의 중요성을 되살림으로써 일상에 대한 탐구를 학문의 주요 과제로 세운다. 특히 소비를 통해 일상이 어떻게 개인의 주체성을 허물어뜨리고 소외를 낳는지를 규명한다.

인류의 영원한 고민 과제인 이성과 욕망의 관계는 헤세의 소설 『지와 사랑』과 프로이트의 『정신분석 강의』가 서로에게 도움을 준다. 헤세는 이성과 욕망을 둘러싼 오랜 갈등을 치열하게 담아낸다. 수도원 학생이자 두 주인공인 나르치스와 골드문트는 각각 이성과 감성, 종교와 예술을 대표하는 정반대의 인물이다. 이들의 고민을 통해 인간 본질과 행복을 어디서 찾아야 하는지를 묻는다. 프로이트는 인간을 지배하는 것은 의식이 아니라 무의식의 영역이라고 설명한다. 그리고 무의식은 어려서부터 억압된 욕망이 잠복해 있다가 특정한 심리적 상황 아래서 나타나는 장소라고 한다. 인간이 왜 욕망에 근거한 존재일 수밖에 없는지를 규명한다.

현대사회에서 위기에 처한 자아정체성에 카뮈의 에세이 『시지프 신화』와 앤서니 기든스Anthony Gidders의 『현대성과 자아정체성』은 날카로운 메스를 댄다. 카뮈는 다시 굴러 떨어지는 바위를 산꼭대기에 옮겨놓으라는 처벌을 받은 신화 속 주인공 시지프를 통해 인간 실존 문제를 깊이 있게 분석한다. 아침부터 밤까지 동일한 일정을 되풀이하면서 살아가는 현대인의 모습 속에서 실존 상실을 다룬다. 기든스는 현대사회 환경에서 자아정체성이 분산되는 경향이 강한 현실에 주목한다. 개인이 일상적으로 다양한 상황과 서로 다른 인간관계를 맺는 과정에서 어떻게 안정적인 자아정체성을 형성할 수 있는지를 고민한다.

한편 과학기술은 과연 인류에게 축복이기만 할까? 이를 둘러싸고 헉슬리의 미래소설 『멋진 신세계』와 프리초프 카프라Fritjof Capra의 『현대 물리학과 동양 사상』은 사이좋게 신선한 발상을 준다. 둘 다 과학기술에 대한 인류의 환상에 경종을 울린다. 헉슬리는 과학기술 맹신이 초래한 인류의 암울한 미래를 날카롭게 다룬다. 특히 기계와 기술의 발달 과정에서 인간성이 어떻게 무너져가는지를 치밀하게 추적한다. 카프라는 인류가 만들어낸 위기의 근저에 근대 이후 서구적 사고방식의 토대를 이루는 기계론적 이원론이 자리 잡고 있다고 본다. 현대 과학 이론인 양자역학과 상대성이론을 통해 근대적 과학관을 비판하고 대안적인 과학의 방향을 제시한다.

문학에 빠진 심리학

"미술과 문학을 심리학 산책의 길동무로 삼은 이유는 내용의 생생함과 풍부함, 친근함에 있다."

전에 내가 미술과 문학을 동반자로 삼아 심리학과 만나는 통섭 방식으로 낸 책도 적절한 사례일 듯하다. 미술과 문학을 심리학 산책의 길동무로 삼은 이유는 내용의 생생함과 풍부함, 친근함에 있다. 미술작품이나 소설을 중심으로 한 문학작품에는 작가와 주인공의 살아 숨 쉬는 삶의 궤적과 마음이 가득하다. 정신의학자의 상담실에서 만나는 특수한 사례보다는 미술과 문학에 담긴 경험이 훨씬 더 공감의 폭이 넓고 우리 자신의 이야기로 연결시키기에도 수월하다. 특히 미술작품은 이미지를 통해 한결 친근하고 쉽게 우리를 심리학과의 대화로 안내해준다.

심리학에서는 전통적으로 인간의 정신과 삶을 지배하는 것이 의식인지 무의식인지를 둘러싼 문제가 가장 큰 논란이 되었다. 이 주제와 관련하여 먼저 소설로는 누구나 한두 번은 읽었음 직한 카프카의 『변신』과 아쿠타가와 류노스케(芥川龍之介)의 『덤불 속』이 정신의 특성을 탐구하는데 좋은 텍스트가 된다. 심리학 고전으로는 프로이트의 『정신분석 강의』가 좋은 동반자가 된다. 단 하나의 사례이지만 풍부하게 감을 잡는데 도움이 되리라 생각한다.

『변신』에서 외판 사원 그레고르는 어느 날 아침, 뒤숭숭한 꿈자리에서 깨어나 자신이 침대 속에서 한 마리의 흉측한 벌레로 변해 있는 것을 발견한다. 처음에는 단지 꿈에 불과하니 대수로운 일이 아니라고 여긴다. '잠이나 좀 더 자두기로 하고 더 이상 이런 허튼 생각은 하지 말아야지'라고 생각한다. 하지만 시간이 지나도 여전히 벌레 모습 그대로다.

> "그는 갑옷처럼 딱딱한 등을 대고 벌렁 누워 있었다. 고개를 쳐들고 보니 껍데기에 활 모양으로 불룩한 갈색 무늬가 보였다. (…) 다른 부분에 비해 비참할 정도로 가는 수많은 다리가 그의 눈앞에서 불안스럽게 꿈틀거리고 있었다."

어머니, 누이, 아버지도 걱정이 되어 밖에서 소리를 질러 그를 깨우기 시작한다. 걱정하지 말라고 대답했으나 그의 음성도 벌레 소리로 이상하게 변한 상태다. 침대에서 일어나려고 갖은 애를 쓰는 사이에 직장 상사인 지배인이 찾아온다. 분노하는 지배인의 목소리를 듣고 해고당할 위험을 느낀 그는 필사적으로 방바닥에 몸을 던져 문 쪽으로 기어가서는 입에 열쇠를 물고 가까스로 몸을 세워 간신히 문을 열고 나간다. 그의 기대와는 달리 상사는 벌레로 변한 모습을 보고 기겁한 채 도망가고, 가족마저도 흉측한 모습에 두려워한다.

왜 그는 벌레로 변한 걸까? 벌레로 변한 이유, 변신한 이후의 생각 속에서 의식을 흔들어대는 무의식의 힘을 발견한다. 먼저 이날 아침 벌레로 변신하기 전에도 이미 사실상 벌레와 다를 바 없는 상태에 있었음을 알 수 있다. 가족의 생계가 전적으로 자신에게 달려 있기 때문에 인간 이하의 생활, 동물이나 다름없는 일상을 보내야 했던 것이다. 가족들은 전적으로 자신의 수입에 의존하고 있었다. 개인의 자유로운 선택이라든가 개인의 행복은 호사가 되어버린 채 오직 가족의 생계를 책임져야 한다는 의무감만이 지배하는 상태였다. 오직 먹이를 구하는 일만이 허용된 벌레나 다름없었다. 게다가 직장조차도 그에게 불안을 안겨주는 장소였다.

벌레로 변신한 모습은 그의 무의식을 반영한다. 점원에서 외판원으로 승진한 데 대하여, 가족을 먹여 살려온 데 대하여 자부심을 갖고, 이미 벌레로 변한 상태에서도 출근을 걱정하는 것은 의식의 상태를 보여준다. 하지만 짐승과 다를 바 없는 자신의 모습에 대한 환멸, 벌레가 되어서 출근을 할 수 없는 상황은 무의식에 숨어 있는 바를 드러낸다. 왜 하필이면 수많은 발을 가진 벌레로 변신했을까? 집과 직장에서 온갖 의무를 감내해야 했던 자신을 무의식 속에서 비추는 형상이 아닐까? 매일 똑같이 반복되는 일 속에서 무력감을 느끼고 살아야 하는 처지가 무의식 속에서 가냘픈 다리로 나타난 게 아닐까?

프로이트의 『정신분석 강의』는 『변신』의 주인공이 소설이라는 허구적 장치 속에서 처한 상황을 학문적 논의를 통해 보다 깊이 있게 풀어낸다. 이론적인 설정만이 아니라 신경증 환자에 대한 임상 실험을 통해 파고든다. 오직 의식 영역만을 학문적 탐구 대상으로 삼고 있던 서구의 전통적인 사고방식을 뒤흔들고 인간의 정신이 욕망이나 충동 등 무의식적인 요소에 의해 상당 부분 규정받는다는 점을 규명한다.

"정신적 과정은 그 자체가 무의식적이며, 의식적인 것은 정신 활동 전체 중에서 단지 일부분에 지나지 않는다. (…) 우리는 그동안 심리학을 의식의 내용에 관한 학문

으로 여겨왔다. (…) 정신분석은 의식과 정신의 통일성을 인정할 수 없다. 정신을 감정, 사고, 의지와 같은 과정으로 정의하며 무의식적 사고나 무의식적 의지가 있다는 입장이다."

우리는 흔히 '정신'이라는 단어를 자동적으로 '의식'이라는 단어와 연결시킨다. 정신과 의식을 거의 동의어로 쓴다. 이런 통념은 서양철학사를 관통하는 상식이기도 했다. 서양철학의 전통은 의식 영역, 즉 이성 문제에 대한 고찰에 한정되어왔다고 해도 과언이 아니다. 의식의 세계만을 철학적 탐구 대상으로 삼았다. 그리고 이성에 기초한 의식은 정확할 수 있다는 확신이 밑바탕에 깔려 있었다. 무의식은 쓸모없는 한순간의 감정이거나 심지어 광기로 치부되었다. 프로이트는 바로 여기에 도전장을 던진다. 정신의 중심은 의식, 즉 이성 영역이 아니다.

정신이 작용하기 위해서는 활동 재료가 필요하다. 당장 인지된 요소만으로는 정신 활동이 불가능하다. 상식적으로 기억이 그 전제가 된다. 의식과 이성은 직접경험이나 간접경험 등을 근거로 한 기억에 의존하는 면이 다분하다. 기억이 없다면 정신도 없다. 만약 기억이 불확실하다면 이성적인 의식도 불확실한 처지가 된다.

현실에서 인간은 자기가 원하는 방향으로 기억하는 경향이 다분하다. 몇 사람이 동일한 사물을 보거나 사건을 겪었지만 선혀 다른 방식으로 기억하기도 한다. 아쿠타가와 류노스케의 소설 『덤불 속』은 한 남자의 죽음을 둘러싸고 인간이 자기 합리화를 통해 동일한 사건을 어떻게 서로 다르게 기억하고 해석하는지 잘 보여준다. 한 사무라이 부부가 깊은 숲 속을 지나간다. 베일 너머로 살짝 보인 여인의 미모에 욕망을 느낀 도둑이 사무라이를 묶고 여자를 겁탈한 것까지는 모두의 기억이 동일하다. 하지만 구체적 내용으로 들어가면 도둑과 아내, 남편 사이에 전혀 다른 이야기가 나타난다.

도둑은 "그 사내를 죽인 것은 저입니다."라고 자백한다. 다만 여자가 자기 팔에 매달려 "어느 쪽이든 살아남은 사내를 따라가고 싶다."고 말했기에 비겁한 방법으로 죽이기는 싫어서 사내의 밧줄을 풀어주고 칼로 맞서라고 한 후 사내의 가슴을 찔렀다. 아내는 도둑에게 끌려온 자신을 바라보는 남편의 눈빛이 이상했다고 한다. "저를 업신여기는 차가운 빛뿐이었습니다." 겁탈을 당하고 정신이 되돌아와서 보니 도둑은 사라졌고, 남편의 차갑고 업신여기는 눈빛은 여전해서, 남편도 죽이고 자신도 죽을 심산으로 칼로 남편의 가슴을 찔렀다는 것이다.

무녀의 입을 빈 남편 혼령의 말은 또 다르다. 자신은 도둑이 무슨 소리를 해도 거짓말로 알라는 눈빛을 아내에게 보냈다고 한다. 도둑이 한 번 몸을 더럽힌 이상 "남편을 따라가기보다 자기 아내가 될 마음은 없느냐?"라며 아내를 유혹하자 아내가 솔깃해하더란다. 아내가 어디든 데려가 달라며, 대신 남편을 죽여달라고 했는데, 도둑이 오히려 자신에게 "저 여자를 죽일 텐가, 살릴 텐가?"라고 묻자 아내는 도망가고, 도둑도 밧줄을 조금 풀어주고 사라져버렸다는 것이다. 자신은 모든 것에 회의를 느껴 스스로 목숨을 끊었다고 한다.

"아내가 떨어뜨린 단도가 반짝이고 있었다. 나는 그것을 집어 들고 단숨에 내 가슴에 꽂았다. (…) 누군가 보이지 않는 손으로 살며시 가슴에서 단도를 뽑았다. 동시에 입에서 다시 한 번 피가 넘쳐흘렀다. 그것으로 영원히 중유의 어둠 속으로 가라앉았다."

그 무엇도 제대로 밝혀지지 않은 채, 저마다의 증언이 엇갈린다. 일본어로 '덤불 속'이란 오리무중을 의미한다. 소설 제목처럼 모든 것은 불투명하다. 또한 '중유中有'는 사람이 죽은 후 저승에 가기 전 헤매는 기간인데, 아쿠타가와 류노스케는 사람의 인생을 무엇 하나 분명한 것이 없는, 흐린 중유의 어둠에 가려진 기간으로 보았다.

문학적인 과장을 감안하고 봐야겠지만, 분명한 것은 우리 삶 속에서 일어나는 대부분의 사건에 대한 기억이나 해석도 그리 다르지 않다는 점이다. 확실하고 분명한 경우가 얼마나 되겠는가. 유년 시절의 친구들이 오랜 세월이 흐른 후에 만나 10~20년 전의 경험을 이야기할 때 서로 완전히 다른 방식으로 기억하고 있는 경우를 흔히 볼 수 있다. 내 머리 속에서는 선명하다고 여겨졌던 사건의 줄거리조차 다른 이에게 판이하게 남아 있는 것이다. 여러 사람의 기억을 조합하다 보면 결국 뒤죽박죽 섞여 본래 기억은 와해되어버린다.

바로 얼마 전의 사건을 놓고도 보는 시각과 이해관계에 따라 다른 기억이 나타나는데, 만약 그 기억이 오래전의 정신 재료라면 더 심할 것이 분명하다. 예를 들어 연인 사이의 흔한 이별에 대한 기억은 갈수록 자신에게 유리한 쪽으로 변조된다. 세월이 지나면서 무의식적인 자기 변론 과정이 기억에 작용한다. 만약 이별이 자신의 과오나 변심 때문이었다면 자기도 모르는 사이에 상대방의 잘못 때문에 문제가 생겼다는 식의 왜곡이 개입한다. 혹은 과거를 아름답게 꾸미고 싶어 하는 무의식적인 욕구가 아픔을 지우고 화려한 색으로 기억을 포장하기 시작한다. 그리하여 마치 가장 찬란했던 시간인 듯한 착각이 생겨난다.

서로의 기억이 다르고, 나아가서는 한 사람 내에서도 기억의 변형 과정이 나타남을 고려할 때 기억은 희미한 안개 속을 걷는 발걸음과 별반 다르지 않다. 정신의 재료인 기억이 처한 상황이 불확실하기에 정신을 확고한 의식의 틀 안에서만 규정하려는 시도도 의심의 대상이 된다.

확고한 이성이라는 믿음이야말로 환상이다. 프로이트는 기존의 서양 철학이 의식과 이성을 중심으로 하는 '생각'으로부터 인간 '존재'의 본질을 이끌어냈지만 이는 실제 현실과 너무나 거리가 멀다고 주장한다. 자기 행동이 의식적이고 합리적인 선택에 의해 이루어진다고 믿지만, 실제로는 무의식이 작용하는 경우가 적지 않다는 것이다.

'지금, 여기'서 읽기

"독서에서 얻은 지식이 '현재 우리에게 어떤 의미가 있을까?'라는 문제의식으로 올라서야 한다."

앞에서도 언급했듯이 통섭은 한편으로 서로 다른 것을 한데 묶는 작업과 다른 한편으로 새로운 것을 잡는 작업을 모두 포함한다. 만약 서로 다른 분야의 책을 연결해서 읽는 데만 만족한다면 통섭 독서가 단순한 나열과 비교에 머문다. 그것만으로도 생각을 넓히는 데는 도움이 되지만 진정한 의미에서 사고의 지평을 넓히기 위해서는 새로운 문제의식을 만들어내는 데까지 나아가야 한다.

이를 위해 통섭 방식의 독서에서 빠져서는 안 될 또 하나의 중요한 접근이 있다. 해당 주제와 관련한 독서에서 얻은 지식이 '현재 우리에게 어떤 의미가 있을까?'라는 문제의식으로 올라서야 한다. 현재적 의미는 '지금, 여기'의 관점으로 읽을 때 확보된다. 이 책의 '좋은 다독 vs. 나쁜 다독'에서 정독을 논하며 칸트의 정언명령을 분석한 내용을 다시 기억해보자. 우리는 칸트의 정언명령이 말하고자 하는 바를 분석하는 데 머물지 말고 이를 '지금, 여기'에 연결시켜 실천적 문제의식을 잡아내야 한다.

만약 칸트의 도덕관이 현재적 의미를 찾을 필요가 없는, 그러한 의미에서 시대를 뛰어넘는 진리라면 현대사회에서 도덕 상실을 걱정할 이유가 없다. 그의 도덕관을 열심히 되살려내기만 하면 될 테니 말이다. 근본적으로 결함이 있거나 혹은 현대사회의 현실에 맞지 않는 짐이 적지 않기 때문에 점차 빛을 잃고 자꾸 문제가 생기는 것이리라. 실제로 그의 도덕관에 정면으로 반박하는 논리가 많이 있다.

도덕을 보편적 법칙이 아니라 사회적 관례나 규율에의 속박에 불과하다고 보는 견해도 있다. 사회는 그렇게 순종하는 사람들에게 '선하다'는 칭호를 준다. 우리가 자랄 때 부모님이나 주위 어른이 아이나 학생에게 '참 착하다'는 말을 어떤 경우에 하는지 생각해보면 분명해진다. 부모님 말을 잘 들을 때, 유치원이나 학교에서 시키는 대로 할 때 뭐 이런 경우다. 반대로 규율이나 관례를 지키지 않거나 도전하게 되면 바로 '버릇없다'는 꾸중을 듣기 십상이었다. 인습의 역행에 대해 사회는 이를 곧바로 '악惡'이라 규정한다. 결국 도덕은 사회 규율을 강제하기 위한 장치에 불과하다는 입장이다.

인간을 동물과 달리 자유의지를 지닌 존재로 보는 전제 자체를 비판하기도 한다. 인간을 자유의지에 의해 행동하는 존재로 보아서는 안 된다는 논리다. 사람의 행위는 상당 부분 동물과 마찬가지로 본능에 해당한다는 지적이다. 생존을 위해 저지른 행위인데도 이를 복수심이나 책략에 의한 것으로 잘못 판단하여 도덕이라는 잣대를 들이민다는 비판이다. 비도덕적 행위에 대한 대부분의 통념이 자유의지라는 잘못된 판단에 기초한 비난이라는 말이다. 생존 본능에 의한 대부분의 행위에 대해 도덕의 굴레를 씌우지 말아야 한다는 논리이기도 하다.

도덕을 보편적 법칙으로 규정하는 입장에 대해서도 반론이 만만치 않다. 이성에 의해 도덕을 절대화하는 시각에 대한 비판이다. 예를 들어 살인하지 말라거나 도둑질하지 말라는 도덕률조차 절대적일 수 없다. 옛말에 한 사람을 죽이면 살인자가 되고 수만 명을 죽이면 영웅이 된다는 말이 있다. 역사적으로 영웅이라고 불리는 사람은 대체로 전쟁 영웅이다. 그들은 적게는 수만 명에서 많게는 수십만 명 이상을 죽였다. 또한 전쟁이 아니라 하더라도 국가에 의해 저질러진 대규모 살인 행위 사례는 인간 역사에 널려 있을 정도로 허다하다. 만약 살인하지 말라는 도덕률이 보편적 성격을 지니려면 침략 전쟁은 물론이고 독립 전쟁에 의한 일체의 살인도 동일하게 비도덕적 행위로 지탄을 받아야 한다.

도둑질 문제도 마찬가지다. 도둑질이 왜 생겨났을까? 모두가 가난한 마을에는 도둑이 드는 일이 거의 없다. 한국 사회만 해도 그렇다. 도시는 도둑이나 강도로 득시글거리지만 깊숙이 자리 잡고 있는 농촌은 사정이 전혀 다르다. 아직도 담이 없는 집이 대부분이고 낮에 논이나 밭으로 일하러 나갈 때 열쇠로 문을 잠그지 않는 경우도 많다. 도둑에 대한 우려가 별로 없기 때문이다. 절도는 사유재산에 의해 빈부 격차가 발생하고 나서 생긴 일이다.

이제 그동안의 도덕이 부를 가진 사람이나 집단이 권력을 장악하고 자신의 재산을 보호할 목적으로 만들어놓은 규범에 불과하다고 비판하는 관점이 나올 수 있다. 더군다나 막대한 부가 상당 부분 부당하게 형성한 재산임에도 그 재산은 국가에 의해 철저하게 보호받고 도덕적으로도 타당하게 여겨지면서 개인의 절도에 대해서는 엄격한 처벌이 내려졌다는 비판이다.

그러므로 칸트의 도덕관을 이해하고 비판적으로 검토하는 과정을 현대 한국 사회 도덕에 대한 고민의 계기로 삼아야 한다. 특히 한국 사회는 빠른 경제성장을 통한 급격한 근대화로 인해 전통적 윤리관이 붕괴되고 서구적 윤리관이 이식되는 과정을 겪어왔다. 현대사회의 질서이자 지배자 역할을 하고 있는 시장이 모든 것을 저절로 해결해줄 것이라는 믿음이 우리의 사고방식과 삶을 규정하고 있다. 저 유명한 '보이지 않는 손'이 모든 문제를 해결해준다는 믿음이다.

하지만 현실은 갈수록 시장의 부패와 타락이 무시할 수 없을 정도로 심화되는 추세다. 전 세계적으로 양극화 현상이 점점 극심해지고 있다. 선진국과 몇몇 개발도상국에서 부의 성을 쌓고 있는 동안 아프리카를 비롯하여 지구 곳곳에서는 기아에 허덕이고 있다. 유엔에 의하면 전 세계적으로 10억 명 정도가 기아와 영양 부족을 겪고 있다. 기아 또는 기아 관련 원인으로 사망하는 사람의 4분의 3이 5세 이하의 아동이라고 한다. 어떤 변명으로도 이러한 상황을 도덕적으로 정당화하기는 어렵다. 그럼에도 불구하고 자유시장 원리를 신봉하는 사람 대부분이 이러한 현실에 양심의 가책을 느끼지 않는다.

특히 한국 사회는 근대화를 통해 시장경제가 자리 잡는 과정이 워낙 급격하게 이루어졌기 때문에 이런 현상이 더욱 심하다. 어떤 면에서는 도덕 자체의 부재 상황이다. 나름대로의 윤리관이 형성되기보다 붕괴된 채 오래 방치되었다 해도 과언이 아닐 정도로 혼란스러운 게 사실이다. 과거 신분 사회 도덕관의 부정적 측면과 서구식 도덕관의 부정적 측면이 겹쳐져서 이중적 문제점을 드러내고 있는 경우라고 볼 수도 있다. 그러므로 칸트에 대한 이해와 비판적 검토를 통해 도덕에 대한 나름의 입장을 정립하고 현실의 문제에 적용해야 한다.

4장

겹쳐 읽기, 비평적 독서법

빼딱한 자세

> "활자화되어 책으로 출판되는 순간, 내용의 충실성 여부를 떠나서 독자를 향해 일정한 권위가 만들어진다."

꼼꼼하게 분석하며 읽는 방법이 저자의 관점을 수용하고 따라가는 것을 의미하지는 않는다. 우선 책의 내용과 저자의 문제의식을 확인하고 소화하는 일이 중요하기는 하다. 하지만 일방적으로 내용을 파악하는 수동적 태도에 머문다면 독서의 의미는 반감된다. 흡수와 소화는 가능하겠지만 저자와 의미 있는 대화를 나누고 생각을 심화시키기는 어렵다. 모든 대화가 그렇지만 책의 경우도 질문을 던지고 답을 구하는 과정을 통해서만 소통이 가능하다. 의문을 품고 다르게 생각할 때만 소통의 기회가 찾아온다.

쉬운 일은 아니다. 책은 묘한 힘을 갖기 때문이다. 활자화되어 책으로 출판되는 순간, 내용의 충실성 여부를 떠나서 독자를 향해 일정한 권위가 만들어진다. 독자로서는 보통 분야를 막론하고, 고전에 속하는 책일수록 자기도 모르게 저자의 권위에 주눅 들기 십상이다. 그나마 소설을 비롯한 문학이라면 좀 덜하다. 가뜩이나 어렵게 다가오는 철학이라면 사상가의 권위가 더 강력하게 작용한다.

게다가 제도 교육과정 자체가 저자의 권위에 의존하도록 만든다. 초등학교에서 고등학교, 나아가서는 대학교에 이르는 교육과정을 거치면서 의문이 자라나기보다는 오히려 저작에 담긴 내용을 머리에 담기 급급하다. 프롬은 『소유냐 존재냐』에서 암기 위주의 독서를 적절하게 비판한다.

> "학교는 각 학생에게 어느 정도의 '문화적 재산'을 주는 것을 목표로 삼으며, 교육이 끝날 때는 학생이 적어도 그 최소량을 '가지고' 있다는 것을 보증해준다. 저자의 주요 사상을 외우는 독서 교육을 받는다. 이런 식으로 학생들은 플라톤, 아리스토텔레스, 데카르트, 스피노자, 라이프니츠, 칸트, 하이데거, 사르트르 등을 안다."

우리의 독서 습관은 대체로 장기간의 학교 교육에 의해 길들여진다. 교사의 지도에 의해 '어떤 책을 읽을 것인가'만이 아니라 정형화된 독서 방법이 일률적으로 적용된다. 특히 제도 교육이 경쟁을 통한 신분 상승 사다리의 중요한 부분으로 자리 잡으면서 정량화된 평가가 중시되고 있다. 교육 수준에 따라 얼마나 많은 양의 지식을 획득했는가 하는 것이 중요한 잣대가 된다. 얼마나 많은 지식을 소유하느냐 하는 것이 독서의 중요한 과제가 된다.

소유한 지식의 양이 나중에 소유하기를 바라는 재산의 양과 일치한다는 생각이 지배적이다. 그러므로 우수한 학생이란 저자가 말한 것을 정확하게 많이 암기한 학생이다. 프롬의 표현에 의하면 "전문적인 지식을 가지고 있는 박물관 안내인"과 비슷한 상태가 될수록 훌륭한 학생이라는 평가를 받는다. 독서의 목표가 생각을 촉발하고 지평을 넓혀나가는 데 있기보다 '안다'는 데 만족하도록 좁혀진다.

책에 질문을 던지고 대화하는 법을 배울 기회가 없다. 저자가 책에 담아놓은 내용이 참인지 거짓인지조차 구별할 엄두를 못 낸다. 당연히 책에 담긴 특정한 지식을 넘어설 가능성은 거의 없다. 한국만의 문제는 아니다. 정도의 차이가 있겠지만 제도 교육에서 일반적으로 나타나는 현상이다. 특히 과거로 거슬러 올라가면 더욱 두드러진다. 스콧 니어링Scott Nearing이 『스콧 니어링 자서전』에서 밝힌 펜실베이니아 대학 워튼 스쿨에서의 경험도 비슷하다.

> 한번은 이런 일이 있었다. 여느 때처럼 경제학 강사가 미리 준비해온 강의안을 줄줄 읽고 있는데, 한 학생이 질문이 있다고 손을 들었다. 그러자 강사가 볼멘 목소리로 말했다. "방해하지 말게. 이 클래스를 끝내려면 한 시간에 5,000단어 이상을 읽어야 하니까."

니어링에 의하면 학창 시절에 좋은 성적을 얻는 지름길은 교사가 가르치는 내용을 무조건 암기해서 말하거나 적는 데 있었다. 완벽한 학생이란 곧 완벽한 앵무새였다. 수업 내용을 가급적 상세하게 필기하고 이를 체계적으로 기억 속에 저장하여 효과적으로 꺼내 쓰도록 만드는 데 심혈을 기울여야 했다. 교사의 수업 내용에 변화가 없어 한 해에 필기한 공책을 다음 해에 사용해도 무방한 과목이 적지 않았다.

암기식 수업과 시험 방식으로 유명한 한국 교육에서는 '소유로서의 독서'가 더욱 극단적으로 나타난다. 워낙 장기간의 교육과정을 통해 머리와 몸에 스며들어 있는 습관이기에 의문을 던지고 대화하는 일이 어렵기만 하다. 하지만 어렵다고 해서 권위에 굴복하고 받아들이기에만 급급하면 독서의 힘은 늘어날 수 없다.

그렇기 때문에 '부처를 만나면 부처를 죽이고, 조사를 만나면 조사를 죽인다'는 임제 선사의 말은 독서에서 가장 중요한 기준이 된다. 조사祖師란 후세 사람의 귀의와 존경을 받을 만한 승려이거나 한 종파를 세운 승려를 일컫는 말이다. 학문으로 보면 한 유파의 창시자인데, 흔히 대사상가로 불리는 사람이 여기 해당한다. 부처는 동서양의 성인으로 적용할 수 있다. 고전 가운데 필독서로 꼽히는 책이 대부분 여기에 포함된다.

그렇다고 불가의 문제의식만은 아니다. 고루할 것만 같은 유가에도 기존의 권위에 굴복하는 방식의 독서를 경계하는 사상가가 있다. 공자의 뒤를 이어 유가의 대표적 사상가가 된 맹자는 『맹자』에서 "『서경』의 기록을 그대로 다 믿는다면 그것은 『서경』이 없는 것만도 못한 일이다. 나는 「무성武成」 편에서 한두 절만을 믿을 뿐이다."라고 한다.

조선 후기의 실학자인 이익도 「중용질서후설中庸疾書後設」이라는 글에서 "학문은 반드시 의문을 일으켜야 한다. 의문을 일으키지 않으면 얻어도 야물지가 않다."고 한다. 의문이란 단순히 결정을 미루고 의심만 하는 습성이 아니다. '어떻게 해야 하는가'만큼이나 '어떻게 하면 안 된다'는 것도 중요한데, 이를 이해하기 위해서는 의문이 전제되어야 한다. 문제나 오류를 걸러낼 인식능력을 갖추지 못할 때 어떤 사람이 혹 잘못된 것을 옳다고 우겨도 대응할 수가 없다.

독서 상대가 누구든 성인과 사상가의 이론을 접하면 의문과 비판을 통해 넘어서야 한다. 독서의 진정한 목적이 여기에 있고, 또한 이러한 과정을 통해 사고 능력을 끌어올리게 된다.

바르트가 『텍스트의 즐거움』에서 강조한 다음 내용도 비슷한 맥락으로 이해할 수 있다.

> "우리는 이제 텍스트가 하나의 유일한 의미, 즉 '신학적인' 의미를 드러내는 단어들의 행으로 이루어진 것이 아니라, 그중 어느 것도 근원적이지 않은 여러 다양한 글쓰기가 서로 결합하며 반박하는 다차원적인 공간이라는 것을 알게 되었다. (…) 독자의 탄생은 저자의 죽음이라는 대가를 치러야 한다."

바르트에 의하면 책은 절대적인 의미의 세계가 아니다. 하늘 아래 새로운 것이 없다는 말이 괜한 과장은 아니다. 어떤 성인이나 사상가라 하더라도, 심지어 '새로운' 사상을 창시한 사람이라 하더라도 순수한 의미에서 '창조' 작업을 한 것은 아니다. 소크라테스가 이전의 다양한 철학적 견해, 나아가 그리스신화를 통해 드러나는 철학적 견해에 아무런 빚을 지지 않았다고 말할 수 있는가? 또한 공자가 관자를 비롯하여 이전 중국 사상의 다양한 단편의 영향에서 자유로울 수 있었다고 말할 수 있는 사람은 누가 있을까?

엄밀한 의미에서 대부분의 사상가나 작가는 모방에 능한 사람이다. 표절과는 다른 의미다. 알게 모르게 기존의 발상이나 문화적 분위기를 반영한다는 점에서 모방이고, 다만 여기에 머물지 않고 자신이 어떤 내용을 첨가했을 때 창의적이라는 평가를 받는다. 그래서 바르트는 "작가는 결코 근원적인 몸짓이 아닌 다만 이전의 몸짓을 모방할 뿐"이라고 한다. 정도의 차이가 있을 뿐 기본적으로 창조는 모방과 밀접한 관계를 갖는다. '모방은 창조의 어머니'라는 말이 괜한 수사는 아니다.

또한 사상가 스스로는 단호하게 자기 생각을 밝혔다 생각하더라도, 한 꺼풀을 들쳐 들여다보면 그게 단일하고 확고한 내용만으로 짜여 있다고 자신하기 어렵다. 서로 충돌할 가능성이 있는 논의나 논리가 일정 정도 섞여 들어가 있는 경우가 많다. 혹은 계산으로 답이 딱 떨어지는 수학 문제가 아닌 이상 인문학, 사회학 영역에 있어서는 한 저자의 작품 안에서 서로 다르게 해석될 수 있는 여지가 얼마든지 있다.

그러므로 책을 읽는다는 것은 대상이 되는 저작 안에서 내적 모순과 한계를 찾아내는 작업과 분리될 수 없다. 저자의 죽음을 통해서 비로소 진정한 의미의 독자가 탄생한다. 부처를 만나면 부처를 죽이고, 조사를 만나면 조사를 죽이듯이, 예수를 만나면 예수를 죽이고, 소크라테스를 만나면 소크라테스를 죽여야 한다. 공자와 맹자, 장자 등도 죽여야 넘어설 수 있음은 물론이다. 마찬가지로 우리는 동서양의 근현대 사상가나 저자에 대해서도 죽음을 목격해야 한다.

창조적인 생각과 저작으로 문학과 철학에서 새로운 지평을 연 문학가나 사상가일수록 그 자신이 훌륭한 비평적 독서가였다. 무엇보다도 의문을 통해 기존의 통념을 넘어서는 독서가 밑바탕이 됐기에 창의적인 발상이 가능했다. 예를 들어 『잃어버린 시간을 찾아서』를 통해 현대문학의 이정표를 세운 작가 프루스트가 그런 경우다. 알랭 드 보통Alain de Botton은 『프루스트를 좋아하세요』에서 프루스트의 독서에 대한 태도를 볼 수 있는 일화를 소개한다.

> 우리는 책을 얼마나 진지하게 생각해야 할까? "친애하는 친구여." 프루스트는 앙드레 지드에게 말했다. "우리 시대 사람들 사이에서의 일반적인 풍조와는 반대로, 나는 한 사람이 문학에 대해 매우 고결한 생각을 가질 수 있는 동시에 그것을 악의 없이 비웃을 수 있다고 믿습니다."

프루스트는 책과 저자를 숭배하는 방식의 독서를 경계한다. 책에 대한 진지함이 저자의 권위에 대한 추종으로 이어질 때 독서는 우리를 위험하게 만든다. 언뜻 생각하기에는 저자에 대한 추종이나 숭배가 책에 대한 존경처럼 보이겠지만, 실제로는 독서를 무의미하게 만들고 문학을 병들게 하는 짓이라고 생각했다.

그래서 책을 너무 진지하게 생각할 때 생기는 위험을 두려워할 줄 알았다. 책과 건강한 관계를 맺기 위해 이익만큼이나 그 한계를 파악하는 데 게을리하지 않았기에 내용적·형식적으로 현대문학의 새로운 장을 열었다고 평가받는 대작을 쓸 수 있었다.

20세기 중·후반의 가장 창의적인 철학자로 평가받는 질 들뢰즈Gilles Deleuze도 마찬가지다. 투르니에는 산문집 『예찬』에서 친구인 들뢰즈에 대해 다음과 같이 소개한다.

> "단 한 마디 말로 생각의 진부함, 어리석음, 타협주의를 현장에서 즉각 잡아내어 꼬집는 그의 재능을 우리는 두려워하게 되었다. (…) 학습용에 지나지 않는 진부한 철학이 그의 머릿속을 거치게 되면 알아보지 못할 만큼 신선한 모습으로 충분히 소화되었다."

들뢰즈는 청년 시절에 한 학년 아래의 학생이었지만 우연한 기회에 투르니에와 서로 친구로 지내게 되었다. 하지만 독서나 토론에서 들뢰즈는 여느 학생과는 다른 능력을 보여주었다고 한다. 다른 학생에게 솜이나 고무공처럼 느껴지는 내용도 그의 생각을 거치면 무쇠나 강철 포탄처럼 단단하고 무거운 것으로 변했다. 어떤 면에서는 어리둥절함이나 심지어 혐오감을 느낄 정도로 상식을 넘어서는 내용으로 재탄생했다. 그만큼 진부한 생각이나 통념에 머물지 않고 의문을 던지는 비판적 시선을 통해 새로운 문제의식을 잡아내는 힘이 강했다. 학창 시절부터 책 내용을 암기하거나 이를 그대로 전달하는 대화에서 벗어나 있었기에 이후 신선한 발상을 담은 철학으로 나아가는 게 가능했다.

겹쳐 읽기의 선구자들

> 서로 다른 관점으로 접근해야 할 필요성을 강하게 갖고 있다 해서 그 능력이 저절로 획득되지는 않는다.

동일한 작품이라 하더라도 얼마든지 상이한 해석이 가능하다. 잘 알려지지 않은 작가나 어려운 문장으로 유명한 작가의 난해한 작품에서만 나타나는 현상은 아니다. 철학이나 사회학 등 이른바 사상서에만 해당되지도 않는다. 소설 중에서도 문장이 쉽고 지극히 대중적으로 잘 알려진 작품이라 하더라도 얼마든지 상반된 해석이 가능하다. 예를 들어 전 세계인이 즐겨 읽는 대표적인 고전소설, 세르반테스의 『돈키호테』만 놓고 봐도 그렇다.

돈키호테에 대한 평가는 매우 다양하다. 이성에 기초한 사고와 행위를 강조하는 합리주의자들은 충동적인 감정과 비현실적인 공상 속에서 살아가는 돈키호테를 못마땅하게 생각한다. 이에 비해 낭만주의자들은 현실의 때가 묻지 않은 돈키호테에게서 순수한 이상을 발견한다. 어려운 상황에서도 불굴의 의지로 꿈을 실현하고자 하는 능동적인 인물로 바라보는 시각도 가능하다. 반대로 돈키호테를 몰락해가고 있는 봉건적 가치에 집착하며 역사의 수레바퀴를 거꾸로 돌리려는 시대착오적 인물 정도로 폄하하는 견해도 있다.

혹은 우상을 파괴하는 돈키호테를 발견할 수 있다. 인류 역사를 볼 때 대부분의 사회는 항상 사회 구성원에게 우상을 강제했다. 지배 세력은 거역할 수 없는 우상을 통해 지배 질서를 정당화하고 이를 영원히 유지하고자 했다. 서양 봉건사회의 대표적인 우상은 신분제였고 이를 뒷받침한 것은 종교였다. 풍차에 달려들고, 수도사들을 공주 납치범으로 몰아 공격하고, 양떼를 대규모 군대로 착각하여 돌진하는 돈키호테를 통해 허위에 가득 찬 봉건사회의 추한 몰골을 발견한다. 산초와 돈키호테의 대화에서 신분적인 거드름이 무너져 내려가는 것을 목격한다.

문제는 동일한 현상이나 작품을 두고 다양한 관점으로 해석하는 작업이 쉽지 않다는 점이다. 서로 다른 관점으로 접근해야 할 필요성을 강하게 갖고 있다 해서 그 능력이 저절로 획득되지는 않는다. 독서 과정에서 다양한 접근 방식과 문제의식을 찾아내는 사고 능력을 스스로 훈련하고 길러야만 가능하다.

이를 위해 가장 유용한 독서 방법이 '겹쳐 읽기'다. 동일한 주제에 대해 서로 다른 사상이나 종교 등 상반된 문제의식을 갖는 작품을 선정한 후에 이어서 읽는 방식이다. 우리에게 익숙한 독서 방법은 아니다. 전통적인 주류 학문에서는 꺼려하거나 배격하는 공부 방법이기 때문이다. 보통은 상반된 사상이나 종교를 불온사상이나 이단의 딱지를 붙여 금기로 여기도록 한다.

예를 들어 공자는 『논어』에서 "이단적인 것을 공부하는 것은 해가 될 따름이다."라고 한다. 조선의 정통 유학자들도 비슷한 태도를 보였다. 퇴계 이황도 정자중에게 보낸 편지에서 이학異學을 배격한다. "화담의 소견이 자못 정밀하지 못하여 그가 저술한 여러 가지 논설을 보면 한 편도 병통 없는 것이 없습니다." 이황에게 이학이란 받아들일 수 없고 배척되어야 하는 학문이다. 그에게 대표적인 이학은 불교, 도교, 양명학 및 나정암과 서화담의 학문이다. 율곡 이이도 이황과 여러 관점에서 대립했지만, 『격몽요결』에서 "잠시라도 이단이나 잡되고 옳지 못한 서적을 보아서는 안 된다."고 했듯이 이단을 배격하는 데 있어서는 근본적으로 차이가 없다.

유가 중심의 중국 학문 풍토에서 상반된 관점을 포함하여 다양한 문제의식을 강조한 사상가로는 명나라 말기 사상계를 풍미했던 이지李贄를 꼽을 수 있다. 그는 생명의 위협까지 무릅쓰며 당시 사상적·문화적 주류에 수용되는 것을 거부했다. 『분서』는 그 뜻을 잘 전달한다.

> "공자를 존중했지만 공자에게 무슨 존중할 만한 것이 있는지 몰랐다. 난장이가 키 큰 사람들 틈에 끼어 굿거리를 구경하는 것처럼, 남들이 좋다고 소리치면 제대로 보지도 못하고 따라서 좋다고 소리치는 격이었다. 나이 오십 이전까지 한 마리 개와 같았다. 앞의 개가 그림자를 보고 짖어대자 나도 따라 짖어댔을 뿐, 왜 그렇게 짖어댔는지 까닭을 묻는다면, 벙어리처럼 아무 말 없이 웃을 뿐이었다."

주류 학문의 위치를 차지하는 하나의 관점에만 몰두하고 나머지를 이단으로 거부하는 독서의 병폐를 지적하는 내용이다. 주희로부터 지금까지 몇백 년이 넘도록 노장사상과 불교 사상을 이단으로 시목하여 공격하고 배척함으로써 학문이 왜곡되었다고 비판한다. 그는 40대 무렵부터 유가 일변도에서 벗어나 본격적으로 도가를 접했고, 양명학이나 불학에도 눈을 뜨기 시작했다.

이지는 "6경이나 그 밖에 유가의 사상을 다룬 책은 기름진 곡식이나 고기와 같다."고 설명한다. 하지만 쌀과 고기만 먹으면 몸에 큰 탈이 생긴다. 평소에 잡곡이나 채소를 비롯해 다양한 음식을 섭취함으로써, 곡식과 고기를 너무 많이 먹어 쌓인 찌꺼기를 씻어내야 한다. "그래야 비장과 위장이 회복되어 병이 가라앉는다."

도가나 불가를 비롯하여 이단으로 지목당한 다양한 분야의 책을 공부함으로써 오히려 유가조차도 제대로 이해할 수 있게 되었다고 한다. "아아! 나는 지금에서야 공자를 알게 되어, 더 이상 예전처럼 무턱대고 짖는 개가 아니다. 예전의 난장이가 늙어서야 마침내 키가 제대로 자라게 되었다."고 설명하고 있다. 이지야말로 상반된 겹쳐 읽기의 선구자였고, 그 효과를 제대로 체험했던 사람인 셈이다.

조선의 학자 사이에서는 실학에 이르러 상반된 겹쳐 읽기의 중요성이 강조된다. 기존의 정통 유가에서 금기로 여기던 '위험한' 책들에 대해 개방적인 태도를 취한 것이다. 박제가가 『북학의』에서 강조한 내용이 대표적이다.

> "모든 사람들이 정이程頤와 주희朱熹의 학설만 말한다. 사대부들은 감히 육상산과 왕양명을 논하지 못한다. 과연 도란 것이 원래 오직 한 곳에서만 나와서 그런 것일까? 아니다. 모든 선비가 과거 시험에 매달리고, 공부도 시류의 풍속에 맞추어야 하기 때문이다."

주자 성리학에만 몰두하는 이유는 그것이 옳기 때문이 아니다. 단지 현실적으로 제도 교육 과정이나 시험에서 요구되기 때문이다. 주자만 숭상하는 조선의 풍토는 식견이 좁은 사람을 대규모로 양산할 뿐이다. 반드시 지킬 필요가 없는 것까지도 비호하면서 완고하거나 편협한 기질이 만들어진다.

박지원도 『열하일기』에서 "만약에 허투루 석가와 노자를 비방하는 것으로써 이학을 삼는다면 이는 천박한 생각이다."라고 한다. 소위 유가의 학문을 한다는 자들은 석가와 노자를 욕하는 것으로써 스스로 유학자라 자처하는 지극히 나쁜 버릇을 갖고 있다. 박지원이 보기에 유가의 진정한 뜻은 실천궁행을 귀중히 여기는 데 있다. 불교나 노자의 교지는 심성의 근원과, 선악의 감응과, 이기理氣의 근본에 있기 때문에 오히려 유가를 정확히 이해하고 풍부하게 만드는 데 큰 도움을 준다.

헤세도 다양한 사상과 종교를 섭렵한 독서가로 유명하다. 경건한 기독교 집안이어서 늘 성경을 가까이 했지만, 인도와 중국을 비롯하여 동서양의 다양한 세계관, 인생관을 담은 고전을 읽는 데 소홀함이 없었다. 그의 아버지는 중국 도가 사상가인 노자에 대한 책을 집필할 만큼 동양 사상에 조예가 깊었다. 헤세도 『논어』, 『시경』, 『역경』 등을 탐독했고, 공자의 『논어』를 읽고 중국의 지혜에 관한 글을 쓰기도 했다.

그의 소설이 단순히 흥미로운 줄거리나 인물의 에피소드에 머물지 않고 인류 지성사의 풍부한 문제의식을 담고 있는 데는 상반된 관점을 포함하여 여러 방면으로 접근하는 독서가 큰 힘이 되었다. 『싯다르타』와 『유리알 유희』 등에서 볼 수 있듯이 그의 작품에는 기독교 시각만이 아니라 힌두교와 불교, 유교와 도교의 문제의식이 녹아들어 있다. 만약 독실한 기독교 집안이 일반적으로 보이는 경향처럼 성경과 기독교 신학 그리고 이러한 시각에 일치하는 문학이나 사상서만을 보았다면 서양 문학을 대표하는 소설가 중의 한 사람으로서의 헤세는 없었을 것이다.

『방드르디』 vs. 『로빈슨 크루소』

"『로빈슨 크루소』가 원주민에게 근대적 이성의 중요성, 개인의 위대함을 강조했다면, 『방드르디』에서는 오히려 원주민이 로빈슨 크루소에게 깨달음을 준다."

종교나 사상을 다룬 고전만 상반된 겹쳐 읽기의 대상은 아니다. 소설을 비롯한 문학작품도 겹쳐 읽기를 통해 독서의 효과를 극대화할 수 있다. 세계와 인간을 바라보는 상이한 시각에 따라서 동일한 주제라 하더라도 전혀 다른 문제의식으로 문학적 상상력을 풀어내는 경우가 얼마든지 있다. 앞서 언급한 영국 소설가 디포의 『로빈슨 크루소』와 프랑스 현대문학의 거장으로 불리는 투르니에의 『방드르디』를 비교하면서 읽는 작업이 재미있는 사례가 된다.

투르니에의 『방드르디』는 독특한 소설이다. 누구나 다 읽어봤을 『로빈슨 크루소』를 비판적으로 패러디해서 다시 썼으니 말이다. 패러디라는 말이 적절하지 않을 수도 있다. 쉽게 얘기해서 '거꾸로 쓴 로빈슨 크루소' 정도로 생각하면 된다. 『로빈슨 크루소』가 근대적 이성의 중요성, 주체로서 개인의 위대함을 강조했다면 투르니에는 이를 여러 측면에서

조목조목 비판한다. 원주민 방드르디가 오히려 최종적으로 로빈슨 크루소에게 깨달음을 주는 역할을 한다. 투르니에는 이 소설의 창작 의도에 대해 다음과 같이 말한다.

> "자신의 의도가 얼마나 터무니없는 것인가를 로빈슨 스스로 깨닫는 소설, 그것이 터무니없는 것이라는 느낌 때문에 그의 건설 사업이, 이를테면 내부로부터 잠식되어 붕괴해버리는 소설을 쓰고 싶었어요. 방드르디가 불쑥 나타나서 모든 것을 완전히 다 무너뜨려버리는 소설을 말입니다."

'방드르디'는 프랑스어로 금요일이란 의미다. 『로빈슨 크루소』에서 로빈슨이 원주민을 구해준 날이 금요일이어서 그의 이름을 프라이데이로 짓는데, 방드르디는 그를 대신하는 인물이다. 주인공이 아예 상반된 인물로 바뀌어버린다. 투르니에의 소설에서는 방드르디가 핵심 역할을 한다. 그는 미래를 열고 기획하며 로빈슨이 과거의 재구성에만 몰두하는 것이 아니라 무언가 새로운 일을 하도록 도와준다.

디포든 투르니에든 이들 작품은 가볍지만은 않다. 어떤 점이 서로 대척점에 있는지를 구체적으로 찾아가며 읽는 작업이 수월하지 않다. 유심히 살피고 비교하며 읽어야 각 저자의 문제의식을 풍부하게 발견한다. 그렇게 긴장을 늦추지 않고 파고들다 보면 지난 수백 년간의 서구 역사가 보이고, 철학이 보인다.

두 책이 공유하는 핵심 줄거리는 다음과 같다. 배가 난파되어 무인도에 홀로 남겨진 로빈슨은 이후 섬을 자신에게 익숙한 문명 제국으로 만들기 위해 고군분투한다. 문명이 배제된 자연 조건에서 단지 생명체로서 생존할 뿐만 아니라, 인간의 존엄함과 문명의 우월함을 지켜내고자 한다. 그러던 어느 날, 미개한 원주민이 나타난다. 그리고 로빈슨은 이 원주민 청년을 자신의 하인으로 만들고자 한다. 여러 사건을 겪으면서 둘의 관계는 긴밀해진다. 마지막에는 28년 만에 구조의 기회가 찾아온다. 여기서는 전체 내용 중 대표적으로 몇 가지 상반된 문제의식을 보여주는 부분만을 간추려 비교해보겠다.

사적 소유와 부의 축적에 대한 상반된 이해

먼저 사적 소유와 부의 축적이라는 근대적 윤리에 대해 상반된 태도가 나타난다. 『로빈슨 크루소』에서 로빈슨은 근대의 서구적 소유권 개념을 정당화한다.

> "골짜기를 따라 조금 내려오면서 그 모든 게 내 것이라는 생각이 들었다. 그러자 마음 한쪽으로 은밀한 즐거움이 솟기도 했다. 나는 그 땅의 왕이며 주인이었고 아무도 빼앗아 갈 수 없는 소유권이 있었다. 만일 어디론가 옮겨 갈 수만 있다면 영국에 영지를 가진 다른 영주처럼 온전히 후대에 물려줄 수도 있다는 생각도 들었다."

로빈슨은 무인도를 자신의 것으로 이해한다. 아무도 대신할 수 없다는 점에서 배타적인 사적 소유 개념이다. 게다가 후대에 물려줄 수 있는 상속 권한까지 갖고 있다는 점에서 절대적인 소유권 개념이다. 우리의 상식으로는 원래 인류가 갖고 있던 사고방식이 자연스럽게 표현된 것에 불과하다고 느낄 수 있다. 하지만 역사적 현실을 보면, 배타적이고 절대적 의미의 사적 소유권은 유럽에서 근대에 접어들어 만들어진 특이한 사고방식이고 제도다.

중세 사회에서만 보더라도 공유지는 그 자체로서 전체 농업을 유지하기 위해 더없이 훌륭한 기능을 수행하고 있었다. 농업이 제대로 이루어지기 위해서는 소처럼 논이나 밭을 갈 수 있는 가축이 절대적으로 필요했다. 그렇다고 각 농가가 모두 개별적인 목초지를 사적으로 갖고 있을 수는 없는 노릇이었다. 그래서 공동의 목초지가 반드시 필요했다.

농사를 짓는 토지에 대해서도 농민의 사용권을 매개로 이중적인 소유 개념이 오래 지속됐다. 지주의 땅에 대한 소유권만이 아니라 농지에 대한 농민의 사용권이 동시에 보장됐다. 이는 매우 현실적인 의미를 지녔다. 농업생산력의 유지와 향상을 위해서도 중요한 의미를 가졌다. 만약 자본주의적인 소유권처럼 지주에게만 배타적인 소유권이 주어지면 어떤 일이 발생할까? 지주는 마음대로 소작 농민을 자기 땅에서 내쫓게 될 것이다. 농민은 매우 불안정한 상태에서 올해는 이 땅에서 다음 해는 저 땅으로 이리저리 옮겨 다니며 일을 해야 한다. 대다수 농민의 삶은 순식간에 극도의 빈곤에 빠지게 된다. 이 상태에서 안정적인 농업 생산력을 기대하기 어렵다. 그래서 소작 농민에게는 땅을 사용할 수 있는 일종의 사용권을 보장해서 사회 전체적으로 볼 때 안정적인 농업 경영이 가능하도록 했다.

배타적이고 절대적 의미의 사적 소유는 자본주의와 함께 지난 수백 년 사이에 나타났다. 로빈슨은 바로 이 개념을 옹호한 것이다. 특히 그의 사고방식은 유럽의 식민지 지배 의식과 소유 관념을 그대로 드러낸다. 원주민이 본래 살고 있던 지역이라 하더라도 그곳은 주인 없는 땅에 불과하다. 소유는 오직 유럽인에게만 허용된다. 자신이 이 섬으로 표류되어 왔을 뿐인데도 "섬 전체가 내 소유였으니 통치권은 당연히 내가 가지고 있었다."라고 생각한다. 자신을 "그 땅의 왕이며 주인", 보다 노골적으로 "절대적인 군주이자 법률을 세우는 이"라고 단언한다.

실제로 구조된 이후에도 그 섬에 대한 소유권을 누린다. 나중에 몇몇 사람이 그 섬에 살게 되었는데, 소유권자로서 그들에게 일정한 점유권을 부여한다. "섬을 조각조각 나누어 그들에게 나누어주었다. 물론 섬 전체는 내 것이었지만, 그들이 각각 원하는 곳을 가질 수 있도록 해주었다." 로빈슨에게 그 섬은 자신의 식민지에 불과하고, 자기 땅을 대리하여 관리하도록 할 뿐이다.

『방드르디』에도 로빈슨의 사적 소유와 부의 축적 논리가 등장한다. 하지만 디포의 관점과는 반대편에서 비판적으로 접근한다.

> "여기서의 나의 상황은 매일같이 배 가득히 타고 신세계의 해안에 발을 내려딛는 내 동포들의 상황과 상당히 유사하다. 그들 역시 부의 축적이라는 윤리에 순응해야 한다. (…) 계량할 수 있다는 의미에서 합리적이고 보편적인 돈은 접촉하는 모든 것을 정신적인 것으로 만든다. 매매 가능성은 근원적 미덕이다."

먼저 배 가득히 타고 신세계의 해안에 발을 내려딛는 동포와 자신이 동일한 경우라고 한다. 총칼을 앞세우고 전 세계를 대상으로 식민지 지배에 나섰던 행위와 무인도에 발을 내딛은 후 소유권을 주장하는 자신의 경우가 다를 바 없이 모두 정당하다는 입장이다. 비서구 지역에 대한 약탈까지도 합리적인 소유로 정당화해왔던 유럽인의 왜곡된 사고방식을 정면으로 비판하고 있다.

그는 '부의 축적이라는 윤리에 순응'해야 함을 역설한다. 종교적 영향력이 지배적이던 중세까지 부와 관련한 미덕은 '부자가 천국에 가는 것은 낙타가 바늘구멍에 들어가는 것보다 어렵다'라는 성경의 가르침이었다. 물론 귀족이나 승려 자신은 이 미덕에서 벗어나 있고, 사실상 농노들에게만 강제됐다. 하지만 근대로 들어서면 부의 축적이 윤리의 옥좌를 차지한다. 부를 축적하기 위한 일체의 행위가 진정한 의미의 미덕으로 자리를 잡는다.

투르니에의 로빈슨은 단순히 부의 축적을 긍정적 태도로 바라보는 데 머물지 않는다. 자연에 대한 인간의 지배를 도덕 차원으로까지 승화시켰던 것과 마찬가지로 부의 축적을 미덕으로 칭송한다. 계량할 수 있고 만인이 사용한다는 점에서 돈은 접촉하는 모든 것을 정신적인 것으로 만든다고 주장한다. 또한 돈은 명예심이나 광신같이 불확실한 사고를 추방하고 협동을 위한 경향과 보람 있는 교환 취미를 형성한다는 점에서 근원적 미덕이다.

자본제적 도덕이 봉건제적 도덕을 대체한 결과, 생산을 통해 일정한 부를 축적한 사람만이 의미 있는 개인으로 취급되기 시작했다. 프랑스 대혁명 등 유럽을 시민혁명이 휩쓸고 지나간 후, 그리하여 신분제가 사라지고 이른바 '사회계약'에 기초한 새로운 사회가 만들어질 때 가장 중요한 투표권이 누구에게 주어졌는가를 살펴보면 개인의 권리가 부의 축적과 얼마나 깊은 관련을 갖고 있었는지를 알 수 있다.

우리는 상식적으로 시민혁명 이후 모든 개인에게 투표권이 인정됐다고 생각하지만 이는 전혀 사실이 아니다. 일정한 액수 이상의 재산세를 내는 사람에게만 제한적으로 투표권이 주어졌다. 이에 해당하는 사람은 주로 흔히 부르주아지라고 일컫는 사람들이었다. 사회계약은 자유로운 개인에 기초하여 이루어지는 개인과 개인 사이의 계약이다. 계약의 확정은 투표를 통해 이루어졌다. 그런데 자유로운 개인으로서의 권리가 재산에 기초하여 이루어졌다는 것은 애초에 근대적 '개인'이라는 의미가 부르주아지, 즉 자본가의 다른 이름이었다는 점을 확인시켜주는 사실이 된다.

원주민에 대한 상반된 이해

『로빈슨 크루소』에서 원주민 프라이데이는 서구인의 비서구인에 대한 전통적인 사고방식을 그대로 반영한다. 무지몽매하고 열등하며 오직 백인의 보호나 주도 아래서만 최소한의 인간적 삶이 가능하다고 바라보는 사고방식 말이다. 오직 주인과 하인의 관계 안에서만 원주민은 관심 대상이 된다.

"이제 정말 하인을 두어야 할 때가 왔다는 생각이 억누를 수 없이 솟아났다. (…) 마침내 그는 내 앞에 와서 무릎을 꿇더니 땅에 입을 맞추며 머리를 조아렸다. 그리고 내 발을 잡아 자신의 머리 위에 얹었다. 영원히 내 노예가 되겠다고 맹세하는 표현인 것 같았다."

원주민은 애초에 하인의 의미로 소설에 등장한다. 다른 원주민 부족에게 살해당할 위험에서 로빈슨이 프라이데이를 구해준 것도 하인을 두어야겠다고 간절히 바라던 바를 신이 들어준 것이다. 원주민도 자신이 백인에 비해 열등하다는 점을 잘 알고 있다. 그래서 스스로 무릎을 꿇고 엎드린 후 로빈슨의 발을 자신의 머리 위에 올려놓는다. 로빈슨은 그에게 자신을 '주인님'이라고 부르라고 가르친다.

또한 미개인에게서 나타나는 야만적 습성은 좀처럼 고쳐지지 않는다고 전제한다. 특히 문명을 이루지 못한 원주민을 식인종 취급하는 황당한 발상도 그대로 드러난다.

"프라이데이는 인육을 먹던 본성을 버리지 못했는지 여전히 살덩이가 아까운 모양이었다. 하지만 내가 생각만 해도 끔찍하다는 듯 행동했더니 감히 그런 내색을 하지 못했다."

프라이데이를 구하는 과정에서 죽인 다른 원주민들의 시체를 불태워 처리하라고 했더니 탐욕스럽게 살점을 떼어 먹으려 한 것이다. 로빈슨이 질색을 하고 제지하지 않았다면 평소의 습성대로 시체를 뜯어 먹었을 것이라고 한다. 사람 고기를 먹자는 이야기를 꺼내기만 해도 죽여버리겠다고 단단히 일러두지 않았다면 이후에도 계속 문제가 되었으리라.

또한 한번 주인과 하인으로서 관계를 맺은 이후 로빈슨에 대한 의존적인 태도를 숙명처럼 껴안고 버리려 하지 않는다. 예를 들어 일정한 기간을 함께 지낸 후, 큰 배를 만들어서 그걸 타고 집으로 돌아가라고 말해주지만 프라이데이는 자기에게 화가 났거나 자기가 무엇을 잘못했는지 묻는다. "왜 멀리 집에 보냅니까?"라며 못마땅해한다. "왜라니, 넌 다시 돌아가고 싶다고 했잖아."라고 반문하니, 주인님 없이는 모든 것이 싫다며 거부한다.

설사 자신이 본래 살던 부족으로 돌아가더라도 오직 로빈슨과 함께 가는 경우로 한정된다. 거기에 가서 자신이 할 일이 뭐 있겠느냐며 난처해하는 로빈슨에 대해 프라이데이는 걱정하지 말하고 한다. "주인님은 좋은 일 아주 많이 합니다. 주인님은 야만인들 가르쳐서 착하고 잘 참고 순한 사람으로 만듭니다. 그들에게 하나님 가르치고 기도 가르치고 새로 살라고 말합니다." 원주민에게 백인은 주인이자 그들을 비로소 인간다운 삶으로 이끌어줄 구원자다.

원주민에 대한 시각은 투르니에가 가장 예리하게 비판적인 시선을 보내는 문제다. 『방드르디』를 쓰게 된 동기를 설명하면서도 이 점을 분명히 한다.

"디포의 소설에는 방드르디가 있으나마나 한 존재로 취급되어 있어요. 단순히 빈 그릇일 뿐이지요. 진리는 오로지 로빈슨의 입에서만 나옵니다. 백인이고, 서양인이고, 영국인이고, 기독교인이기 때문입니다. 나의 의도는 방드르디가 중요한 역할을, 아니 심지어 끝에 가면 가장 핵심적 역할을 맡는 소설을 써보자는 데 있었어요."

발상을 바꾼다. 디포가 서구인의 시각으로 원주민을 본다면, 투르니에는 원주민의 시각으로 서구인을 본다. 『방드르디』에서 로빈슨의 태도는 서구인의 우월성과 자부심이라기보다는 지극히 편협한 구제불능의 편견으로 다루어진다. 서구적 문명관의 오만함을 폭로하는 소재로 등장한다.

> "이 녀석은 내가 무엇이든 가르쳐주면 방자하게 웃음이나 터뜨린다. (…) 나에게 주어진 방향은 이미 결정된 것이나 다름없다. 내가 여러 해에 걸쳐 완벽하게 만들어 놓은 체제에 나의 노예를 예속시키는 것이다. (…) 겉보기에는 선의로 가득 차 있는 듯하지만 실제로 방드르디는 질서, 경제, 계산, 조직 등의 개념에 완전히 저항적이다."

로빈슨에게 인간은 오직 문명인, 서구인일 뿐이다. 이와 대립적인 비문명인은 지양하고 극복해야 할 대상으로 치부되기 마련이다. 자신을 따르는 개보다도 열등한 존재로 대한다. 자연과 구분이 안 될 정도로 원시적 삶을 살아가는 원주민을 경멸한다. 자신으로 대표되는 문명에 일방적으로 적응해야 하는 대상으로 여긴다.

원주민의 선량해 보이는 표정에 대해서도 경멸적 반응을 보인다. 그가 보기에 타인에게 해를 입히지 않는 원주민의 선량함은 쓸데없는 사고방식에 불과하고 오히려 이성적 사고의 핵심인 질서, 경제, 계산, 조직 등에 적대적 걸림돌이라고 인식한다.

원주민이 본능적으로 가진, 짐승들과 공감 관계를 형성하는 능력도

꼴불견이자 이성적 질서를 어지럽히는 위험한 행동일 뿐이다. 자연친화적인 원주민의 사고방식은 자연 지배라는 서구적 지상 명제에 반하는 것일 테니까 말이다.

로빈슨 크루소는 결심한다. 방드르디를 위해서라도 과거의 잘못된 사고와 행위를 바꾸고 자신이 만들어놓은 새로운 질서에 그를 복종시켜야 한다는 사명감을 갖는다. 그래서 "여러 해에 걸쳐 완벽하게 만들어놓은 체제에 나의 노예를 예속"시키려는 결심을 한다. 우리는 여기서 비서구 지역에 대한 식민지 지배를 계몽, 근대화라는 이름으로 합리화하고 정당화했던 식민지 지배 논리에 대한 비판의식을 만날 수 있다.

로빈슨은 "내가 대표하는 문명"이라고 한다. 문명, 곧 서구인이 모든 판단의 기준이자 주체다. 방드르디는 비서구를 상징한다. 이성과 문명이 절대적 가치가 되고, 이를 통해 비서구에 대한 배타적 지배권이 마치 천부의 권리처럼 여겨진다. 결국 서구에서의 근대 개인주의는 적어도 역사적 측면에서만 바라본다면 개인주의가 타인에 대한 존중 위에서 출발한다는 변명을 무색하게 만든다. 그래서 개인주의란 본질적으로 비서구적이고 비문명적인 타인에 대한 억압에 기초한다는 비판이 깔려 있다.

원주민과의 구체적인 관계에서도 상반된 태도가 나타난다. 디포에게서 로빈슨과 프라이데이의 관계는 처음에 자신의 머리 위에 상대의 발을 올려놓음으로써 주인과 노예 관계를 맺었던 그대로 끝까지 지배와 복종의 관계다.

하지만 투르니에의 로빈슨과 방드르디의 관계는 전혀 다르다. 처음에는 "3,000년 서구 문명으로 가득 들어찬 머리를 쳐들고 서있는 백인의 발을" 자신의 머리 위에 올려놓는다. 하지만 몇 년 동안 함께 지내면서 관계에 변화가 찾아온다. 먼저 로빈슨은 이 원주민 청년에게서 건강함과 아름다움을 발견한다.

"내가 저처럼 자연스럽고 당당하게 걸을 수 있겠는가? 그가 벌거숭이 옷을 몸에 감고 있는 것만 같다고 한다면 우스운 표현일까? 그는 최고의 권위를 과시하면서, 마치 살로 만든 성체함처럼 가슴을 활짝 펴고 걷는다. 분명하고도 과격한 그 아름다움은 주위에 허무를 만들어내는 것 같아 보인다."

또한 방드르디와 역할을 바꿔서 하는 놀이를 즐긴다. 방드르디가 두 뺨에다가 야자나무의 빨건 털을 잔뜩 붙여서 수염이 난 시늉을 하고 나타난다. 로빈슨은 이제 자기 친구를 너무나도 잘 아는지라 말을 다 하지 않아도 그가 무슨 말을 하려는 것인지 알아차린다. 방드르디는 그가 알고 있는 최상의 영어로 문장이 긴 말을 하려 노력하고, 로빈슨은 방드르디가 영어라고는 한마디도 할 줄 모르던 시절에 배운 몇 마디 아라우칸족 말로 대답한다.

그러면 로빈슨은 땅바닥에 무릎을 꿇고 앉아서 정신없이 감사의 말을 중얼거리면서 머리가 땅에 닿도록 절을 한다. 마침내 그는 방드르디의 발을 붙잡아 자기 목 위에다 얹는다. 그들은 자주 이 놀이를 했다. 일방적인 상하 관계를 벗어나 서서히 서로가 존중하는 수평적인 관계가 형성된다. 서로 역할을 바꾸는 이 놀이는 둘 사이의 달라진 관계를 상징한다.

상반된 결말

소설의 결말도 서로 다른 방향을 향한다. 『로빈슨 크루소』에서 우연히 영국의 배가 그 섬에 도착했을 때 로빈슨은 망설이지 않고 본래 살던 문명 세계로 돌아간다. 섬을 떠나며 기념으로 자기가 만든 커다란 염소 가죽 모자와 우산 그리고 앵무새를 챙겼을 뿐이다. 또한 난파된 배에서 챙겨두었던 막대한 돈을 배로 옮겨 갖고 가는 일도 잊지 않았다. 당연히 로빈슨과 프라이데이의 관계는 섬을 떠난 이후에도 여전히 변함없이 주인과 하인의 관계다. 섬에 산 지 28년하고도 두 달이 지났지만 적어도 문명과 야만이라는 대립적인 사고방식은 한 치의 변화도 없이 그대로 유지된다.

하지만 『방드르디』에서 로빈슨은 전혀 다른 선택을 한다. 로빈슨은 그대로 섬에 남아 있겠다는 결심을 피력한다. 배를 떠나보내고 그 섬에 다시 발을 딛는다.

> "그 땅을 다시 찾으면서 로빈슨은 기쁨을 느꼈다. 마치 '화이트버드호'의 방문이 행복하고 오래 지속되어온 청춘에 종지부를 찍기나 할 것처럼 생각되었다. (…) 로빈슨은 이 섬이 존재한다는 사실이나 그 위치가 선원들에 의해서 세상에 알려지기를 원하지 않는다는 것을 넌지시 암시해두었다."

일시적으로 섬에 남는 것도 아니다. 영원히 남을 수 있도록 선원들에게 자신과 섬 이야기를 돌아가서 하지 않도록 당부한다. 앞으로 삶이 다할 때까지 방드르디와 함께 그 섬에서 살겠다는 선택이다. 방드르디가 오히려 로빈슨의 문명 중심의 편협한 사고방식을 변화시켰기 때문이다. 로빈슨이 섬에 혼자 있을 때는 섬을 혼자만의 문명 제국으로 만들기 위해 고군분투했지만 방드르디가 나타나고 그의 실수에 의한 사고로 로빈슨이 만들어놓은 작은 문명 제국은 한순간에 사라져버리고 만다. 절대적 진리처럼 여기며 구축한 문명의 소실을 목격한다.

로빈슨은 그 사건 이후 비로소 그가 두고 온 것, 다시 찾으려 했던 것이 사실은 아무것도 아니었음을 깨닫는다. 이제 로빈슨과 방드르디는 더 이상 주종 관계가 아니다. 서로가 서로에게 의미 있게 존재하며 영향력을 미치고, 각자의 자아를 새로 형성하기 시작한다. 문명에 길들어 있던 로빈슨은 자연 그대로의 원시적 인간 방드르디를 통해 역시 자연과 닮은 본연의 인간으로 변화한다. 그렇기 때문에 28년 만에 구조되지만 문명의 방문은 전혀 달갑지 않게 느껴지고, 다시 섬에 남은 것이다.

5장

말하기와 쓰기, 병행 독서법

독서 삼위일체

"독서와 담화와 기록은 별개의 과정이 아니다. 형식상으로 분리되어 있을 때도 정신 활동의 일부라는 점에서 긴밀하게 연결되어 있다."

우리는 책을 읽고, 말하고, 글을 쓰는 작업이 서로 별개의 영역이라는 생각을 습관적으로 한다. 읽을 때는 말을 하지 않고, 쓸 때는 혼자만의 공간에서 침묵과 함께 작업하는 것으로 여긴다. 하긴 상식적인 견지에서 읽기는 말하기의 중단과 함께 시작되는 것처럼 보인다. 조용히 눈으로 살피며 생각하는 시간으로 다가온다. 하지만 독서만 놓고 보더라도 원래 말하기와 분리된 행위가 아니었다.

초기 기독교 교회의 대표적인 교부이자 철학자인 아우구스티누스의

『고백록』에는 독서와 관련하여 흥미로운 대목이 나온다.

> "책을 읽을 때 그의 두 눈은 책장을 뚫어져라 살피고 가슴은 의미를 캐고 있었지만, 목소리는 들리지 않았고 혀도 움직이지 않았다. (…) 그를 방문할 때면 종종 침묵 속에서 독서 삼매경에 빠진 그를 발견하곤 했다. 절대로 큰 소리를 내어 글을 읽지 않았다."

아우구스티누스의 스승이자 당시 밀라노 주교를 맡고 있던 암브로시우스에 대한 이야기다. 그는 지독한 독서가였던 모양이다. 그런데 아우구스티누스는 신기한 느낌으로 그의 독서 습관에 대해 언급하고 있다. 소리를 내지 않고 책을 읽는 모습이 너무나 이상하게 보였던 것이다. 그리스·로마 문화에 해박한 최후의 지식인으로 잘 알려져 있을 정도로 대단한 독서가였던 아우구스티누스에게조차 소리 내지 않고 눈으로 책을 읽는 행위가 신기하고 이상하게 보였다는 것이다.

소리 내지 않고 읽어서 의미를 이해하는 방식을 보통 묵독默讀이라 한다. 소리를 내어서 읽는 방법은 음독音讀이다. 현대사회에서는 지극히 자연스러운 묵독이 독서의 역사에서 보면 상당히 최근의 현상이다. 단순히 소리를 내는 정도가 아니다. 문밖에서 소리가 들릴 정도로 큰 소리로 읽는 것이 일반적이었다. 그래서 아우구스티누스가 암브로시우스의 독서에 대해 말할 때, 소리가 들리지 않았기 때문에 책을 읽고 있는 줄 모르고 그에게 접근하게 되었다고 한다.

음독 말고는 독서에 대해 다른 방식을 생각하기 어려웠다. 읽는 행위가 말하는 행위와 분리되지 않았다. 그리스, 로마는 물론이고 중세를 거쳐 근대 초기에 이르기까지 당연하게 여겨지는 습관이었다. 아우구스티누스는 성경을 읽는 것은 '현명한 입'으로 읽는 '성스러운 낭독'이기 때문에 기도 행위에 버금가는 의미를 지닌다고 보았다.

서양만의 현상도 아니다. 한국이나 중국의 지식인에게도 옛날부터 소리를 내어 글을 읽는 방법이 일반적이었다. 그 이외의 것을 생각할 수 없을 정도로 자연스러울 뿐만 아니라 중요한 독서 방법이었다. 선비들은 스승이든 학생이든 낭랑하게 소리를 내어 읽었다. 글 읽는 소리가 방 밖으로 자주 들려야 공부를 게을리하지 않는 진정한 선비라는 소리를 들었다. 독서는 사고의 한 형태이자 말하기의 한 형태였다.

한발 더 들어가 고대사회에서는 글이나 책 자체가 말하기와 분리되지 않는 경우가 많았다. 동서양을 막론하고 성인이라 불리는 사람들의 가르침을 담은 책은 대부분 대화편 형식이다. 소크라테스와 예수그리스도, 석가, 공자와 장자 등이 그렇다. 소크라테스는 아예 직접 글을 써서 후대에 남긴 적이 없다. 플라톤이 그 대화 내용을 기록하여 우리에게 전해질 수 있었다. 예수는 단 한 번 모래밭에 단어 몇 자를 적었다가 금세 지워버렸다는 이야기만 전해온다. 사회 구성원들이 지식과 지혜를 얻을 수 있는 가장 대표적인 방법이 말을 이용한 대화였다. 지식을 전파하는 데도 낭송이 주로 쓰였고, 글도 그러한 대화를 가급적 실제의 말하기에 가깝게 옮겨 적는 데 초점을 맞췄다.

말하기와 글쓰기 그리고 읽기는 정신 활동이라는 점에서 하나로 연결되어 있다. 베이컨은 『수상록』에서 이를 다음과 같이 강조한다.

"독서는 마음이 풍족한 사람을 만든다. 담화는 날쌔고 활발한 사람, 기록은 정확성 있는 사람을 만든다."

독서와 담화와 기록은 별개의 과정이 아니다. 형식상 분리되어 있을 때도 정신 활동의 일부라는 점에서 긴밀하게 연결되어 정신을 깊게 하고 폭을 넓히는 데 기여한다. 또한 하나가 다른 하나를 강화시킨다. 독서를 잘하는 사람은 말하기와 글쓰기를 잘할 가능성이 훨씬 높다. 마찬가지로 훌륭한 연설가나 저자가 되기 위해서는 풍부한 독서가 필수적이다.

그러므로 독서의 효과를 높이기 위해서는, 보다 엄밀하게 말해서 진정한 의미의 독서가 되기 위해서는 말하기와 글쓰기가 결합되는 방식이어야 한다. 독서가 수동적으로 책에 있는 지식을 머리 안에 암기하는 작업이 아니라, 재창조를 위한 계기를 마련하는 행위라고 할 때 말하기와 글쓰기에 연결된 독서는 더욱 중요해진다. 비로소 독서는 새로운 정보와 가치를 창출하는 능동적인 과정이 된다.

지식을 암기하여 기억 속에 붙들어 매는 방식이라면 책에서 얻을 수 있는 게 너무 제한적이다. 책은 일방적으로 고정된 내용을 전달하는 속성에서 벗어날 수 없고, 내용적 피드백을 비롯하여 깨달음을 얻는 데 필요한 여러 요소를 결여하고 있기 때문이다. 그래서 소크라테스는 일찍이 죽은 글을 통해서는 진정한 지식을 얻을 수 없다고 했다. 직접 글을 남기지 않았고 평생에 걸쳐 오직 대화를 통해 그리스 시민들에게 진리를 일깨우고자 했다. 플라톤의 『테아이테토스』에 그런 내용이 있다.

"나는 지혜도 없고 내가 창안한 것이라든지 내 영혼의 소산도 없네. 다만 나와 이야기를 하는 사람들은 이득을 본다네. 그 사람들에게는 처음에는 바보 같지만, 차차 나와의 관계가 깊어가는 동안에, 만약 신이 은총을 베푼다면 놀랄 만한 진보를 보인다네."

소피스트의 방식이 교육을 위한 직접적인 가르침이었다면 그의 방식은 대화를 통해 상대방 스스로 진정한 영혼을 발견하고 깨닫게 하는 것이었다. 소크라테스는 자신의 철학 방법을 산파술産婆術이라고 불렀다. 산파가 산모의 출산을 돕듯이 대화를 통해 본인이 스스로 정신을 고양시키고 진리를 깨닫도록 만들어주었다.

동양 사상 중에서는 글의 한계에 대해 도가가 적극적으로 문제 제기를 하는 편이었다. 장자는 『장자』 외편의 '천도天道'에 나오는 제환공과 윤편의 대화를 통해 글의 제한된 역할을 지적한다. 제환공이 대청 위에서 책을 읽고 있을 때 윤편이 대청 아래서 수레바퀴를 깎고 있었다. 윤편이 망치와 끌을 놓고서 제환공에게 "대왕께서 읽으시는 것은 무슨 책입니까?"라고 묻자 "성인의 말씀이시니라."라고 대답한다.

"그 성인은 지금 살아 계십니까?"
"이미 돌아가셨느니라."
"그렇다면 임금께서 읽으시는 것은 옛사람의 찌꺼기입니다."
"과인이 책을 읽는데 수레바퀴나 깎는 네놈이 무슨 참견이냐? 네 변명할 구실이 있으면 좋거니와 변명을 못하면 죽이리라."

"저는 제가 하는 일의 경험에서 말씀드리겠습니다. 수레바퀴를 깎을 때 지나치면 헐렁해서 꼭 끼이지 못하고 모자라면 빡빡해서 들어가지 않습니다. 지나치지도 않고 모자라지도 않는 것은 손에 익숙하여 마음에 응하는 것이라, 입으로는 표현할 수가 없습니다. 그 사이에는 익숙한 기술이 있는 것이나 저는 그것을 제 자식에게 가르칠 수가 없고 제 자식도 배워갈 수가 없어서 이렇게 70세가 되도록 늙게까지 수레바퀴를 깎고 있습니다. 옛날의 성인도 마찬가지로 깨달은 바를 전하지 못하고 죽었을 것입니다. 그러니 임금께서 읽으시는 것도 옛사람의 찌꺼기일 뿐입니다."

윤편은 책에 담긴 옛 성인의 말은 '옛사람의 찌꺼기'일 뿐이라고 규정한다. 수레바퀴를 깎는 요령조차도 자식에게 말로는 표현할 수가 없기 때문이다. 수레바퀴를 더도 덜도 아니게, 안성맞춤으로 깎을 수 있는 것은 오직 오랜 작업 경험 속에서 터득한, 손에 익숙하게 남아 있는 감각과 이를 기억하고 있는 마음 덕택이다. 기술이란 이를 두고 하는 말이다. 수레바퀴만이 아니라 인간이 지닌 모든 기술도 마찬가지다. 자기가 직접 손으로 작업하는 것조차 가장 가까운 자식에게 말로 전수할 수 없는데 하물며 성인의 말씀은 어떻겠느냐는 것이다.

그나마 말은 글에 비해 훨씬 친절하다. 특히 자식이니까 여러 차례 직접 마주 보며 말할 수 있다. 궁금하거나 이해되지 않는 내용에 대해 질문하고 답할 수도 있다. 이에 비해 글은 일방적 성격을 띤다. 옛 성인의 글이니 애초에 피드백도 불가능하다.

월등한 설득력을 지닌 말을 통해서도 자기가 터득한 기술을 전하는데 어려움이 있다면 글로는 더욱 곤란하다. 특히 옛 성인의 생각이 담겨 있는 글이라면 수레바퀴 깎는 일보다 훨씬 추상의 정도가 높은 내용이어서 전달할 수가 없다. 전달은 둘째 치고 애초에 옛 성인은 자신의 생각을 글로 담을 수가 없었을 것이다. 남에게 말로 전달할 수 없는 내용을 더 제한적인 수단인 글로 정리할 수는 없는 노릇이기 때문이다.

장자는 옛 성현의 글에 의존하는 유가나 묵가의 접근 방식에 줄곧 비판적이었다. 언어를 매개로 한 이상 상당히 불완전하거나 신뢰할 수 없는 내용에 불과하다는 것이었다. 그렇다고 말과 글로 이루어지는 모든 학문이 완전히 쓸모없다고 주장하지는 않았다. 만약 그랬다면 스스로 글을 남기려 하지 않았을 것이며, 나아가 대화를 통해 자신의 문제의식을 전달하려는 노력을 하지 않았을 테다. 다만 그 한계, 특히 글이라는 형식이 본래 가질 수밖에 없는 제한된 역할을 강조하여 지적한 것으로 봐야 한다.

독서 토론 대학

"한편으로 가장 단단하게 채워지면서도, 다른 한편으로 날카롭게 살아 있는 문제의식을 제공한 시기는 대학 시절이었다."

말하기와 글쓰기에 결합된 독서가 가장 바람직하다. 먼저 말하기, 즉 대화나 토론과 연결된 독서를 보자. 연암 박지원은 나태함에서 벗어나기 위해서라도 친구들과 함께 책을 읽으라고 강조한다. 그 자신 역시 실학에 대한 본격적인 연구를 할 때 아내와 자녀를 처가에 보내고 제자들과 함께 수년간 독서와 토론에 몰두했다. 혼자 공부하면 쓸데없는 생각이 들 수 있기 때문이다.

그런 면이 없지 않아 있다. 처음에는 의욕을 가지고 공부를 시작하더라도 일정한 시간이 지나면 다시 관성이 작용하기 마련이다. 아마 제대로 독서를 해보겠다고 단단히 마음먹고 시작했다가 용두사미가 되었던 경험을 가진 사람이 적지 않을 것이다. 책을 읽고 토론하는 과정을 몇 사람이 함께한다면 서로에게 자극과 격려가 되어서 여러 유혹을 견뎌낼 힘이 되어준다.

하지만 토론과 연결된 독서가 중요한 보다 큰 이유는 내용적인 면에 있다. 혼자 읽을 때와 비교할 수 없을 정도의 깊고 풍부한 내용 전달이 이루어진다. 개인적인 차원이긴 하지만 나의 독서 경험을 통해 확인된 바이기도 하다. 뒤돌아보면 나의 독서 인생에서 가장 많은 책을 집중적으로 읽었던 기간은 징역살이 동안이었다. 이 책을 시작하면서 언급했듯이 학생운동과 사회운동을 하면서 각각 1년과 5년 이상, 도합 6년 이상 한 평도 안 되는 비좁은 독방에서 격리된 생활을 해야 했다. 관보다 조금 크다고 해도 과언이 아닐 정도의 공간에서 독서 말고는 달리 아무것도 할 게 없었다. 아마 한정된 기간에 읽은 책의 분량으로는 이 시기의 것이 가장 많았을 것이다.

최소한의 먹고 자는 시간 이외에는 미친 듯이 책에 빠져 있었으니 일주일에 대략 서너 권은 읽었던 듯하다. 6년 동안 약 1,000권 정도를 보았다는 계산이 나온다. 자랑을 늘어놓고자 하는 말이 아니다. 그저 감옥이라는 비정상적인 조건에서의 비정상적인 독서였을 뿐이다. 사실 이 기간의 독서 경험, 특히 뒤의 5년여 감옥살이에서의 독서는 나에게 뿌듯함보다는 허무함의 느낌으로 강하게 남아 있다.

상당히 장기간의 독서임에도 불구하고 남는 것이 상대적으로 적었기 때문이다. 마치 많은 말을 들었는데 한쪽 귀로 들어와서 다른 쪽 귀로 흘러 나간 듯이 혹은 어디 한 군데 작은 구멍이 나 있는 독에 물을 붓듯이 뭔가 허전함을 계속 느껴야 했다. 얼마나 많은 책을 읽었느냐 혹은 얼마나 독서에만 빠져 있었느냐 하는 것이 곧바로 독서의 질을 결정하지는 않았던 것이다. 고립된 시간과 공간에서 혼자만의 독서가 갖는 한계를 느껴야 했다.

지난 수십 년의 독서 경험을 돌이켜 생각하면, 한편으로 가장 단단하게 채워지면서도 다른 한편으로 날카롭게 살아 있는 문제의식을 제공한 시기가 있었다. 현재의 시점에서 보면 가장 먼 거리에 있을 시기인데도 오히려 지금까지도 가장 생생한 느낌이 든다. 바로 대학 시절이다.

나의 대학 시절 독서의 가장 큰 특징은 토론과 독서가 하나의 과정으로 결합되었던 점이다. 인문학, 사회학 공부와 실천을 위한 동아리 활동을 하면서 본격적인 독서 토론 기회를 가졌다. 몇 년 동안 매주 한두 차례의 독서 토론이 이어졌다. 책 내용 가운데 어려운 개념이나 내용에 대한 이해를 놓고 머리를 맞대기도 했지만, 가장 주요하게는 몇 가지 쟁점을 잡아 토론하는 시간이 이어졌다.

만만치 않은 난이도를 가진 책을 중심으로 짠 커리큘럼이었지만 구체적인 내용과 쟁점을 둘러싼 논의 내용까지, 마치 얼마 전에 겪은 일인

듯이 생생하다. 단순히 기억의 정도를 놓고 말하는 게 아니다. 대학 시절 몇 년간의 독서 토론을 통한 독서 과정에서 살아 있는 문제의식, 좌에서 우에 이르는 다양한 관점에서의 비판적 시각을 훈련할 수 있었다. 그만큼 토론과 연결된 독서는 사고 능력을 높이 끌어올릴 수 있는 훌륭한 방법이 된다.

고전 독서로 유명한 미국 세인트존스 대학의 교육 방법도 가장 중요한 과정을 토론에 두고 있다. 이 대학에는 전공과목이란 것이 없다. 시험도 점수도 없다. 4년 동안 100권의 고전을 읽고, 토론하고 논문을 쓴다. 이 학교의 고전 읽기 프로그램은 그간 많은 대학이 자체의 학부 과정을 위해 본떴을 만큼 유명하다.

이 대학에서 체험한 고전 공부를 『세인트존스의 고전 100권 공부법』이라는 책으로 소개한 조한별에 의하면 세인트존스는 가르치지 않는 학교다. 교수가 자신이 가진 해박한 지식과 정보를 일방적으로 전달하는 방식이 아니다. 일인용 책걸상에 앉아 모두 함께 맨 앞의 커다란 칠판과 교수님을 바라보는 강의가 아니다. 강의실에는 10여 명이 둘러앉을 수 있는 커다란 직사각형 테이블 하나와 벽에 걸린 분필 칠판이 전부다.

수업은 최대 열다섯 명을 넘지 않는 학생이 서로 토론하는 방식이다. 학생들은 고전 커리큘럼에 따라 책을 읽고 와서 수업 시간에 토론을 해야 한다. '튜터'라고 불리는 교수가 학생 하나하나를 객관적으로 관찰하고 비판과 충고를 한다. 하지만 교수가 앞장서고 학생이 뒤따라가는 상하 관계는 전혀 아니다. 토론 수업에서 교수가 질문을 던지는 것은 토론을 유발하고 학생이 토론을 통해 내용을 심화할 수 있도록 도움을 주기 위한 것일 뿐, 내용을 설명해주기 위한 게 아니다.

이 대학의 유능한 교수들은 자신의 전공 분야에 대한 전문 지식으로 유명한 것이 아니라 놀라운 질문을 던지고 창의적인 답을 유도하는 능력으로 유명하다. 질문을 던진 후에 교수는 조용히 학생들의 말을 듣는다. 학생 사이에서 질문에 질문이 꼬리를 물고 토론이 벌어지지만 다른 사람의 말을 필기하는 사람은 없다. 토론은 종종 수업 후 교실 밖으로까지 이어진다. 세미나가 끝난 후에 강의실에서 나온 학생들이 학교 곳곳에서 열띤 토론을 벌이는 일이 흔하다.

서로 머리를 맞대고 고민하고 의견을 나눌 수 있는 토론식 수업을 수년 거치는 동안 학생들은 스스로 깨닫고, 스스로 고민하고, 스스로 본인에게 맞는 공부 과정을 찾아내고, 결국 스스로 배움을 얻어낸다. 세인트존스 대학을 졸업한 학생들은 대학원 공부를 위해 자신이 고른 거의 모든 대학에 입학할 수 있다고 한다. 고대 그리스로부터 현대 세계까지 서구 문명의 발달사에 이르는 주요 고전을 독서와 토론을 통해 다지는 이 학교 프로그램의 가치가 대부분의 대학원에서 높이 평가받기 때문이다.

그만큼 토론과 결합된 독서의 힘이 크다. 하지만 한국에서 세인트존스 대학의 프로그램과 비슷하기라도 한 프로그램이 있는 대학을 찾고자 하는 것은 미련하거나 무지한 일이다. 프로그램의 실행은 물론이고 먼 미래의 계획으로라도 갖고 있는 대학이 단 한 군데도 없기 때문이다. 대학 교육이 입시 위주 고등학교 교육의 연장이라는 말이 괜히 나왔겠는가. 한국의 대학은 취업을 위한 준비 학원으로 전락한 지 오래다. 고전 독서와 학문적 토론을 중심 교육과정으로 진행하는 곳은 눈을 씻고 찾아봐도 없다.

세인트존스 대학을 부러워하기만 해서 해결될 것은 하나도 없다. 초 · 중 · 고등학교나 대학교 등 제도 교육에서 고전 독서와 토론을 주요 교과과정으로 도입하는 개혁 조치가 가장 바람직하겠으나 현실적으로 한국 교육에서 이를 바라기는 어렵다. 결국 당장은 독서를 체계적으로 하고자 하는 사람들 스스로 해결하는 수밖에 없다. 학교든 사회든 동호회 같은 소규모 네트워크를 만들어 토론과 연계된 독서 프로그램을 스스로 만드는 것이 유일한 방법이다. 많지는 않지만 다행히 독서 관련 민간 교육 단체 가운데 소모임 형식의 독서 토론 프로그램을 진행하는 곳도 있고, 개인이 온라인을 통해 자발적으로 독서 토론 모임을 만드는 경우도 있다. 가장 효과적인 독서를 하고자 한다면 자기 주변에서 이러한 모임과 연결될 수 있는 길을 찾을 일이다.

엉터리 글쓰기의 필요성

“당장은 아무것도 할 수 없을 것처럼 무능력해 보이는 아기가 성장하여 세상의 그 많은 일을 하게 된다.”

한발씩 심화되는 독서를 하고 싶다면 글쓰기와 연계하는 방법이 가장 좋다. 무슨 터무니없는 이야기냐고 할지 모르겠다. 글을 쓰는 행위 자체에 엄두를 내지 못하는 경우가 많기 때문이다. 또한 글을 쓰기 위해서는 우선 책을 많이 읽어 풍부한 배경지식을 먼저 갖추고 있어야 한다고 생각한다. 그런데 이제 독서를 제대로 해볼까 생각하고 시작하는 마당에 바로 글쓰기와 연계된 독서를 하라니 순서가 바뀌어도 한참 바뀌었다고 투덜대는 소리가 들리는 듯하다.

하지만 우리가 상식이라고 생각하는 순서야말로 전후가 바뀐 것이다. 알아야 쓰는 게 아니다. 조금 과도하게 말하면 쓰면서 알게 된다. 가장 정확하게 말하면 쓰는 과정과 아는 과정이 함께 간다. 수준이 문제이지 글은 누구나 쓸 수 있다. 유치하면 유치한 대로 시작하는 데서 비로소 길이 열린다. 환상적 사실주의로 잘 알려진 아르헨티나 소설가 보르헤스가 자서전에서 한 다음의 말은 주의를 기울여 생각해볼 만하다.

> "나는 여섯인가 일곱 살 때부터 글을 쓰기 시작했다. 나는 세르반테스 같은 스페인 고전 시대 작가들을 흉내내려고 했다. 또한 조악한 영어로 그리스신화를 요약한 글도 썼다. 나의 첫 문학 모험은 이렇게 시작되었다. 내가 처음 쓴 소설은 세르반테스를 흉내낸, 앞뒤가 잘 맞지 않는 내용의 것이었다."

아버지는 보르헤스가 아무리 유치한 글을 써도 결코 간섭하지 않았다고 한다. 마치 할 수 있는 모든 잘못을 저질러보라고 기다리는 듯했다는 것이다. 유치하기 짝이 없는 글을 있는 그대로 인정하고 지켜봐주었기에 보르헤스는 겁 없이 더 쓰고자 했고, 이 과정에서 부족하다고 느낀 부분을 책과 세상을 통해 보완하면서 성장할 수 있었다.

글에만 해당되는 원리가 아니다. 사실 모든 일이 마찬가지다. 미국의 정치가이자 과학자인 프랭클린의 일화가 도움을 준다. '발명광'이라고 불리는 그는 어느 날 허접해 보이는 또 하나의 발명품을 친구에게 자랑스럽게 보여주었다. 계속되는 괴상한 발명에 약간 싫증이 난 친구는 "도대체 그렇게 유치한 것을 만드는 게 뭐가 대단하며, 무슨 소용이 있어?"라고 투덜댔다. 그러자 프랭클린은 옆에 누워 있던 갓난아이를 가리키며 이렇게 반문했다고 한다. "그렇다면 이 아기는 무슨 쓸 데가 있겠어?"

무엇이든 출발은 유치하기 마련이다. 하지만 모든 성장과 성취가 바로 여기서 시작된다. 당장은 아무것도 할 수 없을 것처럼 무능력해 보이는 아기가 성장하여 세상의 그 많은 일을 하게 된다. 당장은 두서없고 거칠기 짝이 없는 글, 한두 쪽에 불과한 아주 짧은 글이어도 상관없다.

자신이 관심을 갖고 있는 주제, 그중에서도 작고 세부적인 소주제를 하나 붙잡고 일단 글을 쓰는 시도가 중요하다. 어떤 형식의 글이어도 좋다. 문학적인 분위기가 풍기든, 논문 형식의 글이든, 이도 저도 아니면 어떤 형식이라고 규정하기 어려운 희한한 글이든 시작을 하는 것이다. 그렇게 쓰다 보면 반드시 스스로의 부족함 때문에 막히는 부분이 생기기 마련이다. 내면의 힘만으로 내용을 이어나가는 작업이 상당히 어렵기 때문이다.

그 막히는 부분에서 멈춘 후 이를 채울 수 있는 내용을 담은 책을 찾아 읽는다. 그러면 그냥 책만 읽던 기존의 방법으로는 발견할 수 없던 내용이 보이게 된다. 내용 이해를 위해 읽는 것이 아니라 글을 쓰는 데 필요한 내용을 찾는 방식으로 독서를 하면 안 보이던 세밀한 부분이나 이면의 문제의식으로까지 눈이 가기 때문이다. 그러한 의미에서 독일의 철학자로 생철학을 대표하는 니체가 『인간적인 너무나 인간적인』에서 강조한 내용은 의미심장하다.

"더 훌륭하게 글을 쓰는 것은 동시에 더 훌륭하게 사색한다는 것을 의미한다."

토론 이상으로 글은 우리의 사고를 자극한다. 글을 쓰는 과정에서 고도로 집중하게 되고, 이를 위해 필요한 내용을 찾는 독서에서도 긴장이 한층 깊어진다. 또한 다시 글로 이어내는 과정에서 독서로 찾아낸 내용이 더 체계화된다. 단순히 읽고 생각하는 과정에서는 단상 차원으로 흩어져 있던 생각이 글을 쓰면서 조금은 더 꿰어지는 느낌이다. 하지만 곧 이어 다시 막히는 부분이 나타나기 마련이고 다시 동일한 과정이 이어진다.

글쓰기와 독서가 결합되어 단 몇 쪽이라도 소주제가 완결되는 경험을 하게 되면 훌쩍 자라난 자신의 사고 능력을 마주하게 된다. 다시 한번 상기하자. 알아야 말하고 쓰는 것이 아니다. 이들은 서로 긴밀하게 연결되어 진행된다. 어느 한쪽을 더 강조해야만 한다면 오히려 말하고 써야 제대로 알게 된다고 해야 정확하다.

6장

문화적 읽기, 일상의 독서법

습관의 힘

> "단지 시간의 문제만은 아니기 때문이다. 시간이 있어도 책에 관심을 두지 않는다."

한국은 세계적으로 책을 안 읽기로 유명하다. 연평균 도서관 이용률이 33퍼센트로 미국, 프랑스, 일본 등 주요 국가의 절반 정도밖에 안 된다. 예전에 유엔이 발표한 청소년 연간 독서량을 보면 이들 주요 국가의 경우 5~6권인데 반해 한국은 0.8권이나. 경제 규모는 세계 10위권을 자랑하지만 191개국 중 166위로 사실상 꼴찌다. 조사 기관이나 조사 방법에 따라 연간 독서량이 들쑥날쑥하지만 공통적으로 OECD 최하위라는 점은 변함이 없다.

청소년만의 문제는 아니다. 성인도 별 차이 없다는 점을 누구보다 우리 스스로 잘 안다. 가혹한 입시가 청소년의 어깨를 내리누르는 조건이 주요 원인 중 하나임은 분명하다. 하지만 조건의 문제로만 돌려버리기에는 어려움이 있다. 단지 시간의 문제만은 아니기 때문이다. 시간이 있어도 책에 관심을 두지 않는다. 한국이 스마트폰 보급률과 사용량에서 세계 1위 자리를 거의 놓치지 않는 점만 봐도 알 수 있다.

한국통신(KT) 경제경영연구소의 자료를 보면 한국인은 하루 평균 세 시간 넘게 스마트폰을 사용한다. 10대가 여기에 가장 많은 시간을 쓴다. 빅데이터 분석 기관의 조사에서는 하루에 스마트폰 앱을 평균 80회 이상 켠다는 결과가 나왔다. 전화 통화나 문자 전송 횟수는 제외되었다. 얼마나 많은 시간 동안 여기 묶여 있는지를 잘 보여주는 결과다. 한 설문 조사에서는 국내 스마트폰 사용자 열 명 가운데 네 명 정도가 하루 평균 스무 번 이상 '아무 이유도 없이' 핸드폰을 열어 보고, 세 명 중 한 명은 스마트폰과 자신을 5미터 이상 떨어뜨리지 않으며 전원조차 끄지 않는 등 병적 집착 증상을 보이는 것으로 나타났다.

무심코 스마트폰을 열고 무슨 행동을 할까? 카톡을 열어 본다는 응답이 32.7퍼센트로 제일 높은 비율을 보인 가운데, '화면만 보고 다시 닫는다'는 다소 어이없는 응답이 27.4퍼센트로 2위를 차지했다. 사람이나 식사, 약속, 차량 등을 기다릴 때 스마트폰을 이유 없이 열어 보는 습관이 가장 빈번하게 나타난다. 스마트폰을 분신처럼 여겨 멀리 두거나 꺼두면 불안해하기도 한다. 오죽하면 요즘 최대의 벌이 스마트폰 없이 지내게 하는 일이라는 우습지 않은 우스갯소리가 생겨났겠는가. 심지어 가족이 함께 외식을 하거나 커피숍에서 친구와 함께 있으면서도 서로 얼굴을 마주 보고 대화를 나누기보다 각자 스마트폰에 빠져 있는 모습이 낯설지 않다. 보통 컴퓨터나 텔레비전을 보지 않을 때 사용하는 점도 고려해야 한다.

스마트폰 보급과 함께 줄어들기는 했지만 여전히 텔레비전 시청 시간도 무시 못할 정도로 길다. 한국방송통신위원회가 매년 실시하는 '방송 매체 이용 행태 조사' 결과를 보면 최근 하루 평균 텔레비전 시청 시간이 두 시간 30분이 조금 넘는다. 물론 스마트폰 이용과 텔레비전 시청 시간을 단순 합산할 수는 없다. 텔레비전 시청 중 타 매체를 동시에 이용하는 비율이 점차 늘어나고, 그중에서 스마트폰이 약 40퍼센트 이상을 차지하기 때문이다. 어쨌든 스마트폰과 텔레비전, 컴퓨터 등을 포함하면 전자 기기와 관련해 보내는 시간이 하루에 대여섯 시간은 될 것이라고 짐작할 수 있다.

사람들 간의 대화에서도 대중매체로 습득한 단편적 정보가 주종을 이룬다. 특히 드라마나 스포츠, 연예 프로그램에서 화제가 된 일이 주요 대화 소재로 오른다. 정치나 경제 혹은 사회를 소재로 한 대화라 하더라도 대중매체에 의해 제공된 정보나 관점에서 벗어나는 일을 좀처럼 찾기 어렵다. 자신이 말을 하지만, 실제로는 대중매체가 말한 것을 표현만 바꿔 반복하는 경우가 다반사다. 대중매체에 의존하면서 시간과 공간을 죽임과 동시에 수많은 의미도 함께 사라진다. 열려 있는 가능성의 폭을 제한하고 대중매체의 정보나 시각과 일치하지 않는 다른 가능성을 배제한다.

사실 책을 읽을 수 있는 시간 자체는 적지 않았던 것이다. 책 읽을 시간이 없다는 불평은 독서하지 않으려는 핑계에 불과하다. 독서는 그 어느 활동보다도 개인의 습관과 문화에 좌우된다. 흥미나 의무만으로 별 부담 없이 책을 잡고 일상 속에서 자연스럽게 읽기는 어렵다. 다른 습관과 마찬가지로 독서 습관도 일찍 붙이지 않으면 안 된다. 초등학생 시절부터 습관과 문화로 받아들이지 않으면 평생 독서와의 거리를 좁히기 어렵다.

가장 심각한 방해물은 단연 스마트폰 중독과 텔레비전 중독이다. 남자아이라면 게임 중독이 추가된다. 무엇보다 부모 스스로 여기서 벗어나야 한다. 텔레비전이 집 안에서 주인 자리를 차지하지 못하도록 시간과 프로그램을 제한해야 한다. 대신 가족이 모이는 저녁 시간, 매일 한두 시간 이상의 공식 독서 시간이 자리를 잡아야 한다. 각자의 방이든 거실에 모이든 부모와 자녀가 모두 책을 읽는 시간이 반복되어야 습관이 형성된다. 그 결과 자연스럽게 별도의 개인적인 독서 시간도 늘어난다.

독서를 위해 가장 중요한 것은 일상생활의 습관을 바꾸는 일이다. 자주 독서를 하고 주변에서 독서가라는 평가를 받는다는 것은 그만큼 습관이 형성되어 있다는 뜻이다. 습관이라는 말의 실질적인 의미는 적합한 조건이 만들어졌을 때만 독서를 하는 패턴을 넘어선다는 데 있다. 독서하기에 충분한 시간과 조건의 마련은 현대인의 일상 조건에서 바라기 힘들다. 만약 조건을 기준으로 본다면 독서에 가까이 다가서는 일은 평생 어려울지도 모른다. 습관은 어려운 조건에서도 항상 책으로 손이 가는 버릇이 몸에 배어 있는 상태를 의미한다. 습관으로 체화된 생활에서 지속적인 독서의 힘이 생긴다.

독서가로도 유명한 작가에게는 대부분 독서가 습관화되어 삶의 필수적인 부분으로 자연스럽게 스며들어 있다. 보르헤스는 아예 '도서관의 작가'라는 말로 잘 알려져 있다. 어릴 때부터 노년에 이르기까지 생애 대부분의 시간을 도서관에서 보냈다. 도서관에서 태어나 도서관에서 살다가 도서관에서 죽어 도서관에 묻혔다는 말을 들을 정도다. 작가와 교수 외에 그가 가졌던 유일한 직업은 도서관 사서였다. 보르헤스 스스로 "나는 항상 작가로서보다는 독자로서 더 우수했다."고 한다. 작가로서 글을 쓰는 작업보다 글을 읽을 때 더 많은 삶의 보람을 느꼈다고 한다. 독서를 통해 감행하는 미지의 세계 모험이 그의 작품에서 보이는 환상적인 실험의 토대가 되었음은 물론이다.

알랭 드 보통의 『프루스트를 좋아하세요』에서 프루스트는 독서를 친교에 비유했다. 두 가지 활동 모두 타자와의 교류를 수반하기 때문이다. 하지만 그는 독서에 결정적인 우위가 있다고 덧붙인다.

> **"독서에서 친교는 갑자기 그 본래적인 순수성을 회복한다. 책에는 거짓 상냥함이 없다. 우리가 이 친구들과 저녁을 함께 보낸다면 그것은 우리가 진실로 그러고 싶기 때문이다."**

독서는 친구처럼 가깝다. 책이 곧 벗이다. 하지만 보다 엄밀하게 보면 책이 친구보다 더 솔직해질 수 있는 가까운 관계다. 그에 의하면 현실의 인간관계에서는 친한 사이라 하더라도 원하지 않는 만남을 해야 하는 경우가 적지 않다. 초대를 거절하면 소중한 우정이 앞으로 잘못될 지 모른다는 우려에서 저녁 식사 자리를 함께해야 하는 경우가 흔하다. 또 친구가 일방적이거나 과도하게 요구하는 약속이어도 혹은 자신이 함께 식사를 하고 싶은 마음이 없음에도 위선적인 표정을 지으며 자리를 지켜야 하는 때가 있다.

반면에 책에 대해서는 훨씬 더 솔직해질 수 있다. 적어도 원할 때만 책으로 시선을 돌릴 수 있고, 지루한 표정을 지을 수도 있으며, 필요할 때 대화를 중단할 수도 있다. 그만큼 책은 편하게 일상을 함께할 수 있는 관계다.

즐거운 조기교육

"부모에 의한 조기 독서 교육의 중요성은 보르헤스의 자서전을 통해서도 잘 접할 수 있다."

독서가 습관이기 위해 가장 중요한 시기는 초등학생에서 중학생 시절이다. 예나 지금이나 세계의 주요 위인이 어린 시절부터 독서광이었다는 점은 잘 알려져 있다. 정치가 중에는 처칠이 어릴 적 습관을 이어간 독서가로 유명하다. 하루에 다섯 시간씩 책을 읽던 습관이 평생 지속되었고, 늘 손이 닿는 곳에 좋아하는 책들이 놓여 있었다고 한다. 영국 최고의 정치가는 그렇게 독서를 통해 단련되었다.

소년 나폴레옹에게도 혼자 책 읽는 시간이 유일한 즐거움이었고, 책과 친근한 대화를 나누는 시간이었다고 한다. 나폴레옹은 9세 때 프랑스 왕립 군사학교에 입학했는데, '촌놈'이라며 따돌림을 당했다. 그리하여 헛간 같은 데 혼자 파묻혀 책을 읽는 시간이 유일한 즐거움이었다고 한다. 책을 통해 외로움을 극복할 수 있었으며, 세상과 역사에 대한 풍부한 지식을 쌓을 수 있었다.

헤세도 어린 시절의 독서 습관을 평생에 걸쳐 유지하였다. 자전적 글인 「요약한 이력서」에서 10대 시절의 책 읽기를 다음과 같이 회상한다.

"학교에 잘 적응하지 못했던 나는 열다섯 살 때부터 자아 형성에 힘을 기울였다. 아버지 집에는 할아버지의 서재가 있었는데 항상 책으로 가득했다. 많은 책 속에 파묻혀 지낼 수 있었던 게 행운이자 커다란 기쁨이었다. 16세부터 20세까지 (…) 세계 문학작품의 절반 정도를 읽었는데 예술, 언어, 철학 분야 책들을 주로 읽었다."

할아버지의 서재가 어린 시절 헤세의 독서 습관 형성에 크게 기여했다. 예전에 춤을 추는 홀이었던 곳을 개조해 만든 서재였다. 거친 전나무로 만들어진 책장에는 헤아릴 수 없이 많은 책이 있었는데, 할아버지와 아버지는 이 공간에 아이들도 자유롭게 드나들도록 허용했다고 한다. 또한 청년 시절에는 서점의 수습 점원으로 일하며 괴테와 실러를 비롯해 많은 작가의 작품을 탐독했다. 소년과 청년 시절에 이래저래 책과 함께하는 일상의 습관을 만들었던 것이다.

『자유론』으로 근대적 자유의 새 장을 연 영국 사상가 밀도 어린 시절부터 체계적인 독서 교육을 받은 것으로 잘 알려져 있다. 아버지의 열성적인 독서 교육이 밀을 유럽의 손꼽히는 근대 사상가로 만들었다.

학자인 아버지는 요즘 아이들이 유치원에 다닐 나이의 밀에게 기번, 흄 같은 역사가와 철학자의 저서를 읽도록 권했다. 단순히 책을 읽으라는 잔소리에 머물지 않고 직접 아이가 알아들을 수 있는 범위에서 쉽고 친절한 설명을 아끼지 않았다. 우리의 초등학생에 해당하는 시기에는 고대 로마의 베르길리우스, 호라티우스, 키케로, 고대 그리스의 호메로스, 소포클레스, 투키디데스 등 서양 고대의 주요 고전을 망라해 읽게 했다.

부모에 의한 조기 독서 교육의 중요성은 보르헤스의 자서전을 통해서도 잘 접할 수 있다. 그 역시 아버지의 영향을 자신의 독서 경험의 가장 중요한 기억으로 꼽는다.

> "만일 내 생애에서 가장 중요한 일이 무엇이냐고 묻는다면, 서슴없이 '아버지의 도서관'이라고 대답할 것이다. 난 때때로 그 도서관에서 결코 밖으로 나간 적이 없지 않느냐고 자문할 정도다. 난 아직도 그 도서관을 자세히 묘사할 수 있다. 유리창이 달린 서가에는 수천 권의 책이 빼곡히 들어차 있었다."

그에게 시의 힘, 철학의 매력을 가르쳐준 사람도 아버지였다. 보르헤스의 유년기 기억에서 가장 큰 비중을 차지하는 것은 아버지의 서재였다. 웬만한 사설 도서관 수준일 정도로 상당히 많은 책이 있는 서재였다. 다양한 사상서만 있는 것은 아니었다. 할머니가 과거에 아버지를 위해 구입한 동화책과 모험소설책에다가 보르헤스를 위해 아버지가 구입한 책도 많았다.

어머니도 영향을 미쳤는데, 좋은 생활 태도에는 상으로 책 읽기를 허용하고, 나쁜 짓을 할 때면 책을 읽지 못하게 하여 책과 가까워지는 가정 분위기를 일상적으로 만들었다.

부모에 의한 조기 독서 교육이 반드시 충분한 교육과 문화시설을 갖춘 대도시 조건에서만 가능한 선택은 아니다. 스콧 니어링의 『스콧 니어링 자서전』을 보면 풍부한 독서 교육에 적합하지 않은 지역 조건이었지만 어머니의 열정적인 독서 교육이 있었다.

> "어머니는 늦은 오후부터 초저녁까지 우리에게 책을 읽어주었다. (…) 우리는 디킨스, 발자크, 스콧, 위고 같은 작가들의 작품을 가지고 교양 교육을 받았다. 내 기억으로 우리들 사이에서 인기를 누린 작품은 『로빈슨 가족』과 『로빈슨 크루소』였다."

니어링은 초등학교 시절을 탄광촌에서 보냈다. 어머니는 단순히 자녀를 낳아 기르기만 한 것이 아니라 탄광촌 학교가 제공하지 못하는 부분을 직접 채우고자 했다. 어머니의 기대에 미치지 못하는 부분은 특히 독서였다. 규칙적으로 자연에 관한 책에서부터 여행과 모험에 관한 이야기, 역사, 전기, 소설, 시에 이르기까지 다양한 책을 읽어주는 데 많은 시간을 할애했다.

이름을 떨친 경제인 중에도 독서의 힘을 보여준 사례가 많다. 세계 최고의 투자가로 알려진 워런 버핏Warren Buffett도 어린 시절 별명이 '책

벌레'였다. 열 살 때 오마하 공공 도서관을 찾아 투자 관련 책을 찾아 읽고, 열한 살에 경제신문을 읽었다고 한다. 신문에 모르는 경제 용어가 나오면 책을 찾아보았다. 독서 습관은 지금까지 70여 년 동안 지속되고 있다. 자녀들은 버핏이 집에서 독서를 하거나 자신들과 대화할 때 가장 행복해했다고 기억한다.

미국의 기업가로 현재의 US스틸을 설립한 창업자이며, 교육 및 문화 사업에 헌신한 자선사업가이기도 한 카네기에게도 어린 시절의 독서 경험은 특별하다. 가난한 가정 형편 때문에 부모로부터 직접 독서 교육을 받을 수 있는 조건은 아니었다. 학교도 제대로 다니지 못하고 책을 접할 기회도 많지 않았던 소년 카네기는 지역의 작은 무료 도서관을 이용하면서 독서광이 되었다. 지역의 어떤 사람이 자택에 마련한 개인 도서관을 소년 노동자에게 개방하기로 했다는 소식을 접하고 신천지를 만나기라도 한 듯이 찾아가 독서에 몰두했다. 이 시기의 독서가 미래의 카네기를 만드는 데 큰 역할을 했다.

어린 시절의 독서 습관이 평생 이어진다는 점을 부인하는 사람은 거의 없다. 그러므로 한국이 독서 후진국의 오명을 벗고, 자녀들이 독서 능력을 갖춘 교양인으로 자라고 살아가길 바란다면 먼저 초등학생 시기부터 생활을 바꿔야 한다. 일상적으로 책과 대면하고 대화하는 습관을 만들어주어야 한다.

자신만의 정원

"각자의 책장을 마련할 공간이 부족하면 오히려 필요 이상으로 자리를 차지하는 다른 가구나 전자 제품을 줄이거나 없애자."

어느 분야와 친숙하고자 한다면 주변 조건을 그에 적합하도록 만들어야 한다. 미술과 친해지려면 물론 좋은 작가와 작품을 모아놓은 전시회에 자주 찾아가는 경험을 해야 한다. 하지만 일상적으로 가까운 관계가 유지되려면 생활공간인 집에 미술과 관련된 도구나 미술작품을 인화한 이미지 등을 갖추고 있어야 한다. 언제든지 만지거나 사용하고 펼쳐볼 수 있어야 친근한 벗이 된다.

음악도 마찬가지다. 예를 들어 재즈와 친해지려면 어떡해야 하는가? 가끔 인상적인 재즈 연주회를 찾아 감상하는 경험만으로는 부족하다. 일상적으로 재즈와 관련된 정보를 접할 수 있는 환경을 만들어야 한다. 연주회만으로는 충분히 공부하기 어려우니 거주 공간에 음악을 감상할 수 있는 오디오 시설을 두는 것은 필수다. 또한 재즈의 역사를 반영하는 시대별, 연주자별 음반을 구비해놓아야 한다. 시간이 있을 때마다 감상하고 여러 음반을 비교해야 한다.

독서도 더하면 더했지 조금도 다를 바가 없다. 자신의 생활공간을 독서에 적합한 아지트로 만들어야 한다. 서재를 만드는 작업이다. 일정 분량의 책을 꽂을 수 있는 책장과 편하게 앉아 독서에 집중할 수 있는 책상을 마련하는 일이다. 개인의 사정과 조건에 따라 규모는 상이할 수 있다. 방 하나를 공동의 서재로 하든 각자의 공간을 이용하든 책장을 저마다 하나씩 갖추도록 한다. 개인 서가를 만드는 작업이다.

독서는 일상과 구분되는 시간과 공간에서 효과적으로 시작된다. 집에서 독서를 하기 위해서는 집이라는 한정된 조건에서나마 독립된 느낌을 주는 공간을 만들 필요가 있다. 일상생활이 이루어지는 공간에 일상적이지 않은 아지트를 만드는 일이다. 잘 알려진 독서가인 몽테뉴에게도 서재는 일상에서의 독립 의미가 강했다.

> "서재야말로 나의 성이다. 이곳을 전적으로 나의 지배 아래 두고자 노력한다. 반드시 이 일과만은 처자식이나 세상사와의 공동생활에서부터 떼어놓으려고 마음먹고 있다."

몽테뉴의 재정적 조건이나 집의 규모는 남다르게 좋았다. 1층에 개인이 미사를 올릴 수 있도록 제단을 꾸몄고, 2층에는 침실과 그에 딸린 방을 두고 있었다. 3층에 서재를 두었다. 서재는 원형 모양이고, 평탄한 곳은 테이블과 의자가 놓인 곳뿐이었다. 벽을 5단으로 구분된 책장으로 둘러 모든 책이 한눈에 보이도록 만들었다.

그리하여 침실보다 서재에 있는 시간이 많았다. 하루의 대부분을 서재에서 보냈는데, 책을 읽다가 잠이 드는 경우도 드물지 않았다고 한다. 생각한 대로 시간을 보낼 수 있는 독립적 공간이라는 점에서 이곳을 자신만의 성으로 여겼다. 생활이 지배하는 일상의 시간과 공간에서 구분될 때 지적인 여유가 만들어진다.

스콧 니어링이 어린 시절부터 독서에 친근할 수 있었던 데도 할아버지의 서재가 미친 영향이 컸다. 『스콧 니어링 자서전』을 보면 할아버지가 매일 독서를 하며 시간을 보내던 서재의 규모가 상당히 컸다. 살던 지역을 통틀어 가장 많은 장서 보유자로 알려져 있었다. 여행기, 자연과학서, 경제학서, 역사물, 전기물, 동방 종교 그리고 형이상학 등 다양한 분야의 책을 구비하고 있어 관심과 상상력을 여러 방면으로 자극받을 수 있었다. 스콧 니어링을 포함한 여섯 남매는 집 밖으로 책을 가지고 나가는 것만 제외하고는 할아버지 서재에 언제든지 자유롭게 출입할 수 있었다. 책에 파묻혀 시간 가는 줄 몰랐다고 한다.

한국의 현실에서는 집에 서재를 두고 있는 경우가 드물다. 그러나 거실이나 방의 한구석에 책장이 있고, 책도 제법 있다고 자부하는 사람이 적지 않다. 만약 평소에 충실한 독서를 하고 있다면 다행이다. 집 안에 마련해놓은 작은 책장이 사실상 장식에 불과한 경우도 많다. 책은 많지만 경험이 풍부한 독서가의 시선으로 보면 도대체 쓸모없는 책들로 가득한 서가 말이다. 이는 주인이 실제로는 차분하게 앉아 책을 읽고 고민할 것이라 기대할 수 없는 서재다.

책을 장식 용도로 사용하는 것은 그나마 나은 경우다. 집 안에 책이 가득한 책장을 두고 과시를 위해 자주 들고 있으면 어쩌다 읽기라도 할 테니 말이다. 한국 사회를 보면 대부분 그보다도 못하니 문제다. 거실의 중심을 최신형 텔레비전이 차지한다. 건너편에 고급 소재의 소파가 있어야 좀 먹어준다. 대형 옷장을 비롯해 냉장고, 세탁기 등은 필수품이고, 싱크대는 훌륭하게 꾸며도 책장이 들어설 자리는 없다. 교과서와 참고서만 가득한 학생 책장은 책장이라 할 수 없다.

책장을 보면 어느 정도는 그 사람을 알 수 있다. 과연 진지한 구석을 갖고 있는지, 아니면 오직 속물근성만을 갖고 살아가는지 구별이 간다. 또한 기본적으로 인간과 세상에 대한 관심을 갖고 있다면 그 가운데서도 구체적으로 어떤 주제에 관심을 갖고 있는지가 드러난다. 나아가서 서재에 있는 책만 봐도 고민이 어느 정도에 이르렀는지 대략은 가늠할 수 있다. 당연히 사람마다 관심과 취향이 다르니 서재를 구성하는 방식이나 책의 종류, 정리 방식 등에서 적지 않은 차이가 나타난다.

마치 각자의 정원을 만들듯이 자기 취향에 맞는 서가를 만들기 위해 어떤 책을 구입할지는 각자가 정하는 게 좋다. 학생의 경우 교과서와 참고서를 놓아두는 공간은 따로 있어야 한다. 이를 위해 한 달에 한두 번은 가족이 함께 대형 서점에 가서 책도 보고 각자의 책을 구입하는 시간을 갖도록 한다. 자기만의 서재를 꾸미는 일은 의미가 있을 뿐만 아니라 큰 즐거움도 제공해준다. 공부 계획을 짜고 그에 맞도록 책을 구입하는 일이 일단 즐겁다. 또한 책장에 어떤 순서와 체계로 책을 정리할지를 정하고 조율하는 일도 그 이상으로 기쁨을 준다.

주변 도서관을 이용하면 될 일 아니냐고 할지 모르겠다. 도서관은 도서관대로 그에 맞게 이용해야 한다. 개인이 가질 수 있는 책에는 분명한 한계가 있다. 공부 계획에 따라 필독서에 해당하는 고전은 빌리기보다 직접 구입하여 개인 서재에 보관하는 것이 바람직하다. 필독서는 아니라 하더라도 처음부터 끝까지 모두 꼼꼼하게 봐야 하는 책도 여기에 해당한다. 밑줄도 긋고 메모도 하며 지저분하게 책을 봐야 하니 말이다.

하지만 다양한 참고 서적을 모두 지니고 있을 필요는 없다. 어떤 참고 서적은 한 권 가운데 몇십 쪽, 적게는 단 몇 쪽만 봐도 되는 경우가 있다. 가까운 도서관을 이용하여 필요한 정도 내에서 보면 될 일이다.

장식이 아닌 독서, 암기가 아닌 생각, 검색이 아닌 사색이 필요하다. 각자의 책장을 마련할 공간이 부족하면 오히려 필요 이상의 자리를 차지하는 다른 가구나 전자 제품을 줄이거나 없애자. 긴 소파를 걷어내고 책장을 쭉 이어도 된다. 가족이 함께 대형 서점에 책 쇼핑을 가서 자기 책을 고르고 서로의 책도 권하는 설레는 시간을 갖자. 저자와 대화를 나눈 경험을 거친 책을 하나씩 채워나가자. 나와 가족을 위한 가장 소중하고 오래갈 선물이 될 것이다.

익숙한 것과의 결별

"가장 심각한 문제는 텔레비전이나 인터넷의 정보 내용과 상관없이 각종 대중매체가 혼자 있을 시간을 앗아가 버린다는 점이다."

서재를 만들었다고 저절로 독서 습관이 만들어지지는 않는다. 일상생활에서 책을 접할 수 있도록 시간을 만들어내고 책과 가까이할 수 있는 조건을 계속 만들어야 한다. 무엇보다도 독서에 필요한 여가 시간을 확보하려는 실질적인 노력과 습관이 중요하다. 하지만 현대인은 여가를 확대하고 독서할 수 있는 여유를 확보하기는커녕 스스로 정신을 잃을 정도의 속도 경쟁 속으로 자신을 밀어 넣는다. 대표적인 현대문학가 중 한 사람인 밀란 쿤데라Milan Kundera가 『느림』에서 지적한 내용도 그 일환이다.

> **"인간이 기계에 속도의 능력을 위임하고 나자 모든 게 변한다. 이때부터, 그의 고유한 육체는 관심 밖에 있게 되고 그는 비신체적·비물질적 속도, 순수한 속도, 속도 그 자체, 속도 엑스터시에 몰입한다."**

현대사회에서 시간의 주인은 인간이 아니다. 인간의 시간과 해가 뜨고 지며 그에 따라 신체의 사이클이 만들어지는 자연의 시간이 분리된다. 그 자리를 기계적 시간이 대신한다. 인간과 시간의 관계도 역전된다. 인간은 시간의 주체 자격을 박탈당하고 기계에 의해 인위적으로 정해진 시간에 허덕이며 뒤쫓아야 하는 처지로 바뀐다. 일상과 직업 활동의 대부분이 기계의 시간에 의해 조종을 받는다.

출퇴근을 비롯한 업무의 필요든 사적인 만남이든 우리는 승용차나 버스, 전철 등의 대중교통을 이용하여 이동한다. 신체적 능력을 넘어서는 기계의 능력에 전적으로 의존하는 방식이다. 직장 내에서의 일이라면 더욱 심하다. 육체노동이 이루어지는 생산 공정에서는 벨트컨베이어 시스템을 비롯하여 온갖 기계화, 자동화된 장치에 맞춰 인간의 노동이 통제된다. 사무직이라고 해서 사정이 다르지 않다. 컴퓨터와 인터넷을 중심으로 한 정보 기술이 시간을 지배한다.

'정보사회학'의 새로운 지평을 연 선구자로 평가받는 마뉴엘 카스텔

Manuel Castells은 『네트워크 사회의 도래』에서 컴퓨터와 인터넷이 전통적인 공간과 시간 개념을 소멸시킨다고 주장한다.

"새로운 커뮤니케이션 시스템은 생활의 근본 차원인 공간과 시간을 대폭 변화시킨다. (…) 과거, 현재, 미래가 동일한 메시지에서 상호작용하기 위하여 시간이 하나로 프로그램될 때, 시간 구분은 무의미해진다. '흐름의 공간'과 '시간을 초월한 시간'은 역사적으로 전달된 표현 시스템의 다양성을 포괄하면서도 초월해내는 새로운 문화의 물질적 기초다."

과거의 공간 개념이 '장소의 공간'이었다면 정보화는 공간을 '흐름의 공간'으로 바꾸었다는 것이다. 예를 들어 기존의 국가는 국경선에 기초해 있었다. 한 나라에서 다른 나라로 가려면 반드시 국경선을 지나야 했다. 선명하게 확정되고 고정된 한 장소에서 다른 장소로 이동하는 개념이었다. 하지만 인터넷상에서는 한 화면에 여러 개의 창을 띄워 여러 나라를 동시에 살펴볼 수도 있다. 정보의 흐름만이 의미를 지닐 뿐이며, 장소의 경계는 사라져버렸다.

또한 정보화는 '시간을 초월한 시간'으로 시간 개념을 송두리째 바꿔버린다. 기존의 시간 개념은 과거에서 현재로 아주 일정하고 규칙적으로 움직이는 것이었다. 인간은 시간의 규칙적 움직임 가운데 어느 한순간에 포함될 수밖에 없었다. 이를 초월할 수 있는 존재는 신뿐이었다. 예를 들어 텔레비전을 보려면 특정 프로그램이 방영되는 바로 그 시간에 텔레비전 앞에 있어야 했다. 하지만 인터넷에서 방송국 사이트를 찾아 들어가면 다양한 시간대의 프로그램이 동시에 한 화면에 나열되어 있다. 우리는 개인의 편의대로 시간을 '선택'하여 볼 수 있다. 시간의 흐름이 주는 구속에서 벗어난 것이고, 그러한 의미에서 시간을 초월한 시간 속에 살고 있는 셈이다.

정보화가 우리의 시간과 공간을 얼마나 변화시키고 또한 문화를 변질시키는지는 앞에서 살펴본 스마트폰 중독 현상만 봐도 분명해진다. 따지고 보면 스마트폰이 인류의 삶에 끼어든 지는 의외로 얼마 되지 않는다. 애플사에서 개발한 최초의 스마트폰인 '아이폰'이 2007년 1월에 출시되었으니 이제 10년 남짓 지났다. 고작 10년에 불과한 기간 동안 인류에게 닥친 변화는 거의 전면적이라 해도 과언이 아니다. 마치 스마트폰이 없으면 하루도 못 산다고 생각할 정도로 변화의 폭이 크다. 개인 생활만이 아니라 인간관계, 나아가서는 대중문화에 이르기까지 그 영향이 전 분야에 걸쳐 있다.

기계나 정보화 기술로 인한 시간의 변화는 일관되게 보다 빠른 속도를 구현하는 데 그 초점을 맞춰왔다. 생산 공장에 자동화 기계가 도입되고 사무 업무가 전산화될수록 일과 일 사이의 여유 시간은 줄어든다. 인간의 시간에는 인간적 여유가 개입하지만 기계와 컴퓨터에 의해 관리되는 시간은 효율성과 정확성을 가장 중요한 가치로 내세우면서 일체의 빈틈을 허용하지 않는다. 인간의 시간에서 여유로 느껴지는 틈새가 기계적 시간에서는 오직 낭비로 취급되는 것이다.

한가로움은 비효율성의 다른 이름으로 치부되고, 일종의 죄악처럼 여겨진다. 일을 규정하는 시간관념은 곧바로 인간의 일상생활까지 규정하는 원리로 강제된다. 과거의 인간적 시간관념과 기계적 시간에 의한 시간관념의 차이는 쿤데라의 『느림』에 잘 표현되어 있다.

"체코 격언은 고요한 한가로움을 신의 창을 관조하고 있다는 은유로 정의한다. 신의 창을 관조하는 자는 따분하지 않다. 그는 행복하다. 우리 세계에서 이 한가로움은 빈둥거림으로 변질되었는데, 이는 성격이 전혀 다르다. 빈둥거리는 자는 낙심한 자요, 따분해하며, 자기에게 결여된 움직임을 끊임없이 찾고 있는 사람이다."

과거의 한가로움은 여유를 가지고 자연이나 인간을 접하고 관조하는 즐거움을 제공했다. 하루에 몇 시간만 일해도 불안하지 않았고, 가을 추수 이후 겨울을 거쳐 봄에 이르기까지의 긴 농한기에 일을 멈추고 여가를 즐겨도 시간을 낭비하는 죄책감을 갖지 않아도 됐다. 느림에서 즐거움을 느낄 수 있었다.

하지만 기계적 시간에 지배당하는 현대인에게 한가롭게 빈둥거리는 시간은 나태함과 무능력의 상징일 뿐이다. 더 많은 여가를 추구하는 사고방식은 인생의 낭비를 초래한다고 본다. 일에서 벗어나 한가하게 독서를 하는 시간도 낭비의 일환이다. 잘해 봐야 이미 상당한 재산을 갖추고 있어서 경쟁에 몰두할 필요가 없는 여유로운 사람의 사치다. 대부분의 사람에게는 자신의 경쟁력을 갉아먹는 무책임한 사고방식이거나 냉정한 세상의 이치를 잘 모르는 순진한 발상에 불과하다.

우리나라의 어떤 중학생이나 고등학생이 고전소설 독서에 빠져 있다고 가정해보자. 일반적인 경우 부모나 교사 혹은 주변 사람은 어떤 반응을 보일까? 학생의 본분을 잃고 엉뚱한 짓을 하는 철없는 아이라 취급하기 십상이다. 대학생이라고 해서 별다를 바 없다. 취업을 위한 스펙 쌓기에도 바쁜데 웬 한가한 짓이냐며 타박을 받기 일쑤다. 이미 직장 생활을 하고 있는 경우라면 갈수록 빨라지는 정보 기술 속도에 따라 새로운 업무를 익히거나 승진 경쟁에 필요한 실적 쌓기를 소홀히 하는 치기 어린 행동으로 취급받는다.

다행히 발상의 전환과 각고의 노력으로 기계의 속도에서 벗어나 여가 시간을 늘린다고 문제가 해결되는 것도 아니다. 그렇게 확보된 여가 시간을 또다시 기계적인 대중매체가 맹렬하게 파고들기 때문이다. 현대사회의 대중매체와 대중문화는 사람들이 일을 하지 않는 여가 시간에는 가벼운 오락을 찾아 떠도는 존재로서 서로 관계를 맺도록 강제한다. 심지어 화려하고 매혹적인 상품 광고가 삶에 직접 영향을 미치는 정치적·사회적 문제보다 더 중요하게 부각된다. 대중적인 인기를 한 몸에 받고 있는 연예인의 말장난이나 사소한 연애 에피소드, 하다못해 어떤 옷을 입고 신발을 신었는지가 그 어떤 사회적 사건보다 더 큰 비중으로 느껴진다.

이렇게 삶의 목표나 의미를 상실해버린 채 표류하듯 하루하루를 살아가게 된다. 특히 텔레비전, 라디오, 신문 등의 대중매체와 영화, 공연 등의 문화 산업이 공허와 무의미를 대량 생산해내는 첨병 역할을 한다. 스마트폰이 보급되면서 지하철, 버스, 승용차는 물론이고 호텔 욕실, 조깅 코스나 등산길에서조차 정보와 오락이 늘 우리 곁에 머문다. 대중매체가 제공하는 자극적인 오락에 밀려 독서는 다시 뒷전이 된다. 사회에서 매일 벌어지는 우발적인 사건이나 사회 구성원을 획일화시키는 유행에 휩쓸리며 무의미한 시간을 보내야 한다.

가장 심각한 문제는 텔레비전 프로그램이나 인터넷에서의 정보 내용과는 상관없이 각종 대중매체가 혼자 있을 시간을 앗아가 버린다는 점이다. 독서에 절대적으로 필요한 혼자만의 시간, 고독할 수 있는 시간을 허용하지 않는다. 끊임없이 번잡한 관계와 의미 없는 잡담 속에 현대인을 가둔다. 그래서 니어링 부부는 『아름다운 삶, 사랑 그리고 마무리』에서 대중매체나 통신 매체의 역할에 대한 불신을 노골적으로 드러낸다.

"텔레비전도 혐오스러웠는데, 사람들 특히 아이들의 시간을 빼앗는 나쁜 미끼로 여겨졌다. 문명이 만들어낸 공포스러운 물건으로 보았다. (…) 전화를 '어느 때든 부르면 모습을 보여야 하는 하인처럼 사람을 불러대는 방해물이자, 훼방꾼'이라고 불렀다."

현대인은 잡다한 관계, 시끄러운 소리에 둘러싸여 산다. 집에 혼자 있을 때도 텔레비전에서 흘러나오는 시끄러운 소리가 있어야 안심이 된다. 지하철에서도 이어폰을 꽂고 음악이든 영화든 하다못해 텔레비전 재방송 드라마든 무언가 외부에서 어떤 소리가 들어와야 시간이 꽉 찬 느낌이 든다. 책으로는 복잡한 주변 관계와 사람들의 관심에서 멀어지는 듯한 불안감을 멈출 수 없다고 느낀다. 독서 시간 동안 흐르는 침묵을 견딜 수 없어 한다.

그나마 마음을 다잡고 간신히 책을 보는가 싶으면 카톡을 비롯한 문자 메시지가 스마트폰을 울려댄다. 차라리 연락이라도 오면 다행인지 모르겠다. 현실에서는 어디서 전화나 문자가 혹시 오지 않았는지 조바심을 내며 시도 때도 없이 스마트폰을 켜고 확인하는 경우도 비일비재하다.

여가 시간이 독서로 연결되기 위해서는 개인적 습관과 문화의 변화가 동반되어야 한다. 몇 가지 조치만 취해도 독서에 실질적 도움을 준다. 먼저 텔레비전의 경우 정말 진지하게 독서에 집중하고자 하는 마음이 강하다면 아예 집에서 추방해버리는 것도 생각해볼 수 있다. 현대사회에서 텔레비전 없이 어떻게 살 수 있겠느냐고 생각할지 모르겠지만 곰곰이 생각해보면 꼭 있어야 할 이유도 없다.

사실 뉴스에서 제공되는 정보는 인터넷 등을 통해서도 얼마든지 접할 수 있다. 시청률 조사 기관의 발표를 보면 텔레비전을 통해 시청자가 주로 보는 것은 드라마나 연예 프로그램이다. 말 그대로 오락적 요소가 중심이다. 오락에 만족하겠다는 생각이면 어쩔 수 없지만, 적어도 독서에 대한 실질적인 필요를 느끼고 있다면 텔레비전을 없애는 것도 선택할 수 있는 방법 중 하나다. 최소한 텔레비전 시청 시간을 획기적으로 줄이려는 노력은 필수적이다.

사실 습관 변화가 더 절실한 대상은 스마트폰이다. 현실적으로 주위 사람과의 연결 통로이니 사용 자체에는 불가피한 면이 충분히 있다. 하지만 각 기관의 스마트폰 사용 시간 조사에서 한국이 거의 예외 없이 최선두 그룹을 차지하고 있는 면만 보더라도 그 정도의 과도함은 의심할 여지없이 분명하다. 독서를 위한 목적이 아니어도 지나친 의존과 중독에서 벗어나기 위한 노력은 필요하다. 하물며 진지하게 독서의 양과 질을 높이고, 사색으로 자신의 세계를 채우고자 하는 사람이라면 일상생활에서 스마트폰과 상당한 거리를 두기 위한 특단의 조치가 전제되어야만 한다.

만약 텔레비전과 인터넷 그리고 스마트폰에 대한 지나친 의존을 그대로 방치한 채 제대로 독서를 해보겠다고 마음을 먹은 사람이 있다면 자신이 무엇을 하려는지도 모르는 황당한 사람이다. 지금까지의 관성적 사고, 습관적 생활을 실천적으로 바꾸지 않는다면 한 발짝도 앞으로 나아가지 못한다. 일상이 바뀌어야 사람이 바뀐다.

제3부

나만의 독서 커리큘럼

독서의 길라잡이

•

분야와 주제별 독서 프로그램

•

연령과 수준별 맞춤 독서 프로그램

1장

독서의 길라잡이

책이라는 망망대해

"우리의 삶과 세상을 통찰하게 하고 정신을 긴장시키는 책은 의외로 많지 않다."

독서의 길에 들어서도 문제는 여전하다. 어떤 책을 읽는가 하는 것도 문제다. 대형 서점에 나가 보면 엄청난 양의 책을 확인할 수 있다. 기가 죽을 정도로 어마어마한 규모다. 어디서부터 손을 대야 할지 막막한 기분을 느껴야 한다. 실제로 한국에서 매해 출판되는 책의 양을 보면 입이 떡 벌어진다.

문화체육관광부 통계를 보면 한 해에 4만여 종 이상의 책이 출판된다. 권수로 보면 대략 1억 권 정도의 신간 서적이 매년 시중에 쏟아져 나온다. 전국 출판사 수는 약 4만 5,000개가 넘는다.

유럽에서 출판이 활발한 나라 중 하나인 프랑스의 2016년 출판 산업 주요 통계를 보면 지난 몇 년간 매년 발행되는 신간이 7만~8만여 종에 이른다. 신간을 포함하여 유통되고 있는 서적 종수는 대략 70만 종 내외다. 프랑스에 비해 외형적인 측면에서만 보면 약 절반 정도인데, 인구의 차이를 고려해보면 한국의 출판 규모가 작지 않다는 점을 쉽게 가늠할 수 있다.

물론 한국의 출판 현상에는 비정상적 요소가 많다. 먼저 전체 출판 종수와 판매량 가운데 상당 부분을 입시 관련 참고서가 차지한다. 입시 공화국이라는 말이 부끄럽지 않을 만큼 각 과목별로 수십 종 이상에 이르는 참고서가 즐비하다. 초등학생에서 고등학생에 이르기까지 거의 모든 학생이 과목별로 한두 종 이상의 참고서를 구입할 테니 전체 출판되는 양은 장난이 아니다. 출판 산업 주요 통계를 보면, 학습서적출판업 총매출액이 일반 서적출판업 총매출액의 두 배가 넘는다.

다음으로 베스트셀러 편중 현상도 심각하다. 몇 년 전의 통계이기는 하지만, 교보문고 기준으로 볼 때 종합 베스트셀러 100위권의 도서 총 판매량은 200만 권에 달한다. 국내 단행본의 신간 발행 종수가 총 4만여 종을 상회한다고 볼 때 상위 100위권 도서가 200만 부를 넘어섰다는 것은 출판시장에서 베스트셀러에 집중되는 편중 현상이 매우 심각하다는 점을 보여준다.

한국 출판시장의 비정상적 구조를 고려해도 상당히 많은 종류의 책이 나오는 것만은 분명하다. 매해 새로 출판되는 책이 4만여 종 이상이니 그 전에 출판되어 오프라인과 온라인 서점에서 계속 유통되는 책까지 고려하면 눈이 휘둥그레질 만큼 많은 책이 있다는 말이 된다. 이 많은 책 중에서 어떤 책을 읽을지 고민스러운 것은 당연하다.

망망대해에서 갈 길 잃은 느낌을 가질 필요는 없다. 사실 상당 부분은 굳이 시간과 돈을 투자하여 읽을 만한 책이 아니다. 책이라고 해서 다 같은 책은 아니기 때문이다. 한국인에게 가장 인기 있는 분야는 소설이다. 소설이 독서에 적합하지 않다는 뜻은 전혀 아니다. 문제는 성찰과는 무관하게 일차원적인 흥분을 자극하거나 단순히 흥미에 머무는 소설이 많다는 점이다.

거의 로맨스소설에 가까운 경우가 많다. 서울대 중앙도서관 대출 순위 상위 100권을 살펴본 결과, 소설, 판타지, 무협지가 대부분인 것으로 조사되기도 했다. 한 신문사가 서울대, 고려대, 연세대, 부산대, 경북대 등 전국 14개 대학 도서관의 최근 5년간 도서 대출 순위를 입수해 분석한 결과, 최다 대출 도서 20위 가운데 인문·사회과학 서적은 단 한 권뿐이었다. 나머지 열아홉 권은 소설이었으며 특히 판타지·무협·추리소설이 열세 권이나 포함되어 있었다.

서점의 주요 도서 진열대를 이른바 처세술과 관련된 책이 점령하고 있는 현상만 봐도 우리 사회의 지적인 열악함은 부인할 수 없는 사실이다. 우리의 삶과 세상을 통찰하게 하고 정신을 긴장시키는 책은 의외로 많지 않다. 손에 잡히는 대로 읽는 방식이라면 아무런 대비 없이 바다에 뛰어들었다가 표류하는 신세가 된다.

왜 고전을 읽는가?

“고전 독서의 목적은 ‘지금, 여기’의 문제를 고민하는 데 있다.”

로맨스 · 판타지 · 무협 · 추리소설은 스트레스를 풀거나 시간을 죽이는 용도는 되겠지만 진지한 독서와는 거리가 있다. 프롬은 『소유냐 존재냐』에서 다음과 같이 충고한다.

“예술성 없는 값싼 소설은 백일몽이어서 생산적 반응을 가져올 수 없다. 문장을 텔레비전 쇼처럼, 아니면 텔레비전 보며 먹는 감자 칩처럼 습관적으로 삼킬 뿐이다.”

우리도 드라마를 시청하듯 호기심에 의지하여 주인공의 생사나 유혹 여부에 관심을 기울이지 않는가. 이렇게 해서는 저자와의 대화를 통한 내적 참여는 기대할 수 없다. 인물에 대한 이해나 인간성에 대한 통찰을 심화시킬 수도 없다. 드라마를 보듯이 독서를 소비할 뿐이다. 유행하는 드라마를 볼 때는 한 회라도 놓치면 큰일 날 듯이 거기에 몰입한다. 하지만 마지막 회가 끝나고 다른 드라마가 시작되면 언제 그랬냐는 듯이 까맣게 잊어버린다. 값싼 소설도 마찬가지여서 흥미롭게 읽었다가도 마지막 페이지를 덮는 순간 남는 게 없다.

그러면 저자와 대화하는 독서, 내면으로 천착해 들어가는 독서, 내면의 세계와 외부의 세계가 만나는 독서는 무엇인가? 독일 시인 릴케의

『형상 시집』 중 「책 읽는 사람」은 진지한 독서 분위기를 전달해준다.

벌써 오래전부터 나는 책을 읽고 있다.

오늘 오후가 빗소리로 소곤대며 창문턱에 기댄 후로 줄곧.

밖에서 부는 바람소리 한 가닥 들리지 않는다.

읽고 있는 책이 무척 어려운 까닭이다.

깊은 생각에 잠겨 어둑해진

얼굴을 들여다보듯 책장을 응시한다.

책 읽는 내 모습 주위로 시간이 굳어버린다.

(…)

이제 책에서 눈을 들어 밖을 본다고 해도

어느 것 하나 낯설지 않고 모든 것이 위대하리라.

저 바깥에는 여기 내가 안에서 겪는 것이 있고

여기와 저기 모든 것에 경계가 없는 까닭이다.

릴케는 시나 산문을 비롯하여 자신의 작품에서 '책 읽기'를 많이 다루었다. 이 시에서도 독서에 몰입하는 자신의 모습과 내적 느낌을 보여준다. 이미 오랜 시간 책을 읽고 있지만 밖에서 부는 바람소리조차 한 가닥도 들리지 않는다. 그만큼 책 내용에 완전히 몰입하고 있다. 상당히 진지하고 문장이 쉽게 넘어가지 않을 정도로 꽤나 어려운 책인 듯하다.

깊은 생각에 잠기도록 하는 어려운 내용으로, 그치지 않고 곱씹어 생각하도록 유도하는 책이다. 저자의 문제의식과 대화를 나누는 데 열중

하느라 시간이 굳어 멈춰 선다. 내적인 세계 안에 갇혀 있는 것만은 아니다. 저 바깥에 여기 내가 안에서 겪는 것이 있다. 외부 세계가 내부로 성큼 들어오는 내용이 있고, 독서를 통해 외부 세계와 내부 세계가 만나는 경험을 한다. 더 나아가 깊이 있는 성찰을 통해 내부와 외부의 경계가 사라지는 경험을 한다.

이 시에서 릴케의 손에 들려 있는 책은 아마도 고전에 속할 듯하다. 그가 경험했듯이 독서와 사색이 전체적인 세계상을 제공하고 반성적인 사고와 성찰적인 삶으로 인도해주는 대표적인 경우가 고전이다. 소로가 『월든』에서 권하는 고전 독서도 같은 맥락이다.

> "흔히 오늘날에는 현대적이고 실용적인 연구가 고전 연구를 압도할 것이라 말한다. 그러나 탐구적인 사람이라면 기록된 언어, 집필 시기에 개의치 않고 고전 연구에 몰두할 것이다. 고전은 기록된 인간의 사상 중 가장 고귀한 것이기 때문이다."

릴케가 당장의 생활이나 일에 실무적으로 사용해서 효과를 내는 일종의 실용 서적을 보면서 이러한 분위기를 냈을 리는 만무하다. 세계와 인간에 대한 근원적인 이해에 접근하는 독서가 분명하다. 이와 관련하여 가장 좋은 방법은 우리에 앞서 고민했던 사상가의 도움을 받는 것이다.

동서양 고전에는 인류의 고민과 성찰이 가득하다. 특히 다양한 문제에 대한 다양한 시각의 고민과 논쟁이 담뿍 담겨 있기 때문에, 현대인이 집착하는 표현을 빌리자면 최소 투자로 최대 산출을 만들어낼 수 있는 방법이기도 하다. 물론 여기에는 철학을 비롯한 사상서만 해당되지는 않는다. 소설이라 하더라도 세계와 인간에 대한 통찰을 담아 고전 반열에 오른 책이 얼마든지 있다.

고전에 해당하는 책을 써서 인류 지성사에 이정표를 세운 작가들 자신도 고전 독서에서 많은 영감을 받았다. 볼테르는 "나는 고전을 소중히 한다. 그것은 무엇인가 가르쳐주기 때문이다. 신간서로부터 배우는 것은 거의 없다."고 하였다. 니체도 『인간적인 너무나 인간적인』에서 "훌륭한 책에는 시간이 필요하다. 훌륭한 책은 모두 세상에 나왔을 때 떫은맛을 낸다."고 하였다. 미국 사상가이자 시인 에머슨은 아예 독서의 3대 원칙을 제시했다. "첫째, 1년 이상 경과하지 않은 책은 읽지 마라. 둘째, 저명하지 않은 책을 읽지 마라. 셋째, 반드시 애독하라. 애독할 수 없는 것은 읽지 마라."

지식이나 사고 능력은 무턱대고 잡다한 책을 많이 읽는다고 얻어지지 않는다. 각종 형식논리학적인 사고방식의 습득으로 대신할 수도 없다. 지식이나 사고 능력은 단순히 생각하는 '기술'의 문제가 아니기 때문이다. 배경지식을 많이 쌓는다고 얻어지는 능력이 아니다. 사소한 현상에서 깊고 넓은 방향으로 사고 지평을 확장하고, 고정된 방향을 넘어 다양한 측면에서 문제에 접근하는 과정에서 형성된다.

그러한 의미에서 비판적 사고 능력을 전제로 한다. 비판적 사고력은 통념을 넘어 의문을 제기하고 스스로 문제의식을 전개해나가는 능력이다. 창의적 사고력이란 단순히 기발한 발상의 문제가 아니다. 심층적 사고와 다각적 검토 능력을 갖출 때 천편일률적인 사고에서 벗어나 참신한 생각을 펼칠 수 있다.

비판적·창의적 사고력을 만들어나가는 가장 좋은 길은 고전을 통한 공부다. 고전에는 인간과 세계에 어떻게 문제 제기를 하고 어떻게 접근하며, 어떻게 생각을 풀어나가야 하는지에 대한 사고 궤적이 들어 있다. 다르게 생각하기가 어떻게 가능한지, 현상적이고 단편적인 반대가 아니라 원리적으로 다르게 접근하기가 어떻게 이루어지는지에 대한 논쟁이 풍부하게 담겨 있다.

고전을 통한 비판적·창의적 사고 능력 고양은 개인은 물론이고 집단적으로도 학문적 성취를 자극한다. 미국 세인트존스 대학만이 아니라 고전 독서 프로그램 도입으로 학문 수준을 한 단계 더 끌어올린 대학들이 있다. 시카고 대학도 여기에 해당한다. 1890년 록펠러가 설립한 시카고 대학은 실용적인 학문보다 순수 학문에 치중하는 교육으로 유명하다. 특히 학생들은 2년 동안 폭넓은 교양과목을 공부해야 하는 '그레이트 북스Great Books'라는 고전 독서 프로그램을 이행해야 한다. 고전을 통해 사고 능력을 고양하고 읽기와 쓰기, 말하기 능력을 높이고자 만든 프로그램이다.

시카고 대학이 누구나 인정할 만한 학문적 성취를 이루기 시작한 것도 이 고전 독서 프로그램이 정착한 이후다. 고전 교육을 시행한 이후 노벨상 수상자를 대거 배출했다. 지난 100여 년 동안 역대 노벨상 수상자의 약 10퍼센트 정도에 해당하는 84명의 수상자를 배출했다. 이들은 경제학, 정치학, 철학, 사회학 등 사회과학 분야와 천문학, 지리학, 물리학, 수학 등 다양한 분야에서 인정을 받고 있다. 당사자들도 그렇고 사회적으로도 고전 위주의 독서 교육이 가장 큰 영향을 주었다고 한다.

세계적인 기업 애플의 설립자인 스티브 잡스Steve Jobs도 자신이 다닌 리드 대학에서의 고전 교육 효과를 강조한다. "고전 독서 프로그램을 통해 고전의 바다에 빠질 수 있었던 것이 애플 컴퓨터의 오늘을 만든 힘"이라고 생각한다. 리드 대학은 미국에서 학생들에게 가장 많은 책을 읽히는 대학으로 유명하다. 시카고 대학과 마찬가지로 플라톤, 호머로부터 시작해 카프카에 이르는 고전 독서 프로그램을 체계적으로 실시한다.

독서 문화 자체가 척박한 한국 사회에서 고전 교육은 거의 황무지 상태다. 베스트셀러라는 좁은 틀 안에서 독서 흉내를 내는 풍토에서는 더욱 그렇다. 고전에 대한 우스갯소리를 하나 해보자. 어느 대학생이 저명한 교수에게 요즈음 한창 인기 있는 베스트셀러를 읽어보았느냐고 물었다. 교수가 읽어보지 않았다고 하자 그 학생은 책이 나온 지 3개월이나 지났으니 꼭 읽어보라고 했다. 그러자 교수는 학생에게 단테의 『신곡』을 읽어보았느냐고 물었다. 학생이 읽어보지 못했다고 하자 교수가 "나온 지 600년이나 되었으니 얼른 읽어보게."라고 했다는 이야기다.

고전은 고리타분한 옛이야기나 문제의식에 불과하기 때문에 강조할 필요가 없다는 반론이 있을 수 있다. 고전에는 오래된 책이 많은 게 사실이다. 물론 20세기에 쓰인, 적어도 시기적으로는 현대에 해당하는 것도 있다. 오래되지 않았지만 어떤 한 분야의 이론이나 문제의식을 대표하기 때문에 고전 반열에 오른 경우다. 그렇지만 대부분의 고전은 짧게는 수백 년, 길게는 수천 년 가까운 세월을 담고 있다. 또한 지금 우리 현실과 맞지 않는 이야기도 적지 않게 포함되어 있다.

만약 고전 독서가 책 내용을 이해하고 받아들이는 데 머문다면 앞의 우려나 비판은 정당하다. 19세기 러시아문학을 대표하는 세계적 문호 톨스토이가 『인생론』에서 지적한 바도 그 일환이다.

> "오랫동안 나는 학문상의 지식이 인생이 여러 문제에 대해 현재 해명하고 있는 해답 이외에는 아무런 해답도 준비하고 있지 않다는 사실을 아무래도 믿을 수가 없었다. 실제의 인생 문제와는 아무런 연관이 없는 학설을 주장하고 있을 뿐인 학문의 엄숙하고 야단스러운 호들갑에 넋을 잃은 채, 오랫동안 나의 이해가 모자라는 줄만 알고 있었다."

현실 문제를 고민하고 해결하는 데 아무런 도움을 주지 않고 과거의 이해에 매몰된 책이라면 허무만 느끼게 된다. 참된 생활의 의의에 관해 아무 설명도 주지 않는 내용은 그저 죽은 학문일 뿐이다. 톨스토이는 아주 젊은 시절부터 이론적 방면의 학문에 매료당했는데, 이 중에는 현실적인 의미를 찾을 수 없는 내용이 많았다는 것이다. 진정한 독서가 되기 위해서는 현실 문제에 합리적 설명을 주는 내용이 있어야 한다. 그는 "왜 나는 사는가? 왜 나는 무언가를 구하는가? 그리고 왜 나는 무슨 일인가를 하는가?" 등의 질문처럼 인생관이나 세계관 형성에 기여하는 공부여야 한다고 강조한다.

고전 독서의 목적은 '지금, 여기'의 문제에 대한 고민에 있다. 우리가 살고 있는 지금 이 시대, 한국 사회 혹은 인류의 문제를 살피고 대안을 모색하기 위해 우리는 고전을 읽는다. 그게 아니라면 무엇 때문에 구태여 수백 년 혹은 수천 년 전의 글을 보겠는가. 적어도 고전이라 불리는 책은 '지금, 여기'와 관련성이 깊다. 그렇기에 오랜 생명력을 유지하며 인류에게 끊임없이 교훈을 주고 문제의식을 자극하는 역할을 한다.

새롭게 변화된 상황을 적용시키지 않는다면 죽은 지식을 흡수하는 데 머문다. 가장 바람직한 독서는 고전과 함께 해당 주제와 관련하여 가장 최근의 정보와 문제의식을 담고 있는 책을 선정하여 비교하며 읽는 것이다. 독서를 하면서 그 내용을 계속 현실 세계와 인간에 연결시키는 사고 과정이 동반되어야 한다.

해로운 독서, 유익한 독서

"악서를 읽지 않는 것이야말로 양서를 읽기 위한 조건이다."

해로운 책은 있는가? 각설하고 결론부터 말하면 확실히 해로운 책이 있고, 보다 정확히 말하면 상당히 많다. 다만 세상에서 흔히 분류하는 해로운 책의 기준과 상당히 다르다는 점에 주의할 필요가 있다. 예로부터 현재에 이르기까지 해롭다고 규정되어온 책에는 몇 가지 공통점이 있다. 하지만 그 책이 정말 해로운지 아닌지는 꼼꼼하게 따져볼 일이다. 해롭기보다는 왜곡된 편견에 지배되는 경우가 많기 때문이다.

역사적으로 해로운 책이라 지목받는 두 가지 경향을 중심으로 검토

해보자. 먼저 조금 센 것부터 살펴본다. 동서양을 막론하고, 또한 과거에서 현재에 이르기까지 음란한 소재와 표현이 해로운 책의 대명사로 첫손에 꼽힌다. 조선 후기의 실학자 안정복도 『잡록雜錄』에서 이러한 책을 해로운 것의 대표 격으로 꼽는다.

"책 보는 일은 삼가지 않을 수가 없다. 음란한 소설을 보면 저도 몰래 방탕한 마음이 생겨난다. 산수의 해맑은 이야기를 읽으면 어느새 안개와 노을을 향한 생각이 깃든다. 병법과 진법에 관한 여러 글을 보노라면 모르는 사이에 용맹한 기운이 솟아난다. 성현의 경전을 읽으면 뜻과 기운이 화평하게 되어 어느새 광명정대한 마음이 생긴다. 그런 까닭에 옛사람은 매번 잡서雜書를 가지고 경계로 삼았다."

음란한 소설이란 말 그대로 음탕하고 난잡한 행위를 담은 소설이다. 매춘이나 혼외 관계, 변태 성행위만이 아니다. 일반적인 남녀의 성교를 사실적으로 묘사해도 음란소설로 분류되어왔다. 특히 서양의 기독교 문화에서 음란소설은 마귀의 속삭임이나 마찬가지 취급을 받았다. 중세 사회는 욕망의 암흑기라 할 만큼 육체와 이에 기초한 욕구를 죄악의 근원으로 여겼다. 죄의 근원이 육체적 욕구에 있는 것으로 보았기에 성적인 사랑을 사탄의 책동이요, 가장 일차적으로 척결해야 할 대상으로 지목했다.

동양에서도 사정은 별로 다르지 않았다. 성행위를 노골적으로 다루는 소설은 불경스럽고 인간의 도리를 벗어난 위험한 것이었다. 심지어 성적인 묘사가 없다 하더라도 아예 소설 자체를 독서에서 배제해야 할 대상으로 여겼다. 유가 전통이 강했던 중국에서는 소설小說에서의 '소'는 질적으로 낮은 것을 가리키는 의미이므로, 군자는 내용이 어떠하냐를 떠나 소설 따위를 읽어서는 안 된다고 가르쳤다.

우리의 경우 조선시대에 소설을 패설稗說이나 잡기雜記로 부르기도 했다. 그만큼 낮추어 봤다. 음란한 성적 묘사가 있는 경우는 말할 것도 없고, 일반적인 소설도 황당한 이야기로 취급하여 항상 경건한 마음과 몸가짐을 유지해야 하는 유교적 가치와 질서를 해치는 책으로 보았다. 안정복은 산수에 대한 감상을 담은 시, 유가의 경전, 병법을 다룬 책만을 읽을 가치가 있는 것으로 생각한다. 소설은 사람들이 경전과 사서를 멀리하고 헛된 것에 마음을 쏟게 만든다는 점에서 바람직하지 않은 것으로 생각했다.

그런데 음란한 소설을 해로운 책이라고 할 수 있을까? 만약 이러한 사고방식이라면 암흑의 시기를 뚫고 르네상스의 신호탄을 쏘아 올린 보카치오의 『데카메론』은 이 세상에 등장하지 못했으리라. 이 소설에서 가장 많은 비중을 차지하는 소재는 단연 성행위를 둘러싼 이야기다. 중세식 교훈이 아니라 외설적 애욕의 기쁨을 대담하게 표현한다. 중세 기독교의 거룩함을 상징하는 신부조차 욕망의 주체로 나온다. 책 전체적으로 음란함이 뚝뚝 묻어난다.

보카치오는 음란한 성행위를 매개로 수없이 이어진 세대에 걸쳐 쌓아 올려진 완고한 중세의 장벽에 균열을 냈다. 죄인이자 구원의 대상이기만 했던 인간을 성적 욕망 안에서 자연의 본성에 따르는 주체로 등장시킨 것이다. 인간을 향한 길을 대담하게 열어젖힌다. 육체적 욕망은 지옥에 떨어져야 할 죄가 아니라 자연스러운 것으로 여겨야 한다는 메시지를 담는다. 종교적으로 덧씌워진 허구적 인간상에서 벗어난다. 음란함에 당시 인간이 가져야 할 가장 고귀한 메시지를 담았다. 『데카메론』을 해로운 책이라고 주장하는 사람이 있다면 진정한 독서가와는 거리가 먼 사람 취급을 받을 것이다.

인류 역사 전체를 통틀어 음란함의 대명사라 할 수 있는 사드Sade의 소설도 마찬가지다. 프랑스 작가이자 사상가인 사드는 기존 성도덕에 가장 도발적으로 도전한 인물로 꼽힌다. 그 이름이 성적 대상에게 고통을 줌으로써 성적 쾌감을 얻는 가학적 성애를 뜻하는 사디즘sadism의 어원이 됐을 정도로 '변태' 성행위의 상징인 인물이다. 소설만이 아니라 생활 속에서도 이를 실행에 옮겼는데, 이로 인해 생애의 3분의 1 이상에 해당하는 27년을 감옥과 정신병원에서 보내야 했고, 그의 이름 자체가 금지 대상으로 여겨졌다.

하지만 사드의 소설을 해롭다는 이유로 금지시키거나 숨겨야 하는가? 보카치오와 마찬가지로 사드도 인간 본능의 연장인 성적 쾌락을 불행과 죄악으로 규정하는 사회적 억압에 저항하는 의미를 지니고 있었다. 나아가 『규방 철학』의 다음 내용에서 볼 수 있듯이 선과 악에 대한 새로운 전망, 즉 절대론적 관점에서 둘을 분리시키는 사고방식에 저항하고 상대론적 문제의식을 제기했다.

"방탕한 삶의 결과로 불행이 닥친다는 부모의 잔소리는 황당한 것이야. 왜냐하면 가시밭길이 널려 있어도 악의 행로를 섭렵하다 보면 가시밭 위로 봉오리를 내밀고 있는 장미꽃과도 같은 행복을 찾을 수 있지. 바로 그런 진창길에 미덕이 있는 것이란다."

성적인 쾌락이 불행으로 갈 수밖에 없다는 결론 자체도 의심스럽지만, 설사 일정한 불행을 겪는다 하더라도 피할 일이 아니다. 행복과 불행은 별도의 공간에 있지 않고, 서로 무관한 사이가 아니다. 행복만으로는 행복이 찾아오지 않는다. 엄밀히 말해서 만약 불행을 전혀 모르는 사람이 있다면, 그 사람은 행복이 무엇인지도 모를 것이다. 불행과 행복이 교차하면서 우리는 행복을 알고 느낀다. 시행착오와 고통을 겪으면서, 사드의 표현대로라면 가시밭길과 진창길을 겪으면서 비로소 행복을 찾을 수 있는 시야를 얻고 그 경험을 획득할 수 있다.

현대 시의 시조로 일컬어지는 보들레르나 프랑스 사실주의를 연 플로베르는 자신의 작품이 탄생할 수 있었던 근거로 사드의 작품을 꼽는다. 프랑스의 철학자, 문학가이자 여성운동의 대명사로 불리는 보부아르는 「사드는 유죄인가?」에서 새로운 시각으로 사드에 대한 전향적 검토가 필요하다고 주장한다.

"사드는 이기적 욕구와 불의, 불행을 만끽했으며, 그 진실성을 주장했다. 그의 가장 큰 가치는 우리에게 혼란을 주는 데 있다. 우리 시대에 다양한 형태로 나타나는 본질적 문제, 인간과 인간 사이의 관계를 철저히 재점검하도록 만든다."

사드 소설에 등장하는 파격적 성행위는 인간관계에 대한 도발로서 근본적이고 진지한 검토를 자극하는 역할을 한다. "사회가 개인을 소외시키는 온갖 우상으로부터 개인을 해방하기 위해서는 신 앞에서 자율을 확보하는 것에서부터 시작해야 한다는 것을 그는 알고 있었다." 특히 종교를 비롯한 전통적 도덕과 법으로 규정된 범죄가 얼마나 정당성을 지니는지에 대해 진지한 재검토를 요구한다. 사드는 사람들에게 스스로 대면하기 껄끄러운 거울을 들이밀었다.

두 번째로 꼽히는 해로운 책은 단연 '불온서적'이다. 사상적으로 위험하다고 여겨지는 책을 말한다. 주로 극단적인 사상을 담고 있어서 그 사회의 일반적인 사고방식에 정면으로 대립하고 이를 위협할 수 있는 관점을 담고 있다. 앞의 비평적 독서를 다룬 글, 즉 겹쳐 읽기를 통한 비판적 관점을 강조한 글에서 언급한 상반된 관점을 담은 책이 대부분 여기에 해당한다.

서양 중세 사회에서는 반기독교적인 관점, 비슷한 시기에 중국이나 한국에서는 유가와 다른 시각을 보인 도가나 불가의 관점이 불온한 사상으로 지목당했다. 역사적으로 볼 때 이에 앞서 유가 경전이 불온서적으로 탄압받은 적도 있다. 진시황의 분서갱유가 대표적이다. 사마천 『사기』의 「진시황본기」에 의하면 승상 이사가 왕권 강화를 위해 진시황에게 다음과 같은 상소를 올린다.

"『시경』, 『서경』 및 제자백가의 저작을 모두 태우게 하며, 감히 이 책을 이야기하는 자는 저잣거리에서 사형시켜 백성에게 본보기를 보이며, 옛것으로 지금을 비난하는 자는 모두 멸족시키고, 이 같은 자를 보고도 검거하지 않는 관리는 같은 죄로 다스리소서."

오직 황제만이 흑백을 가리도록 했는데, 개인적인 학문으로 법과 제도를 의논하거나 비난하는 것은 무거운 죄에 해당한다는 내용이다. 불태워 제거하지 않을 서적은 의학, 점술, 농업에 관계된 서적뿐이며, 나머지는 즉각 없애야 한다는 주장이다. 이에 진시황이 영을 내려서 "그렇게 하라."고 했다. 전국적으로 제자백가를 비롯해 각종 책을 태우는 분서가 시행됐다.

하지만 유가가 지배적인 통치 이념으로 자리 잡은 이후에는 유가 이외의 사상을 잡스럽거나 위험한 사상으로 매도하고 그에 대한 탄압을 일삼는다. 현대사회에서는 자본주의와 사회주의의 대립을 둘러싸고 서로의 이념을 불온사상으로 지목했다. 특히 남한과 북한은 한 차례 참혹한 전쟁까지 겪으면서 군사적·영토적으로 분단 상태를 유지하게 되고, 권위주의적 통치가 오랜 기간 지속되면서 특정 이념을 사법적 단죄 대상으로 삼았다.

과연 사회 구성원 다수의 생각과 다른 이념이나 사고방식을 담은 책은 해로운가? 우리 옛말에 고인 물은 썩는다고 한다. 비판과 이념 경쟁을 통해 보완되지 않는 이데올로기는 경직화 현상을 통해 현실과 유리되면서 억압적 성격이 강화되기 마련이다. 가장 좋은 독서 방법은 특정 주제와 관련하여 왼쪽 끝에서 오른쪽 끝까지를 횡단하는 것이다. 그 과정에서 다양한 생각과 현실적 문제의식을 접하고 중심과 균형을 잡아나갈 수 있다. 오히려 어느 한쪽을 해롭다고 규정하여 거기에 금기나 금지의 딱지를 붙이는 순간 독서에 가장 해로운 상황이 만들어진다. 진시황이 저지른 분서와 본질적으로 아무런 차이가 없는 야만적 행위일 뿐이다.

그러면 도대체 무엇이 해로운 책인가? 새로운 발상이 없거나 주장을 뒷받침하는 근거가 사실상 없다면 해로운 책에 속한다. 옹호든 반박이든, 즉 나의 생각과 일치하든 안 하든 의미 있는 발상이 있거나 논의를 뒷받침하는 근거가 있어야 한다. 이러한 내용을 담고 있다면 '음란한' 성행위를 매개로 하든 폭력을 매개로 하든 문제가 되지 않는다. 그 형식이 소설이든 논문이든, 문장과 표현이 쉽든 어렵든 하등 문제 될 게 없다.

만약 모두에게 시간이 무한하다면 내용 없는 책을 읽어도 상관이 없다. 하지만 우리 모두가 잘 알고 있듯이 인간은 유한한 존재다. 지극히 한정된 시간과 공간 안에서 살아간다. 그래서 철학자 쇼펜하우어는 "악서를 읽지 않는 것이야말로 양서를 읽기 위한 조건이다. 인생은 짧고 시간과 능력에는 한계가 있다."고 했다. 버크가 "인생은 매우 짧다. 더구나 조용한 시간은 너무나 짧다. 한 시간이라도 너절한 책을 읽어서 인생을 낭비하지 말아야 한다."고 한 것도 같은 맥락이다.

새로운 발상을 자극하거나 깊이 있게 생각하는 계기를 주지 않는 해로운 책을 읽으면 그만큼 유익한 책을 읽을 시간이 사라진다. 실존주의 문학의 선구자로 평가받는 카프카도 친구인 오스카르 폴라크에게 보낸 글에서 그렇게 얘기한다.

"요컨대 나는 우리를 마구 물어뜯고 쿡쿡 찔러대는 책만을 읽어야 한다고 생각해. 만약 읽고 있는 책이 머리통을 내리치는 주먹처럼 우리를 흔들어 깨우지 않는다면 왜 책 읽는 수고를 하느냐 말이야?"

카프카는 새로운 문제의식을 담은 책이 아니라면 읽을 필요가 없다고 주장한다. 새로운 발상은 스님의 죽비처럼 등줄기를 때려 깨어나게 하고, 관성에 물든 우리의 생각을 뒤흔든다. 상식과 일상의 세계 안에서만 살아가던 삶에 새로운 자극을 준다. 따라서 "우리 내부에 있는 얼어붙은 바다를 깰 수 있는 도끼" 역할을 하는 책을 읽으라고 한다.

나는 여기에 새로운 발상은 전혀 없어도 찬성 입장이든 반대 입장이든 기존 발상을 풍부하게 뒷받침하는 내용을 갖고 있다면 매우 유익한 독서일 수 있다고 덧붙이고 싶다. 어느 방향으로 나아가는 결론이든 이를 설득력 있게 만드는 논리와 논거를 갖고 있다면 어떤 식으로든 우리의 정신을 고양시키고 확장하는 데 도움을 주기 때문이다.

필독서는 필요한가?

"우발적인 선택을 포함하여 다양한 책과 소통하는 '간통 같은 독서'를 권장한다."

독서 관련 일을 하는 기관이나 학교에서 '필독서'라며 100권 내외의 독서 목록을 선정하는 경우를 자주 본다. 필독서 선정의 필요에 대해서는 상반된 반응이 나타난다. 상대적으로 전통적 지식인은 필독서를 중시했다. 맹자가 『맹자』에서 "그림쇠와 굽은 자는 동그라미와 네모꼴을 만드는 기준이다. 성인은 사람들의 윤리 기준이다."라고 말했듯이 성인의 경전이야말로 반드시 섭렵해야 하는 필독서였다.

조선을 대표하는 지식인 중 한 사람인 율곡 이이도 『격몽요결』에서 필독서와 독서의 순서를 제시한다.

> "5서를 읽은 후 5경을 접한다. 5서는 먼저 『소학』으로 부모, 형, 임금, 어른, 스승, 벗에 대한 도리를 배운다. 그다음 『대학』으로 이치를 궁구하고 마음을 바르게 한다. 이어 『논어』를 읽어 인을 구하고 학문의 근본을 탐구한다. 또한 『맹자』로 의리를 분별하고 하늘의 이치를 보존한다. 다음으로 『중용』의 진정한 뜻을 찾아내야 한다."

5서를 충분히 습득한 후 5경의 독서로 나아간다. 5경의 독서는 먼저 『시경』을 읽어 성정의 잘못과 올바름, 선악을 가린 다음, 『예경』으로 하늘의 이치에 따른 예의 규칙을 세운다. 이어서 『서경』을 읽어 과거 성군이 천하를 다스린 경륜을 배우고, 『주역』으로 길흉과 존망, 진퇴와 성쇠의 기미를 연구한다. 마지막으로 『춘추』를 읽어 착한 것에 상을 주고 악한 것에 벌을 주는 성인의 뜻을 깨닫는다.

5서와 5경을 차례로 익히고 나면 이어서 송나라 때의 선현이 지은 『근사록』, 『심경』, 『주자대전』, 『주자어류』 등의 서적과 그 밖에 성리학설을 틈틈이 정밀하게 읽으라고 한다. 남은 힘으로는 역사를 읽어 고금의 역사적 사건의 변천에 통달하여 식견을 기르라고 한다.

필독서라는 발상에 반대하는 사람도 있다. 헤세는 「독서에 대하여」라는 글에서 최우수 도서 100선 같은 것은 없다고 했다. 다만 "대문호들을 제대로 알아야만 하는데 그 선두는 셰익스피어와 괴테"라고 강조할 뿐이다. 보르헤스도 체계적인 독서 목록을 불신한다. 우발적인 선택을 포함하여 다양한 책과 소통하는 '간통 같은 독서'를 권장한다.

어떤 경우든 독서에서 고전이 중심 역할을 해야 한다는 점은 분명하다. 하지만 '필독'이라는 말이나 기준이 지나치게 엄격한 잣대나 유일한 기준으로 작용하면 바람직하지 않다. 사람에 따라 혹은 필요에 따라 중요한 책의 기준은 얼마든지 달라질 수 있으니 말이다. 다만 아직 독자적으로 독서 계획을 세우고 이끌어나갈 수 있는 역량을 충분히 갖추지 못한 사람에게 일정한 범위 내에서 친절한 안내자 역할을 할 수 있도록 추천 목록으로서의 필독서는 필요하다.

앞서 예로 든 세인트존스 대학이나 시카고 대학의 고전 독서 커리큘럼도 그 일환이다. 4년 동안 고전 100권을 읽는 프로그램인데, 참고로 그 목록을 보면 다음과 같다. 서울대의 추천 목록도 참고가 된다.

세인트존스 대학의 고전 독서 100권

1학년 독서 목록
호메로스 『일리아스』, 『오뒷세이아』
아이스킬로스 『아가멤논』, 『제주를 바치는 여인들』, 『에우메니데스』, 『사슬에 묶인 프로메테우스』
헤로도토스 『역사』
플라톤 『고르기아스』, 『메논』, 『변명』, 『크리톤』, 『파이돈』, 『테아이테토스』,

데카르트 『방법 서설』

3학년 독서 목록
세르반테스 『돈키호테』
데카르트 『성찰』
파스칼 『팡세』
밀턴 『실낙원』
홉스 『리바이어던』

「소피스트」, 「파이드로스」, 「티마이오스」
아리스토파네스 「구름」, 「개구리」
소포클레스 「오이디푸스 왕」, 「필록테테스」, 「콜로노스의 오이디푸스」, 「아이아스」
투키디데스 「펠로폰네소스 전쟁사」
아리스토텔레스 「니코마코스 윤리학」, 「정치학」, 「물리학」, 「형이상학」, 「시학」
루크레티우스 「사물의 본성에 관하여」
에우리피데스 「바쿠스의 여신도들」

2학년 독서 목록

「구약성서」
리비우스 「로마 건국사」
플루타르코스 「영웅전」
베르길리우스 「아이네이스」
타키투스 「연대기」
에픽테토스 「담화록」
「신약성서」
아리스토텔레스 「영혼론」
플로티노스 「엔네아데스」
아우구스티누스 「고백록」
마이모니데스 「방황하는 자들을 위한 안내서」
안셀무스 「프로슬로기움」
아퀴나스 「신학대전」
초서 「캔터베리 이야기」
마키아벨리 「군주론」
몽테뉴 「수상록」
베이컨 「신기관」
셰익스피어 「리처드 2세」, 「헨리 4세」, 「오
스피노자 「신학 정치론」
로크 「통치론」
루소 「인간 불평등 기원론」
스위프트 「걸리버 여행기」
라이프니츠 「철학 논문집」
흄 「오성에 관하여」, 「도덕에 관하여」
칸트 「순수 이성 비판」, 「도덕형이상학 기초」
워즈워스 「서곡」
오스틴 「오만과 편견」
루소 「사회계약론」
애덤 스미스 「국부론」
호손 「주홍 글씨」
미합중국 「독립선언문」, 「헌법」
트웨인 「허클베리 핀의 모험」

4학년 독서 목록

톨스토이 「전쟁과 평화」
헤겔 「정신현상학」
토크빌 「미국의 민주주의」
마르크스 「경제학-철학 수고」, 「자본론」, 「독일 이데올로기」
멜빌 「베니토 세레노」
듀보이스 「흑인의 영혼」
도스또예프스끼 「카라마조프 씨네 형제들」
링컨 「연설문 선집」
키에르케고르 「철학적 조각들」
니체 「선악의 저편」
프로이트 「정신분석학 입문」
하이데거 「존재와 시간」
울프 「댈러웨이 부인」
비트겐슈타인 「철학적 탐구」

셀로』, 『맥베스』, 『리어 왕』, 『템페스트』, 『뜻대로 하세요』, 『한여름 밤의 꿈』	조이스 『더블린 사람들』

시카고 대학의 고전 독서 100권

호메로스 『오뒷세이아』
아이스킬로스 『사슬에 묶인 프로메테우스』
소포클레스 『오이디푸스 왕』, 『안티고네』
에우리피데스 『트로이아 여인들』
헤로도토스 『역사』
투키디데스 『펠로폰네소스 전쟁사』
아리스토파네스 『리시스트라테』
플라톤 『향연』, 『소크라테스의 변명』, 『테아이테투스』, 『파이돈』, 『고르기아스』, 『국가』, 『파이드로스』
아리스토텔레스 『정치학』, 『시학』, 『물리학』, 『영혼론』, 『형이상학』
유클리드 『기하학 개요』
엠피리쿠스 『피론주의 개요』
베르길리우스 『아이네이스』
플루타르코스 『영웅전』
에픽테토스 『담화록』
아우렐리우스 『자성록』
롱기노스 『숭고미 이론』
아우구스티누스 『자유의지론』
보에티우스 『철학의 위안』
아퀴나스 『신학 대전』
단테 『신곡』
초서 『캔터베리 이야기』
밀턴 『실낙원』
버클리 『인간 지식의 원리론』
볼테르 『불온한 철학사전』, 『캉디드』
흄 『자연종교에 대한 대화』, 『오성에 관하여』
루소 『인간 불평등 기원론』, 『사회계약론』
울먼 『일기』
애덤 스미스 『국부론』
칸트 『실천 이성 비판』, 『프롤레고메나』, 『영원한 평화를 위하여』
기번 『로마제국 쇠망사』
괴테 『파우스트』
헤겔 『역사철학 강의』
바이런 『돈 후안』
쇼펜하우어 『의지와 표상으로서의 세계』
밀 『자유론』, 『공리주의』
키에르케고르 『철학적 조각들』
소로 『월든』
멜빌 『백경』
보들레르 『악의 꽃』
도스또예프스끼 『죽음의 집의 기록』, 『카라마조프 씨네 형제들』
톨스토이 『이반 일리치의 죽음』
트웨인 『허클베리 핀의 모험』

마키아벨리 『군주론』
라블레 『가르강튀아와 팡타그뤼엘』
칼뱅 『기독교 강요』
몽테뉴 『수상록』
세르반테스 『돈키호테』
베이컨 『신기관』
셰익스피어 『리처드 2세』, 『햄릿』, 『맥베스』, 『템페스트』, 『리어 왕』
던 『시선』
홉스 『리바이어던』
데카르트 『방법 서설』, 『정념론』
밀턴 『아레오파지티카』
몰리에르 『서민 귀족』
파스칼 『팡세』
스피노자 『에티카』
로크 『인간오성론』, 『통치론』
뉴턴 『프린키피아』
스위프트 『걸리버 여행기』
윌리엄 제임스 『프라그마티즘』
헨리 제임스 『나사의 회전』
니체 『선악의 피안』
프로이트 『꿈의 해석』, 「정신분석의 기원과 발달」
쇼 『인간과 초인』
콘래드 『어둠의 속』
아이슈타인 『상대성이론』
「욥기」 『구약성서』
「마태복음」 『신약성서』
「바가바드기타」 『마하바라다』
성 프랜시스 「작은 꽃들」
공자 『논어』
마이모니데스 『방황하는 자들을 위한 안내서』
보즈웰 『새뮤얼 존슨전』
미란돌라 『인간 존엄성에 관한 연설』
『니벨룽겐의 노래』

서울대 추천 고전 독서 목록

역사
일연 『삼국유사』
사마천 『사기』
헤로도토스 『역사』
홉스봄 『혁명의 시대』, 『자본의 시대』, 『제국의 시대』, 『극단의 시대』

철학, 예술
『주역』
공자 『논어』
프루스트 『스완네 쪽으로』

영미 문학
셰익스피어 『셰익스피어 4대 비극』
디킨스 『위대한 유산』
호손 『주홍 글씨』
조이스 『젊은 예술가의 초상』
트웨인 『허클베리 핀의 모험』

맹자 「맹자」
주희 「대학」
자사 「중용」
장자 「장자」
데카르트 「방법 서설」

사회과학
마키아벨리 「군주론」
홉스 「리바이어던」
스미스 「국부론」
밀 「자유론」
프로이트 「꿈의 해석」
베버 「프로테스탄티즘 윤리와 자본주의 정신」
레비스트로스 「슬픈 열대」
맥루언 「미디어의 이해」

서양 고전
호메로스 「일리아스」, 「오뒷세이아」
오비디우스 「변신 이야기」
아이스킬로스 외 「그리스 비극 걸작선」
단테 「신곡」
「그리스 로마 신화」

과학기술
다윈 「종의 기원」
쿤 「과학혁명의 구조」

프랑스 문학
플로베르 「보바리 부인」

독일 문학
괴테 「파우스트」
만 「마의 산」
카프카 「변신」
그라스 「양철북」

러시아 문학
도스또예프스끼 「카라마조프 씨네 형제들」
톨스토이 「안나 카레니나」

기타 지역
세르반테스 「돈키호테」
마르케스 「백년동안의 고독」

동양 문학
조설근 「홍루몽」
루쉰 「아큐정전」
야스나리 「설국」

한국 문학
이기영 「고향」
박경리 「토지」
최인훈 「광장」
김만중 「구운몽」
「춘향전」
「청구야담」
이광수 「무정」
염상섭 「삼대」
박태원 「천변 풍경」

세인트존스 대학과 시카고 대학의 고전 독서 목록에서 몇 가지 편향적인 모습이 보인다. 먼저 지나치게 서양 고전 위주로만 선정되었다. 아시아를 포함한 비서구 지역의 도서가 지극히 빈약하고, 당연히 한국과 관련해서는 아예 볼 수 있는 책이 없다. 철학 분야에 너무 집중되어 있다는 점도 문제다. 200~300권이라면 상관없겠지만 100권으로 제한된 목록을 전제로 할 때 철학 분야로의 편향이 심한 편이다.

서울대 추천 독서 목록의 경우에도 몇 가지 아쉬움이 있다. 무엇보다도 문학 비중이 크다. 그 결과 고전의 가장 중요한 기반이라 할 수 있는 철학의 비중이 상당히 낮다. 문학이 독서를 시작하는 사람들에게 상대적으로 덜 부담스러운 분야이기는 하다. 대학에 다니는 학생, 한국에서 현실적으로 독서의 초입에 들어선 학생을 대상으로 한 목록이기에 나타난 현상인 듯하다. 고전 필독서 목록이 초보 독서가가 읽을 책이 아니라 독서 인생에서 꼭 읽어야 할 책이라고 한다면 거기에 문학이 너무 많을 필요는 없다.

그동안 몇몇 기관과 대학에서 추천한 독서 목록의 아쉬움을 고려하여 내 나름대로 필독 고전에 해당하는 100권의 책을 선정해보았다. 어떤 추천 목록도 마찬가지 사정이겠지만 도서 선정에서 어느 정도의 주관성을 벗어날 방법은 없다. 개인적인 경험과 관점이 포함될 수밖에 없다. 그러므로 자신의 필요와 특성 등을 고려하여 참고하는 정도로 활용하면 적합할 듯하다.

박홍순 추천 고전 독서 100권

호메로스 『일리아스』, 『오뒷세이아』
볼핀치 『그리스 로마 신화』
프레이저 『황금가지』
소포클레스 『오이디푸스 왕』
에우리피데스 『바쿠스의 여신도들』
헤로도토스 『역사』
사마천 『사기』
일연 『삼국유사』
라에르티오스 『그리스철학자 열전』
플라톤 『크리톤』, 『파이돈』, 『국가』
아리스토텔레스 『정치학』, 『니코마코스 윤리학』
공자 『논어』
장자 『장자』
한비자 『한비자』
두보 『시선』
이백 『시선』
플로티노스 『엔네아데스』
키케로 『의무론』
아우렐리우스 『자성록』
기번 『로마제국 쇠망사』
아우구스티누스 『고백록』, 『신국론』
아퀴나스 『지성단일성』
하위징아 『중세의 가을』
보에티우스 『철학의 위안』
칼뱅 『기독교 강요』
폴로 『동방견문록』
카르피니 · 루브룩 『몽골제국 기행』
단테 『신곡』
에라스무스 『우신예찬』
미란돌라 『인간 존엄성에 관한 연설』
몽테스키외 『법의 정신』
볼테르 『캉디드』
디드로 『맹인에 관한 서한』
루소 『인간 불평등 기원론』, 『사회계약론』
칸트 『순수 이성 비판』, 『실천 이성 비판』
헤겔 『정신현상학』, 『역사철학 강의』
괴테 『파우스트』
발자크 『고리오 영감』
이지 『분서』
정약용 『목민심서』
박제가 『북학의』
박지원 『열하일기』
애덤 스미스 『국부론』
리카도 『정치경제학과 과세의 원리에 대하여』
프루동 『소유란 무엇인가』
마르크스 『자본론』, 『독일 이데올로기』
레닌 『제국주의론』
쇼펜하우어 『의지와 표상으로서의 세계』
니체 『선악의 피안』
밀 『자유론』
벤담 『도덕과 입법의 원리 서설』
콩트 『실증주의 서설』
키에르케고르 『불안의 개념』
사르트르 『실존주의는 휴머니즘이다』
하이데거 『존재와 시간』
보부아르 『제2의 성』
카뮈 『시지프 신화』

보카치오 『데카메론』
세르반테스 『돈키호테』
몰리에르 『몰리에르 3부작』
몽테뉴 『수상록』
모어 『유토피아』
코페르니쿠스 『천체의 회전에 관하여』
다윈 『종의 기원』
셰익스피어 『셰익스피어 4대 비극』
파스칼 『팡세』
마키아벨리 『군주론』
데카르트 『방법 서설』
스피노자 『에티카』
베이컨 『신기관』
홉스 『리바이어던』
로크 『인간오성론』, 『통치론』
스위프트 『걸리버 여행기』
디포 『로빈슨 크루소』
뉴턴 『프린키피아』

카프카 『변신』
보들레르 『악의 꽃』
소로 『월든』
톨스토이 『이반 일리치의 죽음』
도스또예프스끼 『카라마조프 씨네 형제들』
최인훈 『광장』
프로이트 『정신분석 강의』
아들러 『삶의 과학』
쿤 『과학혁명의 구조』
도킨스 『이기적 유전자』
레비스트로스 『슬픈 열대』
소쉬르 『일반 언어학 강의』
푸코 『감시와 처벌』
라캉 『세미나』
들뢰즈 『차이와 반복』
프루스트 『잃어버린 시간을 찾아서』

2장

분야와 주제별 독서 프로그램

문학이란 우주

“프루스트에게 문학은 일종의 학문이었다. 한 편의 소설이지만 우주를 펼쳐 보여준다.”

대부분 문학을 통해 책과 처음 만난다. 사상서를 비롯하여 깊이 있는 분석을 요구하는 분야의 책은 이해하기 어렵기 때문이다. 문학, 특히 소설은 나름대로 흥미로운 줄거리를 갖고 있어서 독서와 친해지기에 가장 적합하다.

하지만 아무리 많은 소설을 읽어도 시간 낭비에 불과한 경우가 많다. 세계와 인간에 대한 통찰과는 무관하게 오직 시간 죽이기 용도의 흥미만 갖고 있는 책이 흔하다. 그렇기 때문에 문학과 만날 때 특히 어떤 책을 골라야 하는지 주의를 기울여야 한다. 이른바 '고전'에 속하는 작품이 일차적 고려 대상이다.

소설이라고 해서 손에 잡히는 대로 읽을 일은 아니다. 어떤 작가가 마음에 든다고 그 작가의 작품만 줄곧 읽는다면 협소한 시각 내에 갇힌다. 특정 시대의 작품에만 꽂혀 벗어나지 못하는 것 역시 스스로 자신의 정신을 가두는 꼴이다. 특정 국가에 국한된 취향도 문제다. 영국과 미국, 독일, 프랑스, 러시아, 남미, 한국 등 지역이나 국가에 따라 나름대로 독특한 사고방식과 문화가 존재하기 때문에 다양한 문제의식을 흡수하기 위해서는 폭넓은 독서가 필요하다.

다행히 괜찮은 문학작품을 골라 읽는다고 해도 문제가 모두 사라지는 것은 아니다. 소설을 줄거리에 몰두하여 읽는다면 또다시 말짱 도루묵이 되어버린다. 이는 문학이 담고 있는 보물을 모두 팽개쳐버리는 바보 같은 짓이다. 바르트가 『텍스트의 즐거움』에서 지적한 내용은 좋은 참고가 된다.

> "문학은 많은 종류의 지식을 담당합니다. 『로빈슨 크루소』와 같은 소설에는 역사, 지리, 사회, 기술, 식물학, 인류학 등 많은 지식이 있습니다. 만약 어떤 과도한 사회주의나 야만성에 의해 교육에서 단 하나의 학제만을 남기고 모두 추방되어야 한다면, 바로 구제되어야 하는 것이 문학입니다. 문학적 기념비 안에서는 모든 학문이 현존하기 때문입니다."

문학은 현실 너머의 그 무엇이 아니다. 아무리 허구가 개입되어 있어도 밑바탕에는 생생한 현실이 자리를 잡고 있다. 바르트는 이를 "문학은 현실, 다시 말하면 실제의 섬광 그 자체"라는 말로 멋스럽게 표현한다. 적어도 고전에 속하는 문학작품은 시대상을 반영하든가 그 시대를 살아가는 사람의 고민을 담고 있다. 작가가 의도했든 의도하지 않았든 시대정신의 일부가 상황이나 대화 내용 가운데 묻어 나온다.

예를 들어 세르반테스의 『돈키호테』에서 풍차로 돌진하던 돈키호테가 풍차 날개에 맞아 말에서 떨어지는 장면은 그냥 웃자고 만든 설정으로만 끝나지 않는다. 소설 전체 맥락을 고려한다면 허무하게 쓰러지는 돈키호테의 모습에서 뿌리부터 무너져 내려가는 봉건사회를 발견할 수 있다. 말에 박차를 가해 돌진하기 전, 들판에 우뚝 서 있는 수십 개의 풍차를 보며 돈키호테는 산초에게 이렇게 말한다.

> "운명은 예상보다 더 좋은 방향으로 우리를 인도하고 있다. 산초여, 저쪽을 보아라. 서른, 아니 그보다 훨씬 많은 흉악한 거인들이 버티고 서 있다. 나는 저놈들과 싸워 다 죽인 후에 거기서 얻은 전리품으로 일약 거부가 된단 말이다. 이것이야말로 정의의 전투, 이 지구상에 널려 있는 악의 씨를 근절시키는 것만이 하느님에 대한 위대한 봉사다."

봉건사회에서 벌어졌던 전쟁의 추악한 본질이 압축적으로 드러난다. 봉건사회에서는 대부분의 전쟁이 '신의 전쟁'이었다. 신의 이름으로 대대적인 십자군 전쟁을 벌였고 서구 제국 사이의 전쟁도 신의 이름으로 합리화시켰다. 하지만 돈키호테를 통해 드러나는 전쟁의 진정한 목적은

'전리품으로 일약 거부'가 되는 약탈이다. 『돈키호테』는 이 추악한 약탈이 정의의 이름으로, '하느님에 대한 위대한 봉사'로 찬양되고 있음을 역설적으로 확인시켜준다.

실제 중세 유럽을 상징하는 전쟁이었던 십자군 전쟁은 회교도에 빼앗긴 성지 예루살렘의 탈환이라는 종교적인 명분에서 시작되었다. 11세기부터 14세기에 걸쳐 교회가 주도한 여러 차례의 원정 전쟁 과정에서 수많은 사람이 목숨을 잃었다. 하지만 성지 회복이라는 명분과 달리 실질적으로는 영토를 확장하고 이를 통해 교회와 세속 군주의 정치적·경제적 이권을 획득하려는 침략 전쟁이었다. 그리하여 원래 목적인 성지 탈환은 뒷전이고 전리품 노획과 약탈이 우선되었다. 심지어 4차 원정에서는 같은 기독교 국가인 비잔티움제국을 몰아내고 라틴제국을 건설함으로써 '하느님에 대한 위대한 봉사'가 얼마나 허구적인 핑계였는지를 스스로 폭로했다.

전쟁의 약탈적 성격에 대한 번뜩이는 풍자는 수도사들과의 전투 장면에서도 잘 나타난다. 수도사를 공주를 납치한 악당으로 생각한 돈키호테가 산초의 만류에도 불구하고 창을 겨눈 채 공격을 한다. 평화롭게 말을 타고 가다 돈키호테의 느닷없는 공격에 놀라 땅에 떨어진 수도사에게 산초가 달려들어 옷을 벗기기 시작한다. 수도사의 두 하인이 항의하자 산초는 자기 주인 돈키호테가 이긴 싸움의 전리품으로서 합법적으로 자기에게 속한다고 단언함으로써 약탈을 정당화한다.

알랭 드 보통은 『프루스트를 좋아하세요』에서 프루스트가 러스킨의 작품을 읽고 좋아하게 된 이유도 그 안에 담긴 지적인 가치 때문이라고 한다.

> 러스킨의 만남은 독서가 주는 이익을 보여주었다. "내 눈앞에서 우주는 갑자기 무한한 가치를 얻게 되었다."고 프루스트는 이후에 설명했다. (…) 그는 자신이 기껏해야 반쯤 의식했을 경험들이 러스킨의 언어 속에서 고양되고 아름답게 조합되는 것을 발견했다. 러스킨은 세계, 건축, 예술, 자연에 대한 프루스트의 감수성을 길러주었다.

알랭 드 보통은 프루스트에게 문학이 일종의 학문이었다고 설명한다. 러스킨의 작품이 주는 의미는 재미에 머물지 않는다. 한 편의 소설이지만 우주를 펼쳐 보여준다. 다른 사람이 전혀 모를 만큼 희소한 경험은 아니다. 프루스트도 직접 혹은 간접 경험을 통해 겪었을 일이 그의 글에서는 관성이 아니라 특별한 의미를 갖는 내용으로 살아난다. 일상의 현상이기만 했던 경험에서 세계, 건축, 예술, 자연 등에 대한 새로운 관심과 의미를 찾도록 자극한다. 그러한 의미에서 프루스트에게 "학문으로서의 문학"의 성격을 띠고 있었다는 것이다.

시대상과 시대정신을 담은 고전을 중심으로, 서양과 동양의 여러 지역과 나라의 작품을 통해 다양하고 독특한 사고방식과 문화를 접하고, 시대의 흐름에 따른 문제의식의 변화까지 추적하며 읽을 수 있도록 나름대로 정리해보았다.

문학 독서 프로그램

고대 그리스 문학	
호메로스	『일리아스』 천병희 옮김, 숲.
호메로스	『오뒷세이아』 천병희 옮김, 숲.
헤시오도스	「신들의 계보」 『신들의 계보』 천병희 옮김, 숲.
헤시오도스	「일과 날」 『신들의 계보』 천병희 옮김, 숲.
오비디우스	『변신 이야기』 천병희 옮김, 숲.
아이스킬로스	『아가멤논』 김재선 옮김, 지만지.
아이스킬로스	『사슬에 묶인 프로메테우스』 김종환 옮김, 지만지.
아이스킬로스	『제주를 바치는 여인들』 김종환 옮김, 지만지.
소포클레스	『오이디푸스 왕』 강대진 옮김, 민음사.
소포클레스	『안티고네』 김종환 옮김, 지만지.
에우리피데스	「박코스의 여신도들」 『에우리피데스 비극 전집 2』 천병희 옮김, 숲.
에우리피데스	「메데이아」 『에우리피데스 비극 전집 1』 천병희 옮김, 숲.
아폴로도로스	『원전으로 읽는 그리스 신화』 천병희 옮김, 숲.

프랑스 문학	
볼테르	『캉디드』 윤미기 옮김, 한울.
사드	『악덕의 번영』 김문운 옮김, 동서문화사.
위고	『레미제라블』 정기수 옮김, 민음사.
발자크	『고리오 영감』 임희근 옮김, 열린책들.
졸라	『나나』 정봉구 옮김, 을유문화사.
플로베르	『마담 보바리』 김화영 옮김, 민음사.
보들레르	『악의 꽃』 김붕구 옮김, 민음사.
카뮈	『이방인』 김화영 옮김, 민음사.
카뮈	『시지프 신화』 김화영 옮김, 책세상.
프루스트	『잃어버린 시간을 찾아서』 김희영 옮김, 민음사.
투르니에	『방드르디』 고봉만 옮김, 문학과지성사.

영미 문학	
셰익스피어	『셰익스피어 4대 비극』 여석기 옮김, 시공사.
디킨스	『위대한 유산』 이인규 옮김, 민음사.
호손	『주홍 글씨』 조승국 옮김, 문예출판사.
디포	『로빈슨 크루소』 류경희 옮김, 열린책들.
스위프트	『걸리버 여행기』 신현철 옮김, 문학수첩.
골딩	『파리대왕』 유종호 옮김, 민음사.
오웰	『1984』 정회성 옮김, 민음사.
헉슬리	『멋진 신세계』 이덕형 옮김, 문예출판사.
스타인벡	『분노의 포도』 김승욱 옮김, 민음사.
멜빌	『모비딕』 이가형 옮김, 동서문화사.
밀러	『세일즈맨의 죽음』 강유나 옮김, 민음사.
피츠제럴드	『위대한 개츠비』 김영하 옮김, 문학동네.
독일 문학	
괴테	『파우스트』 김인순 옮김, 열린책들.
만	『마의 산』 홍성광 옮김, 을유문화사.
카프카	『변신』 전영애 옮김, 민음사.
그라스	『양철북』 박환덕 옮김, 범우사.
헤세	『지와 사랑』 홍경호 옮김, 범우사.
릴케	『말테의 수기』 문현미 옮김, 민음사.
브레히트	『갈릴레이의 생애』 차경아 옮김, 두레.
러시아 문학	
도스또예프스끼	『죄와 벌』 홍대화 옮김, 열린책들.
도스또예프스끼	『카라마조프 씨네 형제들』 이대우 옮김, 열린책들.
톨스토이	『부활』 박형규 옮김, 민음사.
톨스토이	『크로이체르 소나타』 이기주 옮김, 펭귄클래식코리아.
체호프	『사랑에 관하여』 안지영 옮김, 펭귄클래식코리아.
체르니셰프스키	『무엇을 할 것인가』 서정록 옮김, 열린책들.
고리키	『어머니』 최윤락 옮김, 열린책들.

고골	『외투』 이항재 옮김, 문학동네.
고골	『광인일기』 이기주 옮김, 펭귄클래식코리아.
기타 지역 문학	
단테	『신곡』 박상진 옮김, 민음사.
보카치오	『데카메론』 장지연 옮김, 서해문집.
세르반테스	『돈키호테』 안영옥 옮김, 열린책들.
카잔차키스	『그리스인 조르바』 이윤기 옮김, 열린책들.
입센	『인형의 집』 안동민 옮김, 문예출판사.
마르케스	『백년 동안의 고독』 안정효 옮김, 문학사상.
보르헤스	『불한당들의 세계사』 황병하 옮김, 민음사.
에코	『장미의 이름』 이윤기 옮김, 열린책들.
동양 문학	
이백	『시선』 이원섭 옮김, 현암사.
두보	『시선』 이원섭 옮김, 현암사.
나관중	『삼국지』 이문열 옮김, 민음사.
조설근	『홍루몽』 홍상훈 옮김, 솔.
루쉰	『아큐정전』 이가원 옮김, 동서문화사.
야스나리	『설국』 유숙자 옮김, 민음사.
소세키	『마음』 오유리 옮김, 문예출판사.
류노스케	「라쇼몬」『라쇼몬』 서은혜 옮김, 민음사.
류노스케	「덤불 속」『라쇼몬』 서은혜 옮김, 민음사.
한국 문학	
채만식	『탁류』 범우사.
염상섭	『삼대』 정호웅 편집, 문학과지성사.
강경애	『인간 문제』 창비.
정비석	『자유 부인』 추선진 엮음, 지만지.
박경리	『토지』 마로니에북스.
최인훈	『광장』 문학과지성사.
김수영	『김수영 전집』 민음사.

박완서	『나목』 세계사.
이청준	『당신들의 천국』 문학과지성사.
김승옥	『무진기행』 문학동네.
이문열	『사람의 아들』 민음사.
황석영	『객지』 창비.
황석영	『손님』 창비.
박노해	『노동의 새벽』 느린걸음.
조정래	『태백산맥』 해냄.
김훈	『칼의 노래』 문학동네.

철학의 문제의식

"철학자들의 구체적 사고 전개와 날카로운 논쟁 속에서 습득해야만 한다."

철학은 운이 좋아서 불쑥 찾아오는 손님이 아니다. 단단한 마음가짐이 있어야 최소한의 목적이라도 충족되는 까다로운 친구다. 만나고 싶다는 바람만으로는 동반자가 될 가능성이 거의 없다. 무턱대고 유명 철학자의 책을 읽는다고 해서 철학의 길이 열리지도 않는다. 철학에 요구되는 깊고 넓은 생각은 꽤 긴 시간의 의식적 노력이 있어야 하기 때문이다. 가볍게 생각하고 도전했다가는 금방 낭패를 본다.

철학에 관심을 가졌던 사람들 대부분이 철학의 필요성을 설명하는 입문서 한두 권을 보고 흥미를 잃어버린다. 입문서는 주요 철학자와 그를 대표하는 주요 명제를 해석해주는 방식이거나 아예 고대에서 현대에 이르기까지 철학사를 간략히 소개하는 방식이다. 일정한 차이는 있지만 대체로 철학과 관련된 배경지식을 조금 알기 쉽게 풀어서 전달해준다. 결국 우리에게는 배경지식이 머리에서 사라지지 않도록 기억 안에 단단하게 매어두는 일밖에 남지 않는다. 더 많은 지식을 암기하는 일이 되어버린다.

철학과 만나는 일은 철학 명제를 외우고, 적극적으로 철학 용어를 사용하는 데 있지 않다. 철학자와 함께 생각의 물꼬를 트고, 나아가서는 자신이 갖고 있는 생각의 힘을 키우는 과정이어야 한다. 생각의 계기를 어디부터 마련해야 하는지, 어떻게 심화하고 확장해야 하는지를 이해하고 습득하는 과정이다. 철학자들의 구체적 사고 전개와 날카로운 논쟁 속에서 습득해야만 한다.

입문서로는 암기 효과조차 얻을 수 없다. 소설처럼 일정한 줄거리를 갖고 있는 내용이 아니기 때문에 며칠만 지나면 기억의 저장고에서 사라져버린다. 암기에서조차 실패의 쓴맛을 봐야 한다. 내용 이해로 들어가면 더 말할 나위도 없다. 빈번하게 사용되는 주요 개념에 익숙하지 않고, 과거로부터 오는 논쟁점에 대한 이해가 없기 때문에 고민이 제자리를 맴돈다.

입문서만으로는 장님 코끼리 만지기조차 어려움을 깨닫고, 그렇다고 직접 철학자와 대면하기 위해 뛰어들어도 당황스럽기는 마찬가지다. 무작정 개별 저작으로 뛰어들면 미로 속에서 길을 잃고 헤매거나 편견만 한가득 갖게 되기 쉽다. 도대체 왜 그런 문제를 중요한 주제로 삼아 많은 지면을 할애하는지조차 감을 잡을 수가 없다. 또한 대부분의 철학 고전은 이전 시기 혹은 당대의 다른 견해와 날카롭게 각을 세워 논쟁하면서 쓰인 내용이기 때문에 상대에 대한 이해 없이는 편향된 인상만 갖게 된다.

제일 좋은 방법은 통시적 접근이다. 철학적 사유의 역사를 통해 큰 갈래와 맥락을 이해함으로써 경직된 이해와 근거 없는 비약에서 벗어난다. 전체 흐름 속에서 주요 경향의 핵심 문제의식을 파악함으로써 개별 철학자나 저작으로 어떻게 심화해 들어갈지 방향을 잡는다. 통시적 접근 위에서 시공간을 뛰어넘는 공시적 통찰도 비로소 가능하다.

서양철학으로 보자면 고대의 문제의식을 확인하는 작업이 우선되어야 한다. 수천 년이라는 시간 간격이 엄청나게 멀게 느껴지지만 인류 역사 전체로 보면 지극히 짧은 시간이다. "서양철학사는 플라톤의 주석에 지나지 않는다."는 화이트헤드의 지적처럼 현대 철학에서 논의되고 있는 쟁점 가운데 상당 부분이 이미 고대 그리스철학에서 형성되어 현재에 이른다. 동양철학도 사정이 다르지 않다. 중국 춘추전국시대의 제자백가의 논쟁이 현대에 이르기까지 중요한 문제의식과 논의의 바탕이 되기 때문이다.

그러므로 고대 철학에서 중세와 근대를 거쳐 현대 철학에 이르는 통시적 궤적을 따라가며 독서하는 방법이 가장 바람직하다. 이 과정에서 이전의 문제의식, 또한 당대의 다른 시각에 잇따라 비교와 대조의 방법으로 접근해야 한다. 서로 다른 점이 분명해져야 책을 읽으면서 해당 철학자의 한계도 찾아낸다. 모순을 발견해야 저자와 토론하는 일도 가능해진다.

철학인 이상 하룻밤에 막힘없이 읽거나 줄거리에 빠져들 수는 없는 노릇이다. 어느 정도는 책장을 덮고 의자에서 일어나고 싶은 갑갑함을 느낄지도 모른다. 철학과의 성공적인 만남을 위해 인내심과 수고로움은 불가피하다.

일단 서양철학사 전체를 조망하는 입문서로는 러셀의 『서양철학사』가 적합하다. 보다 체계적인 비교를 원한다면 나의 저작인 『사유와 매혹 : 서양철학과 미술의 역사』가 조금은 도움이 되리라 생각한다. 존재론, 인식론, 미학, 윤리철학, 정치철학으로 구분하여 철학사조와 철학자별로 비교하는 방식이기 때문이다.

중국을 중심으로 한 동아시아 철학의 경우는 일단 춘추전국시대 제자백가 사상의 개괄적인 이해가 입문의 가장 중요한 과제다. 이와 관련해서는 임건순의 『제자백가 공동체를 말하다』가 입문서로 적합할 듯하다. 제자백가를 수놓은 사조의 개별 특징을 각각 정리해놓은 방법이어서 한눈에 비교하기 수월하다. 혹시 사조별 대비가 아니라 직접적인 논쟁점별로 비교한 책을 원한다면 나의 저작인 『장자처럼 살라』도 괜찮다. 장자를 매개로 하되 각각의 논쟁점별로 생생하게 유가, 도가, 법가, 묵가 등을 비교하는 방식이다.

서양철학 독서 프로그램

그리스 자연철학과 소피스트 철학	
라에르티오스	『그리스철학자 열전』 전양범 옮김, 동서문화사. 『소크라테스 이전 철학자들의 단편 선집』 김인곤 옮김, 아카넷.
플라톤	『소피스트』 이창우 옮김, 이제이북스.
플라톤	『프로타고라스』 강성훈 옮김, 이제이북스.
소크라테스 · 플라톤 · 아리스토텔레스 철학	
크세노폰	『소크라테스의 회상』 최혁순 옮김, 범우사.
플라톤	『소크라테스의 변론, 크리톤, 파이돈, 향연』 천병희 옮김, 숲.
플라톤	『국가』 천병희 옮김, 숲.
플라톤	『파이드로스』 김주일 옮김, 이제이북스.
아리스토텔레스	『형이상학』 김진성 옮김, 이제이북스.
아리스토텔레스	『정치학』 천병희 옮김, 숲.
아리스토텔레스	『니코마코스 윤리학』 천병희 옮김, 숲.
중세 교부철학과 스콜라철학	
아우구스티누스	『신국론』 성염 옮김, 분도출판사.
아우구스티누스	『고백록』 성염 옮김, 경세원.
보에티우스	『철학의 위안』 이세운 옮김, 필로소픽.
안셀무스	『모놀로기온 프로슬로기온』 박승찬 옮김, 아카넷.
아퀴나스	『신학 대전』 정의채 옮김, 바오로딸.
아퀴나스	『지성단일성』 이재경 옮김, 분도출판사.
르네상스와 종교개혁의 철학	
에라스무스	『우신예찬』 강민정 옮김, 서해문집.
몽테뉴	『몽테뉴 수상록』 손우성 옮김, 동서문화사.
모어	『유토피아』 주경철 옮김, 을유문화사.
마키아벨리	『군주론』 강정인 · 김경희 옮김, 까치.
마키아벨리	『로마사 논고』 강정인 · 안선재 옮김, 한길사.
루터	『그리스도인의 자유』 추인해 옮김, 동서문화사.
루터	「교회의 바벨론 포로」『루터 저작선』 이형기 옮김, 크리스챤다이제스트.

칼빈	『기독교 강요』 원광연 옮김, 크리스챤다이제스트.
대륙합리론	
데카르트	『방법 서설』 이현복 옮김, 문예출판사.
데카르트	『성찰』 이현복 옮김, 문예출판사.
데카르트	『정념론』 김선영 옮김, 문예출판사.
스피노자	『에티카』 강영계 옮김, 서광사.
스피노자	『정치론』 김호경 옮김, 갈무리.
라이프니츠	『형이상학 논고』 윤선구 옮김, 아카넷.
라이프니츠	『모나드론』 배선복 옮김, 책세상.
영국 경험론	
베이컨	『신기관』 진석용 옮김, 한길사.
베이컨	『베이컨 수상록』 권오석 옮김, 홍신문화사.
홉스	『리바이어던』 신재일 옮김, 서해문집.
로크	『인간오성론』 이재한 옮김, 다락원.
로크	『통치론』 강정인 옮김, 까치.
버클리	『인간 지식의 원리론』 문성화 옮김, 계명대학교출판부.
흄	『오성에 관하여』 이준호 옮김, 서광사.
프랑스 계몽철학	
몽테스키외	『페르시아인의 편지』 이수지 옮김, 다른세상.
몽테스키외	『법의 정신』 이재형 옮김, 문예출판사.
루소	『사회계약론』 이재형 옮김, 문예출판사.
루소	『에밀』 정영하 옮김, 연암사.
볼테르	『미크로메가스』 고정아 옮김, 바다출판사.
디드로	『맹인에 관한 서한』 이은주 옮김, 지만지.
독일 관념론	
칸트	『순수 이성 비판』 백종현 옮김, 아카넷.
칸트	『실천 이성 비판』 백종현 옮김, 아카넷.
피히테	『전체 지식론의 기초』 한자경 옮김, 서광사.
피히테	『인간의 사명』 한자경 옮김, 서광사.

셸링	『철학의 원리로서의 자아』 한자경 옮김, 서광사.
헤겔	『정신현상학』 임석직 옮김, 한길사.
헤겔	『법철학』 임석직 옮김, 한길사.
생철학	
쇼펜하우어	『의지와 표상으로서의 세계』 홍성광 옮김, 을유문화사.
쇼펜하우어	『도덕의 기초에 관하여』 김미영 옮김, 책세상.
베르그송	『창조적 진화』 황수영 옮김, 아카넷.
딜타이	『정신과학에서 역사적 세계의 건립』 김창래 옮김, 아카넷.
니체	『차라투스트라는 이렇게 말했다』 정동호 옮김, 책세상.
니체	『도덕의 계보』 김정현 옮김, 책세상.
니체	『권력에의 의지』 강수남 옮김, 청하출판사.
공리주의 · 실증주의 · 실용주의 철학	
벤담	『도덕과 입법의 원리 서설』 고정식 옮김, 나남.
벤담	『파놉티콘』 신건수 옮김, 책세상.
밀	『공리주의』 서병훈 옮김, 책세상.
밀	『자유론』 서병훈 옮김, 책세상.
콩트	『실증주의 서설』 김점석 옮김, 한길사.
비트겐슈타인	『논리 · 철학 논고』 이영철 옮김, 책세상.
비트겐슈타인	『철학적 탐구』 이영철 옮김, 책세상.
제임스	『실용주의』 정해창 옮김, 아카넷.
마르크스주의 철학	
마르크스	『독일 이데올로기』 박재희 옮김, 청년사.
마르크스	『철학의 빈곤』 김문현 옮김, 동서문화사.
마르크스	『경제학 · 철학 초고』 김문현 옮김, 동서문화사.
엥겔스	『반듀링론』 김민석 옮김, 새길아카데미.
레닌	『유물론과 경험 비판론』 박정호 옮김, 돌베개.
호르크하이머	『도구적 이성 비판』 박구용 옮김, 문예출판사.
아도르노	『부정변증법』 홍승용 옮김, 한길사.

정신분석 철학	
프로이트	『정신분석 강의』 임홍빈 · 홍혜경 옮김, 열린책들.
프로이트	『꿈의 해석』 이환 옮김, 돋을새김.
프로이트	『억압, 증후 그리고 불안』 황보석 옮김, 열린책들.
아들러	『심리학이란 무엇인가』 김문성 옮김, 스타북스.
아들러	『삶의 과학』 정명진 옮김, 부글북스.
융	『인간과 상징』 이윤기 옮김, 열린책들.
융	『현대의 신화』 이부영 옮김, 솔.
실존주의 철학	
키에르케고르	『불안의 개념』 임춘갑, 옮김, 다산글방.
키에르케고르	『죽음에 이르는 병』 임춘갑 옮김, 치우.
야스퍼스	『철학 학교』 전양범 옮김, 동서문화사.
야스퍼스	『이성과 실존』 황문수 옮김, 서문당.
하이데거	『존재와 시간』 이기상 옮김, 까치.
하이데거	『동일성과 차이』 신상희 옮김, 민음사.
사르트르	『존재와 무』 정소정 옮김, 동서문화사.
사르트르	『변증법적 이성 비판』 박정자 옮김, 나남.
구조주의 철학	
레비스트로스	『슬픈 열대』 박옥출 옮김, 한길사.
레비스트로스	『야생의 사고』 안정남 옮김, 한길사.
알튀세르	『철학적 맑스주의』 서관모 · 백승욱 옮김, 새길아카데미.
알튀세르	『철학에 대하여』 서관모 옮김, 동문선.
소쉬르	『일반 언어학 강의』 최승언 옮김, 민음사.
푸코	『말과 사물』 이규현 옮김, 민음사.
푸코	『담론의 질서』 이정우 옮김, 중원문화.
라캉	『욕망 이론』 민승기 옮김, 문예출판사.
라캉	『세미나』 맹정현 · 이수련 옮김, 새물결.
후기구조주의와 포스트모더니즘 철학	
들뢰즈	『차이와 반복』 김상환 옮김, 민음사.

들뢰즈	『감각의 논리』 하태환 옮김, 민음사.
들뢰즈 · 가타리	『천 개의 고원』 김재인 옮김, 새물결.
데리다	『해체』 김보현 옮김, 문예출판사.
데리다	『환대에 대하여』 남수인 옮김, 동문선.
리오타르	『포스트모던의 조건』 이현복 옮김, 서광사.

동아시아 철학 독서 프로그램

동아시아 철학 총론	
장대년	『중국철학대강』 김백희 옮김, 까치.
풍우	『천인관계론』 김갑수 옮김, 연암출판사.
주홍성	『한국 철학 사상사』 김문용 옮김, 예문서원.
유가	
공자	『논어』 김형찬 옮김, 홍익출판사. 『시경』 김학주 옮김, 명문당.
맹자	『맹자』 우재호 옮김, 을유문화사.
순자	『순자』 이운구 옮김, 한길사.
좌구명	『춘추좌전』 장세후 옮김, 을유문화사.
두보	『시선』 이원섭 옮김, 현암사.
주희	『대학』 김미영 옮김, 홍익출판사.
자사	『중용』 김미영 옮김, 홍익출판사.
왕양명	『전습록』 김동휘 옮김, 신원문화사.
이황	『자성록』 최중석 옮김, 국학자료원.
이황 · 기대승	『사단칠정을 논하다』 임헌규 옮김, 책세상.
이이	『격몽요결』 이민수 옮김, 을유문화사.
이이	『동호문답』 정재훈 옮김, 아카넷.
도가	
노자	『도덕경』 최진석 옮김, 소나무.

열자	『열자』 김학주 옮김, 연암서가.
장자	『장자』 김학주 옮김, 연암서가.
김충열	『노장 철학 강의』 예문서원.
법가, 묵가, 잡가 등	
한비	『한비자』 임동석 옮김, 동서문화사.
묵적	『묵자』 윤무학 옮김, 길.
관자	『관자』 김필수 옮김, 소나무.
여불위	『여씨춘추』 김근 옮김, 글항아리.
왕필 주	『주역』 임채우 옮김, 길.
이지	『분서』 홍승직 옮김, 홍익출판사.
조선 후기 실학	
정약용	『목민심서』 다산연구회 옮김, 창작과비평사.
박제가	『북학의』 박정주 옮김, 서해문집.
박지원	『열하일기』 김혈조 옮김, 돌베개.

변화하는 역사

"특정한 생각이나 제도의 변동 역시 대체로 역사 변화와 궤를 같이한다."

역사는 다른 모든 분야나 주제의 근간이다. 철학이든 경제나 정치는 당시의 역사적인 상황에서 완전히 자유로울 수는 없는 노릇이기 때문이다. 정도의 차이만 있을 뿐 역사적 조건의 규정을 받으면서 특성을 드러낸다. 또한 특정한 생각이나 제도의 변동 역시 대체로 역사 변화와 궤를 같이한다.

현상 이해에 머물지 않고 구슬을 꿰듯 겉으로 드러난 사실을 연결하는 사고 능력을 훈련하려면 역사에 대한 풍부한 이해가 가장 빠른 길이다. 우리나라 역대 대통령 가운데 독서가로 가장 유명한 김대중 전 대통령은 자신에게 가장 큰 영향을 준 책으로 역사책을 꼽았다.

> "가장 큰 영향을 준 책이 무엇이냐고 물으면, 언제나 주저하지 않고 토인비의 『역사의 연구』라고 대답합니다. 그 책을 통해 인류 역사의 대파노라마의 전모를 파악할 수 있었으며, 도전과 응전에 의해 움직이는 역사 발전의 법칙을 깨달을 수 있었습니다. 토인비에게 직접 배운 일은 없지만, 그를 '정신의 스승'으로 생각하고 있습니다."

역사가 독서의 중심이라는 점은 많은 독서가들이 공통적으로 인정하는 부분이다. 역사적 맥락을 실로 삼아 개별 현상과 지식이라는 구슬을 꿰어야 한다. 조선의 실학자 박지원은 사마천의 『사기』에서 가장 큰 영향을 받았다고 한다. 수많은 인물의 이야기를 비교하는 일도 흥미롭지만 무엇보다도 강렬한 현실 비판 의식과 인간 중심 사상이 깃들어 있기 때문이라고 한다.

하지만 역사 공부에는 심각한 난점이 있다. 역사적 사실은 직접 경험할 수 있는 대상이 아니다. 문자나 그림처럼 기호화된 사료 상태로 주어진다. 얼마든지 왜곡과 비뚤어진 통념이 작용하기 쉽다. 역사만큼 통념이 강하게 작용하는 분야도 없다. 어느 분야든 통념에 의해 왜곡된 사고방식이 우리를 지배하는 경향이 있지만 역사는 지나치다 싶을 정도로 심하다. 역사가 사실 그대로를 보여주지 않는다는 점을 웬만큼 알고 있는데도 불구하고 좀처럼 두터운 통념의 틀 안에서 벗어나기 힘들다.

흔히 역사는 승자의 기록이라는 말을 상식처럼 한다. 역사는 현실의 지배와 피지배 관계에 알몸으로 노출되어 있기 때문이다. 한 나라 안에서는 오랜 기간 지배력을 행사한 통치 세력의 이해를 대변하면서 그들의 구미에 맞도록 왜곡된다. 전 세계 차원으로는 이른바 제국의 지위를 누리는 국가 혹은 주도권을 행사하는 지역의 이해관계를 반영한다.

왜 승자나 강자의 기록이라는 점을 알면서도 대부분 통념의 언저리에서 배회할까? 최소한 10여 년 이상의 교육과정에서 반복적으로 주입받아온 내용이 켜켜이 쌓여 있어서 자연스럽게 자리를 잡은 것으로 보인다. 문제는 여기에 그치지 않고 사회생활을 하는 내내 대중매체에 의해 제공되는 정보나 하다못해 술자리 안줏거리로 나온 대화에서도 통념은 반복적으로 우리를 사로잡는다. 통념이 관성과 만날 때 그 힘은 몇 배로 커진다.

그러므로 역사는 다른 어느 분야 독서보다도 풍부한 이해가 필요하고, 상식을 뒤집어 보는 의심의 눈길이 필요하다. 이익이 『성호사설』에서 다음과 같이 강조한 이유도 여기에 있다.

> "역사책에 나오는 고금의 성공과 실패, 날카로움과 둔함은 그때의 우연에 따른 것이 워낙 많다. 선과 악, 어짊과 어리석음의 구별이 반드시 그 실지를 얻은 것도 아니다. 지난 역사를 두루 살펴보고 여러 책에서 증거를 찾아 참고 · 대조해서 비교해 보아야 한다. 진실로 오로지 한 가지 책만 믿고서 단정해서는 안 된다."

이익은 현실의 사건 가운데 상당 부분은 한 개의 원인에 한 개의 결과가 정확하게 쌍으로 연결되어 나타나지는 않는다고 설명한다. 수많은 요인이 복잡하게 뒤얽히기 마련이고, 더 나아가서는 요행과 우연이 뒤죽박죽 섞이는 경우도 많다. 하지만 사료를 만든 역사가는 당시 지배적 지위에 있던 세력이나 인물의 이해에 맞도록 특정한 요소를 부풀리거나 인과관계를 왜곡시켜 정리하기도 한다. 만약 한쪽의 관점에서 서술된 사료나 해석만 보고 확신을 갖는다면 스스로 왜곡의 길로 빠진다. 역사는 독서 과정에서 더 풍부하게 비교와 대조 작업이 이루어져야 하는 분야다.

특히 통념에 도전하는 작업이 상당히 미약한 한국 사회에서 이익의 충고는 더욱 중요하고 직접적인 현실성을 갖는다. 서점에는 세계사를 다룬 책이 적지 않지만 대부분 흥미 위주로 세계에서 벌어진 여러 사건을 나열해놓은 경우가 많다. 말 그대로 정보의 단순한 소개에 머문다. 문제는 단순 사실이라고 믿는 정보 안에 이미 특정한 편견이나 왜곡이 녹아 있다는 점이다. 비판적 관점에서 고정관념에 도전하는 경우도 꾸준히 한 부분을 차지하지만 전체로 봐서는 여전히 열세다.

모든 역사적 사건을 다 꼼꼼하게 접하고 이해할 수는 없는 노릇이다. 또한 연예인 이야기처럼 사소한 흥미 위주의 에피소드는 시간 낭비를 초래할 뿐이다. 역사를 공부하는 목적은 과거를 통해 오늘과 내일을 대비하기 위함이고, 이를 위해서는 변동 과정과 그 요인에 초점을 맞춰야 한다. 세계 역사에서 주요한 분기점에 해당하는 굵직굵직한 변동을 중심으로 다양한 시각을 접할 수 있도록 정리해보았다.

세계사 독서 프로그램

역사 총론	
토인비	『역사의 연구』 원창화 옮김, 홍신문화사.
카	『역사란 무엇인가』 김택현 옮김, 까치.
홉스봄	『역사론』 강성호 옮김, 민음사.
블로흐	『역사를 위한 변명』 고봉만 옮김, 한길사.
곰브리치	『세계사』 이내금 옮김, 자작나무.
번즈	『서양 문명의 역사』 박상익 · 손세호 옮김, 소나무.
몽고메리	『전쟁의 역사』 승영조 옮김, 책세상.
권홍우	『부의 역사』 인물과사상사.
구석기 원시공동체	
드 손빌 보르드	『구석기시대』 정영화 옮김, 학술원.
피어슨	『죽음의 고고학』 이희준 옮김, 사회평론.
말리노프스키	『미개사회의 성과 억압』 한완상 옮김, 삼성출판사.
프레이저	『황금가지』 박규태 옮김, 을유문화사.
임두빈	『원시미술의 세계』 가람기획.
신석기 · 청동기와 초기 고대국가	
크레이머	『역사는 수메르에서 시작되었다』 박성식 옮김, 가람기획.
조철수	『수메르 신화』 서해문집.
노이바트	『왕들의 계곡』 이규조 옮김, 일빛.
이온스	『이집트 신화』 심재훈 옮김, 범우사.
티라드리티	『이집트 불멸을 이루다』 권영진 옮김, 예경.
최순욱	『북유럽 신화 여행』 서해문집.
고대 그리스	
아리스토텔레스	『고대 그리스 정치사 사료』 최자영 · 최혜영 옮김, 신서원.
플루타르코스	『영웅전』 이성규 옮김, 현대지성.
모세	『고대 그리스의 시민』 김덕희 옮김, 동문선.
볼핀치	『그리스 로마 신화』 한백우 옮김, 홍신문화사.

디킨슨	『그리스인의 이상과 현실』 박만준 옮김, 서광사.
휴즈	『아테네의 변명』 강경이 옮김, 옥당.
로마제국의 수립과 멸망	
카이사르	『갈리아 전기』 김한영 옮김, 사이.
마키아벨리	『로마사 논고』 강정인 옮김, 한길사.
기번	『로마제국 쇠망사』 송은주 옮김, 민음사.
로렌스	『로마제국 쾌락의 역사』 최기철 옮김, 미래의창.
셰이드	『로마인의 삶』 손정훈 옮김, 시공사.
중국 고대국가	
사마천	『사기』 김원중 옮김, 민음사.
좌구명	『춘추좌씨전』 문선규 옮김, 명문당.
마스페로	『고대 중국』 김선민 옮김, 까치.
왕리췬	『진시황 강의』 홍순도 · 홍광훈 옮김, 김영사.
프랑포리	『고대 중국의 재발견』 김주경 옮김, 시공사.
서양 중세와 십자군 전쟁	
하위징아	『중세의 가을』 이종인 옮김, 연암서가.
르 고프	『서양 중세 문명』 유희수 올김, 문학과지성사.
푸어만	『중세로의 초대』 안인희 옮김, 이마고.
말루프	『아랍인의 눈으로 본 십자군 전쟁』 김미선 옮김, 아침이슬.
타트	『십자군 전쟁』 안정미 옮김, 시공사.
몽골제국의 역사	
카르피니 · 루브룩	『몽골제국 기행』 김호동 옮김, 까치.
폴로	『동방견문록』 배진영 옮김, 서해문집.
모건	『몽골족의 역사』 권용철 옮김, 모노그래프.
김호동	『몽골제국과 세계사의 탄생』 돌베개.
이슬람과 문명 충돌	
정수일	『이슬람 문명』 창작과비평사.
시디퀴	『처음 만나는 이슬람』 김수안 옮김, 행성B온다.
사이드	『문화와 제국주의』 박홍규 옮김, 문예출판사.

헌팅턴	『문명의 충돌』 이희재 옮김, 김영사.
프랑스대혁명과 나폴레옹전쟁	
뒤비	『프랑스 문명사』 김현일 옮김, 까치.
뒤프	『프랑스 사회사』 박단 · 신행선 옮김, 동문선.
프리몬–반즈 · 피셔	『나폴레옹 전쟁』 박근형 옮김, 플래닛미디어.
앤더슨	『절대주의 국가의 계보』 김현일 옮김, 현실문화.
홉스봄	『혁명의 시대』 정도영 옮김, 한길사.
홉스봄	『1780년 이후의 민족과 민족주의』 강명세 옮김, 창작과비평사.
대공황과 제2차 세계대전	
스마일리	『세계 대공황』 유왕진 옮김, 지상사.
김수행	『세계 대공황』 돌베개.
킨들버거	『대공황의 세계』 박명섭 옮김, 매일경제신문사.
챈슬러	『금융 투기의 역사』 강남규 옮김, 국일증권경제연구소.
브로샤트	『히틀러 국가』 김학이 옮김, 문학과지성사.
오인석	『바이마르공화국의 역사』 오인석 옮김, 한울.
사회주의의 출현과 몰락	
웹	『영국노동조합운동사』 김금수 옮김, 형성사.
노브	『소련경제사』 김남섭 옮김, 창작과비평사.
맥더모트 · 애그뉴	『코민테른』 황동하 옮김, 서해문집.
하루키	『역사로서의 사회주의』 고세현 옮김, 창작과비평사.
트로츠키	『트로츠키주의』 강대진 옮김, 풀무질.
후쿠야마	『역사의 종말』 이상훈 옮김, 한마음사.
68혁명과 현대 민주주의	
카치아피카스	『신좌파의 상상력』 이재원 옮김, 난장.
진	『미국민중지항사』 조선혜 옮김, 일월서각.
월린	『이것을 민주주의라고 말할 수 있을까』 우석영 옮김, 후마니타스.
네그리 · 가타리	『자유의 새로운 공간』 조정환 옮김, 갈무리.

사회라는 일상의 무대

"일상에 뿌리를 내리지 못하는 학문이라면 지적인 유희에 머물기 십상이다."

학문을 몇 손가락 이내로 분류한다면 반드시 포함되어야 하는 것이 인간이 사회와 어떻게 만나야 하는지를 다루는 논의다. 여기에 인간이 자연과 어떤 관계를 맺어야 하는지, 인간이 자신의 내면과 어떻게 만나야 하는지 등이 함께 언급될 것이다. '사회적 동물'이라는 말이 통용될 정도로 사회를 구성하여 살아가는 일이 인간의 대표적 특성이다.

전통적으로 사회학의 뜨거운 주제 중 하나가 개인과 사회의 관계다. 역사적으로 사회가 일차적이고 개인에 우선한다는 논리가 지배적이었다. 개인 중시 논리는 곧바로 이기주의에 불과하다는 지탄을 받았다. 개인의 이해를 넘어선 국가와 민족을 위한 희생만이 값지고 사회 구성원으로서 정의로운 역할을 훌륭하게 수행한 것으로 여겨져왔다.

사회 단위 중에서도 국가는 단연 일차적인 중요성을 인정받아왔다. 부모가 아이를 보호하듯이 국가도 의식주를 비롯하여 개인의 가장 중요한 필요를 충족시켜주고 안전을 지켜주기 위해 생겨났다는 관점이 지배적이었다. 인류는 처음부터 자연스럽게 국가를 가지고 있었고, 국가가 없는 공동체는 야만인에 불과하다는 생각이다. 국가가 개인에 대해 항상 우선한다는 사고방식이 오랜 기간 상식처럼 자리 잡았다.

근대 시민혁명을 거치며 개인과 사회의 관계에서는 새로운 문제의식이 터져 나왔다. 신분제 논리가 무너진 후 근대 사상가들은 사회계약론에서 새로운 원리를 찾고자 했다. 이 가운데 루소의 문제의식이 상당한 영향을 미쳤는데, 사회계약은 기본적으로 자유로운 개인에서 출발한다. 사회는 주권을 가진 개인에 의해 만들어진 구성물에 불과하다는 생각이다. 혹은 밀처럼 자유론의 원리를 통해 사회 전체 이익을 근거로 무조건 개인에게 희생을 요구하고 개입하는 경향에 저항한다. 마찬가지로 국가에 대해서도 여러 의문이 제기된다. 개인에 의해 국가가 어떻게 통제될 수 있을까 고민하는 계기가 만들어진다.

사회정의의 기준을 어디서 찾아야 하는지도 이와 밀접하게 연관을 맺는다. 고대국가에서는 개인적 요소로서의 덕과 사회적 삶을 조화시키는 데서 정의의 기준을 찾으려 했다. 중세에 들어서면서 정의의 문제는 신에 의한 정의라는 절대적 영역으로 고정화되었다. 근대에 접어들어서는 공리주의를 통해 분배적 정의가 중요한 쟁점으로 부상했다. 그만큼 정의의 기준은 시대와 상황에 따라 적지 않은 차이를 보인다.

법과 정의의 관계도 사회 영역에서 중요한 과제였다. 특히 국가의 정체성을 규정하고 국민의 권리와 의무를 담고 있으며, 법률을 비롯하여 모든 법적 규범의 기준이 되는 헌법이 주요 관심사였다. 헌법이나 법률이 사회 규범의 기준 역할을 하기 때문에, 변화와 거리를 두는 안정성이 가장 중요하다는 견해가 강했다. 하지만 현대사회로 접어들면서 점차 안정성보다 정의 여부가 중요 기준이 되어야 한다는 견해가 강조된다.

학문적으로는 뜨거운 쟁점이지만 현실에서 대부분의 사회 구성원은 여기에 별 관심이 없다. 일단 헌법을 비롯해 법 자체를 이해할 대상이 아니라 지켜야 할 대상으로 생각하는 경향이 다분하기 때문이다. 문제는 법에 대한 무관심과 이해 부족으로 인해 특정한 정부나 세력이 법 해석을 독점하면서 개인의 위축을 낳는다는 점이다. 헌법을 비롯한 법 원리에 대한 이해는 사회 영역 독서에서 주요한 관심 대상으로 자리 잡아야 한다.

과학기술 발달도 사회 변화를 일으키는 주요 요인이다. 과학기술 발달에 따른 산업화와 현대사회의 상징인 대도시는 환경 파괴의 박물관이 되었다. 특히 정보화 기술은 아주 짧은 기간에 사회와 생활 조건을 통째로 바꿔놓았다. 사람들은 과학기술과 정보화 시대의 새로운 인간상에 적합하도록 스스로를 변화시키려 애쓴다. 미래의 과학기술 발전과 경제 성장이 초래할 결과를 예측하고 대비하는 작업도 사회 분야 탐구의 중요한 과제다.

최근 사회학에서는 과거에 학문 외부의 영역으로 치부되던 일상생활이 주요 연구 대상으로 부상하는 중이다. 과거에는 학문이 구체적 일상에서 멀어지고 추상화되는 과정이었다. 현실의 인간은 일상에 발을 딛고 살아간다. 학문이 일상에서 멀어지는 순간 인간에게서도 멀어진다. 문제는 권력이 일상을 지배함으로써 힘을 발휘한다는 점이다.

일상에서 개인이 자유를 느끼지 못할 때, 신분적 자유의 보장을 자유의 충족 여부를 가늠하는 유일한 기준으로 삼을 때 자유는 형식으로 전락한다. 주변을 조금만 낯선 시선으로 살펴보면, 표준화되고 규격화된 사회 속에서 감시와 통제의 망이 갈수록 촘촘해지고 있음을 발견한다. 시장은 소비 욕구와 효율성을 무기로 개인의 일상 공간으로 소리 없이 스며들어 의식과 행동을 쥐락펴락한다.

일상에 대한 권력과 자본의 영향력이 커지는 상황에서 개인의 위상이 갈수록 위축되고 있다. 대중매체와 이미지, 소비와 유행, 여가와 놀이, 음식과 산업, 자살과 젊음 등 학문에 적합하지 않다고 여겨졌던 자잘한 소재, 즉 일상이 학문적 탐구의 주제로 복권되지 않는다면 개인은 계속 무력감을 갖고 살아야 한다. 일상에 뿌리를 내리지 못하는 학문이라면 지적인 유희에 머물기 십상이다. 마찬가지로 사회 분야에 대한 독서의 범위도 일상의 주제에 밀착하는 방향으로 갈 필요가 있다.

사회학 독서 프로그램

정치와 권력	
플라톤	『국가』 천병희 옮김, 숲.
마키아벨리	『군주론』 강정인 · 김경희 옮김, 까치.
홉스	『리바이어던』 신재일 옮김, 서해문집.
로크	『통치론』 강정인 옮김, 까치.
루소	『사회계약론』 이재형 옮김, 문예출판사.
엥겔스	『가족, 사유재산, 국가의 기원』 김대웅 옮김, 두레.
베버	『행정의 공개성과 정치 지도자 선출』 이남석 옮김, 책세상.
아렌트	『전체주의의 기원』 이진우 · 박미애 옮김, 한길사.
밀스	『파워 엘리트』 정명진 옮김, 부글북스.
보비오	『자유주의와 민주주의』 황주홍 옮김, 문학과지성사.
가세트	『대중의 반역』 황보영조 옮김, 역사비평사.
롤스	『정치적 자유주의』 장동진 옮김, 동명사.
진	『오만한 제국』 이아정 옮김, 당대.

카터	『직접행동』 조효제 옮김, 교양인.
최장집	『민주화 이후의 민주주의』 후마니타스.
법과 사회정의	
플라톤	『법률』 박종현 옮김, 서광사.
몽테스키외	『법의 정신』 이재형 옮김, 문예출판사.
바스티아	『법』 김정호 옮김, 자유기업센터.
벡카리아	『범죄와 형벌』 한인섭 옮김, 박영사.
켈젠	『순수법학』 변종필 옮김, 길안사.
라드브루흐	『법철학』 최종고 옮김, 삼영사.
롤스	『만민법』 장동진 옮김, 이끌리오.
롤스	『정의론』 황경식 옮김, 이학사.
이샤이	『세계인권사상사』 조효제 옮김, 길.
김철수	『한국헌법』 법원사.
예링	『권리를 위한 투쟁』 윤철홍 옮김, 책세상.
박홍순	『헌법의 발견』 비아북.
사회현상과 사회학	
뒤르켐	『자살론』 황보종우 옮김, 청아출판사.
뒤르켐	『사회분업론』 민문홍 옮김, 아카넷.
고프먼	『상호작용 의례』 진수미 옮김, 아카넷.
보부아르	『제2의 성』 조홍식 옮김, 을유문화사.
프롬	『자유로부터의 도피』 김석희 옮김, 휴머니스트.
푸코	『감시와 처벌』 오생근 옮김, 나남.
보드리야르	『소비의 사회』 이상률 옮김, 문예출판사.
부르디외	『텔레비전에 대하여』 한택수 옮김, 동문선.
매클루언	『미디어의 이해』 김상호 옮김, 커뮤니케이션북스.
바르트	『현대의 신화』 이화여자대학교기호학연구소 옮김, 동문선.
기든스	『현대 사회학』 김미숙 옮김, 을유문화사.
카이와	『놀이와 인간』이상률 옮김, 문예출판사.
쌍소	『느리게 산다는 것의 의미』 김주경 옮김, 동문선.

리프킨	『육식의 종말』 신현승 옮김, 시공사.
사회변동과 미래	
토플러	『제3의 물결』 원창엽 옮김, 홍신문화사.
토플러	『권력이동』 이규행 옮김, 한국경제신문사.
게이츠	『빌 게이츠@생각의 속도』 안진환 옮김, 청림출판.
기든스	『제3의 길』 한상진 · 박찬욱 옮김, 책과함께.
와이즈먼	『인간 없는 세상』 이한중 옮김, 랜덤하우스코리아.
미첼	『비트의 도시』 이희재 옮김, 김영사.
휘태커	『개인의 죽음』 이명균 옮김, 생각의나무.
소로	『시민의 불복종』 강승영 옮김, 은행나무.
마르틴 외	『세계화의 덫』 강수돌 옮김, 영림카디널.
미겔	『성장의 종말』 이미옥 옮김, 에코리브르.
데이비스	『미래의 부』 신동욱 옮김, 세종서적.
니어링	『조화로운 삶』 류시화 옮김, 보리.

다양한 경제 문제

> “시장과 정부 관계에 대한 논쟁이 다시 첨예해지고 있다.”

현대는 아이로니컬하게도 더 많은 풍요가 더 많은 빈곤을 낳는 사회다. 사회 전체의 부가 증가할수록 다수는 더 큰 결핍감과 빈곤감에 시달린다. 한국 사회만 놓고 보더라도 불평등 정도를 나타내는 지니계수가 악화된 상태에서 호전될 기미가 보이지 않는다. 상위 10퍼센트 계층과

하위 10퍼센트 계층 사이의 부의 격차가 계속 벌어지고 있으니 말이다.

경제성장과 빈부 격차를 둘러싼 가장 뜨거운 논쟁은 시장에 대한 정부의 개입으로 인해 벌어진다. 지난 수십 년간 자본주의경제를 지배해온 상식은 자유시장 확대와 정부 역할 축소를 중심으로 하는 신자유주의였다. 서구 사회는 물론이고 세계를 지배한 신자유주의 이데올로기는 경제, 정치, 문화 등 현대사회 각 분야에서 막강한 영향력을 행사했다.

하지만 반복되는 불황과 세계 금융 위기는 정부 간섭에서 자유로운 시장의 영광을 하루아침에 흔들어버렸다. 회복이 어려울 정도로 격화되는 빈부 격차의 골이 시장의 환상에 대한 회의적 시선을 확대시키고 있다. 미국을 비롯한 주요 자본주의국가에서조차 위기 대응책으로 다시 정부의 적극적인 시장 개입의 필요성이 대두되었고, 이에 따라 시장과 정부 관계에 대한 논쟁이 다시 첨예해지고 있다.

자유주의 고전 경제학과 현대의 신자유주의 경제학은 정부 간섭에서 벗어난 시장의 자율성을 주장한다. 철저하게 개인의 능력과 자유로운 이윤 추구 극대화 동기에 맡길 때 효과적으로 사회와 개인이 발전할 수 있다는 입장이다. 시장은 정부 개입에서 벗어나 자유로운 개인이 주체가 되어야 한다고 주장한다. 정부의 적극적 개입을 주장하는 입장에서는 공황과 불황의 원인이 소비 능력 저하에 있고 이를 해결하기 위해서는 정부의 재정지출을 늘리는 방식의 개입이 필요하다고 강조한다.

이에 대한 우려와 재반론도 만만치 않다. 이미 20세기 중반에 정부의 시장 개입에 따른 문제점이 크게 나타났다는 것이다. 정부 개입이 불러온 경기 침체 속의 물가 인상, 즉 스태그플레이션의 악몽을 잊지 말아야 한다고 주장한다. 단기적인 위기 수습책 정도면 몰라도, 결국 장기적으로는 재정 적자에 따른 인플레이션을 방지할 수 있는 신자유주의 정책 중심으로 돌아갈 수밖에 없다는 것이다.

보다 근본적인 문제의식을 제기하는 입장도 있다. 시장과 정부의 관계에 머물지 않고 사적 소유 자체의 문제로까지 문제의 성격을 확장하는 견해다. 마르크스주의 경제학을 비롯하여 근본적·구조적 혁신의 필요성을 제기하는 세력이 여기에 포함된다. 현재의 문제를 시장의 위기라고 할 수 있다면, 시장의 위기는 자본주의의 위기와 밀접한 관련을 맺고 있다고 믿는다. 수시로 각 지역에서 나타나는 심각한 경제 불황 양상은 앞으로 전 세계 규모로 나타날 대공황의 전조라는 문제의식이다. 문제 해결을 위해서는 정부의 시장 개입을 넘어 생산 영역과 소유 영역을 포함한 보다 근본적 차원으로까지 나아가야 한다는 것이다.

경제 분야 독서는 당장의 경제 현상에 대한 이해, 경제적 효율성 증가에 대한 이해를 넘어 경제 원리 전반으로까지 나아가야 한다. 자본주의경제를 바라보는 기본적인 시각은 물론이고 자유와 평등에 대한 이해, 개인주의의 가치문제에 이르기까지 매우 폭넓고 다양한 쟁점을 포함한다. 자본주의경제의 성격, 시장의 본질 등을 규명하기 위해서는 독서 범위를 세계 경제의 역사와 고전 경제학, 현대 자유주의 경제학, 마르크스 경제학과 케인스 경제학을 비롯한 자유주의 비판 입장 등으로 확장해야 한다.

경제학 독서 프로그램

경제 총론	
부크홀츠	『죽은 경제학자의 살아있는 아이디어』 류현 옮김, 김영사.
짐멜	『돈의 철학』 김덕영 옮김, 길.
김수행	『알기 쉬운 정치경제학』 서울대학교출판문화원.
유시민	『부자의 경제학, 빈민의 경제학』 푸른나무.
홉스봄	『자본의 시대』 정도영 옮김, 한길사.
빌라르	『금과 화폐의 역사 1450-1920』 김현일 옮김, 까치.
챈슬러	『금융투기의 역사』 강남규 옮김, 국일증권경제연구소.
암스트롱	『1945년 이후의 자본주의』 김수행 옮김, 동아출판사.
코헨	『화폐와 권력』 박영철 옮김, 시유시.
고전 경제학	
애덤 스미스	『국부론』 김수행 옮김, 비봉출판사.
애덤 스미스	『도덕감정론』 박세일 · 민경국 옮김, 비봉출판사.
맬서스	『인구론』 이서행 옮김, 동서문화사.
리카도	『정치경제학과 과세의 원리에 대하여』 권기철 옮김, 책세상.
밀	『정치경제학 원리』 박동천 옮김, 나남.
베블런	『자본의 본성에 관하여』 홍기빈 옮김, 책세상.
현대 자유주의 경제학	
하이예크	『자유헌정론』 김균 옮김, 자유기업센터.
하이예크	『치명적 자만』 신중섭 옮김, 한국경제연구원.
프리드먼	『선택의 자유』 조덕구 옮김, 명지사.
미제스	『경제적 자유와 간섭주의』 윤용준 옮김, 자유기업원.
슘페터	『자본주의 · 사회주의 · 민주주의』 변상진 옮김, 한길사.
뷰캐넌	『윤리와 경제진보』 이필우 옮김, 한국경제연구원.
드러커	『자본주의 이후의 사회』 이재규 옮김, 한국경제신문사.
노직	『아나키에서 유토피아로』 남경희 옮김, 문학과지성사.
서로우	『지식의 지배』 한기찬 옮김, 생각의나무.

자유주의 경제학 비판	
마르크스	『자본론』 김수행 옮김, 비봉출판사.
레닌	『제국주의론』 남상일 옮김, 백산서당.
케인즈	『고용, 이자 및 화폐의 일반이론』 조순 옮김, 비봉출판사.
조지	『진보와 빈곤』 김윤상 옮김, 비봉출판사.
폴라니	『거대한 전환』 홍기빈 옮김, 길.
폴라니	『인간의 경제』 박현수 옮김, 풀빛.
노브	『실현 가능한 사회주의의 미래』 대안체제연구회 옮김, 백의.
리프킨	『소유의 종말』 이희재 옮김, 민음사.
리프킨	『노동의 종말』 이영호 옮김, 민음사.
슈마허	『작은 것이 아름답다』 이상호 옮김, 문예출판사.
피케티	『21세기 자본』 장경덕 옮김, 글항아리.

왜곡된 심리학

" 균형을 잡으려면 우리의 관심을 사회적 행위와 이를 둘러싼 감정으로 넓혀야 한다. "

내면을 탐구하고자 하는 욕구, 그중에서도 내밀한 무의식의 영역을 들여다보고자 하는 욕구가 커지는 추세다. 서점 진열대에 심리학 관련 책이 범람하기 시작한 지 이미 오래되었다. 극단적인 경쟁 사회에서 자아분열을 강제당하며 자기가 누구인지 찾고자 하는 욕구가 자라나는 현상은 자연스럽다.

하지만 현실의 심리학 관심은 상당히 왜곡되어 있다. 서점에 나와 있는 심리학 관련 책의 압도적 다수가 개인 심리학 관점이다. 심리학을 개인의 높은 벽 안에 지나치게 가두는 경향이 있는 것이다. 복잡하고 골치 아픈 세상에서 벗어나 마음속에 외부의 침입을 막을 수 있는 깊은 방공호를 파는 듯한 내용으로 채워져 있다. 어떤 사람이 특정한 심리 상태에 빠져 있는 이유는 철저하게 개인의 성장 과정에서 겪은 부모와의 관계나 독특한 사정과 관련된다.

원인이 개인과 그가 속한 가정에 뿌리를 두고 있기 때문에 자연스럽게 해결 방향과 구체적인 방법도 개별적인 차원에서 찾아야 한다. 상당 부분은 사회와 무관하게 개인이 알아서 풀어야 할 문제다. 당연히 이를 진단하고 치유하는 일도 정신분석을 하는 심리학자 개인과 환자 개인 사이의 관계로 국한된다.

정신분석학과 철학적·사회적 기반을 상실한 채 부유할 때 심리학은 그저 개인의 '고급스러운' 취향이거나 잡다한 수다로 전락하기 쉽다. 혹은 골방에 틀어박혀 있어도 세상을 다 알 수 있고, 심리 상담실에 있는 두 사람만의 의자에서 모든 것을 찾을 수 있다고 믿는 정신의학자의 오만에 머물기도 한다.

심리학과 관련된 우리의 관심과 독서는 철학적 기반과 사회적 뿌리로 확장되어야 한다. 이를 위해서는 무엇보다도 정신분석 이론의 가장 중요한 토양 역할을 하는 프로이트를 만나야 한다. 일방적인 수용을 말하는 것은 아니다. 먼저 핵심적 문제의식을 이해하는 과정이 필수이겠지만, 여기에 머물지 말고 한계와 모순까지 파악해야 한다. 프로이트 이후 비판과 수정 과정을 통해 새롭게 형성된 현대 심리학의 성과를 적극적으로 담아내 비교하는 작업이 포함되어야 한다.

독서의 범위를 조금 더 구체적으로 잡으면, 심리학의 가장 중요한 영역인 무의식의 정체와 구조를 분석하고, 무의식이 개인이나 사회와 만나는 지점을 포함해야 한다. 무의식을 찾아 떠나는 여행이 우연한 만남을 기대하는 작업이 아니라 나름의 필연성을 가진 과학 영역과 어떻게 연결되는지를 찾는 작업도 중요하다.

시중의 심리학 관련 책에서 가장 많은 부분을 차지하는 개인 심리학, 즉 개인의 마음을 흔들어대는 다양한 감정 영역을 보다 세분화시켜 접근할 필요가 있다. 많은 사람이 가장 관심을 갖는 불안과 우울 감정을 비롯하여 우월감과 열등감, 성의 차이에 따른 감정의 차이 등이 여기 해당된다.

하지만 심리학 독서가 균형을 잡으려면 우리의 관심을 사회적 행위와 이를 둘러싼 감정으로 넓혀야 한다. 사람들은 왜 지배하고 복종하려는 심리 상태를 갖는지, 그 과정에서 사디즘과 마조히즘이 어떻게 작동하는지를 탐구하는 일은 지극히 흥미롭다.

사회적 조건과 사회적 심리가 맞물리면서 어떻게 범죄 현상으로 연결되는지를 추적하는 일도 마찬가지다. 정보화사회로 진입하면서 사회 전반적인 현상으로 나타나는 다중 인격성도 심리학의 주요 관심 대상이 되어야 한다.

심리학 독서 프로그램

정신분석 이론	
프로이트	『꿈의 해석』 이환 옮김, 돋을새김.
프로이트	『정신분석 강의』 임홍빈 · 홍혜경 옮김, 열린책들.
프로이트	『문명 속의 불만』 성해영 옮김, 서울대학교출판문화원.
프로이트	『정신분석운동』 박성수 옮김, 열린책들.
프로이트	『억압, 증후 그리고 불안』 황보석 옮김, 열린책들.
아들러	『심리학이란 무엇인가』 김문성 옮김, 스타북스.
융	『무의식 분석』 설영환 옮김, 선영사.
융	『인간과 상징』 이윤기 옮김, 열린책들.
융	『무엇이 개인을 이렇게 만드는가?』 김세영 옮김, 부글북스.
야스퍼스	『정신병리학 총론』 송지영 옮김, 아카넷.
들뢰즈	『프루스트와 기호들』 서동욱 옮김, 민음사.
들뢰즈 · 가타리	『천개의 고원』 김재인 옮김, 새물결.
존 썰	『심리철학과 과학』 김용관 옮김, 소나무.
퍼슨	『몸 · 영혼 · 정신』 손봉호 옮김, 서광사.
사회심리학	
고프먼	『상호작용 의례』 진수미 옮김, 아카넷.
마르쿠제	『프로이트 심리학 비판』 오태환 옮김, 선영사.
아렌트	『예루살렘의 아이히만』 김선욱 옮김, 한길사.
레비	『이것이 인간인가』 이현경 옮김, 돌베개.
기든스	『현대성과 자아정체성』 권기돈 옮김, 새물결.
밀그램	『권위에 대한 복종』 정태연 옮김, 에코리브르.
레인	『만들어진 우울증』 이문희 옮김, 한겨레출판사.
김태형	『싸우는 심리학』 서해문집.
베그	『도덕적 인간은 왜 나쁜 사회를 만드는가』 이세진 옮김, 부키.
개인 심리학	
아들러	『삶의 과학』 정명진 옮김, 부글북스.
에릭슨	『아이덴티티』 이부영 옮김, 삼성출판사.

프란츠	「개성화 과정」『인간과 상징』 김양순 옮김, 동서문화사.
리만	『불안의 심리』 전영애 옮김, 문예출판사.
키에르케고르	『불안의 개념』 임춘갑 옮김, 다산글방.
살츠	『비밀스런 삶의 해부』 박정숙 옮김, 에코리브르.
하틀리 · 카린치	『거짓말의 비밀』 김상태 옮김, 북노마드.
네틀	『성격의 탄생』 김상우 옮김, 와이즈북.
카터	『다중인격의 심리학』 김명남 옮김, 교양인.
서덜랜드	『비합리성의 심리학』 이세진 옮김, 교양인.
핑커	『마음은 어떻게 작동하는가』 김한영 옮김, 동녘사이언스.
카플란	『성의 심리학』 김태련 옮김, 이화여자대학교출판부.
다이어	『행복한 이기주의자』 오현정 옮김, 21세기북스.
그레이	『화성에서 온 남자, 금성에서 온 여자』 김경숙 옮김, 동녘라이프.
네이시	『이너프』 강미경 옮김, 예담.
르무안	『유혹의 심리학』 이세진 옮김, 북폴리오.
번	『심리게임』 조혜정 옮김, 교양인.

사랑에 대한 한 연구

"현실에서 살아가는 우리 모두에게 직접 연관된 문제다."

인류 역사를 통틀어서 소설과 시를 비롯한 문학작품의 최고 인기 주제는 사랑이다. 사람들은 문자를 통해 신화를 기록한 순간부터 현재에 이르기까지 사랑의 설렘이나 이별의 고통을 고스란히 문학에 담았다. 사랑 표현에는 당연히 정신적인 측면만이 아니라 육체적인 측면이 포함된다. 성적인 욕망을 둘러싼 희열과 갈등도 항상 마음을 요동치게 했다.

문학만의 관심은 아니다. 철학도 고대에서 현대까지 사랑의 의미를 둘러싸고 뜨거운 논란을 이어왔다. 특히 이성을 중심으로 한 정신과 감각의 근원인 육체를 구분하는 데 몰두했던 서양 주류 철학의 전통에서는 육체의 한계와 문제를 드러내는 가장 대표적인 근거로 성적인 욕망을 들었다. 이에 반발하며 쾌락의 의의를 적극적으로 주장하는 일부 철학자들이 활동했음은 물론이다.

사랑이란 무엇인가 하는 질문은 현실에서 살아가는 우리 모두에게 직접 연관된 문제다. 적어도 수천 년의 기록 속에 신화나 문학, 학문의 형태로 남아 있다. 또한 문화인류학을 통해 살아 있는 생생한 '화석'과 만날 수 있다. 나아가서는 자신을 포함하여 현대를 살아가는 수많은 사람들이 사랑하며 살아가는 궤적을 살펴볼 수도 있다.

그렇기 때문에 축적된 자료와 현실을 토대로 어느 정도의 범위 내에서 원리적 규명과 현실적 과제의 고민이 가능하다. 사랑을 추상 영역에서 땅으로 끌어내려 생생한 현실 문제로 다뤄야 한다. 인류 역사에서 사랑이란 무엇인가를 두고 여러 갈래의 논의가 있어왔지만 누가 뭐래도 가장 대표적이고 뜨거운 쟁점은 이성과 욕망의 문제다. 논쟁 과정에서 대부분 한쪽에는 정신, 분별, 질서 등이, 다른 쪽에는 육체, 충동, 무질서 등이 자리를 잡고 있다.

육체적 욕망은 오랜 기간 후하게 인정받아 봐야 고작 천덕꾸러기 취급 정도였다. 보통은 진실한 사랑에 훼방을 놓거나 파탄에 이르게 하는 주범으로 지목받았다. 심한 경우에는 개인과 개인 사이의 사랑 문제를 넘어 인류에게 도덕적 타락을 안기고, 한 국가를 파멸에 이르게도 하는 죄악의 근원이었다. 사랑을 하는 동안 자기 안에서 욕망의 그림자를 발견하면 죄책감을 느끼도록 요구받았다. 현대사회에 와서 욕망에 다소 관대해졌다고는 하지만 여전히 진정성을 지닌 사랑과는 거리가 먼 방종으로 여겨진다.

특히 한국 사회에서는 유교적 도덕률과 사고방식이 우리 의식 깊숙이 맹위를 떨치면서 욕망은 더 변방으로 밀려났다. 성인이라면 성적 욕망에 접근할 수 있는 기회가 훨씬 폭넓게 열려 있지만 은밀한 시간과 공간 안으로 제한된다. 최근 매체가 다양화되면서 약간 숨통이 트이기는 했지만 여전히 공적인 논의의 장에서 소외되어 있다는 점에서 욕망으로서의 사랑은 아직 제대로 시민권을 얻고 있지 못하다.

많은 사람이 사랑을 연구 대상으로 생각하지 않는 점도 문제다. 사랑은 그저 누구나 갖고 있는 감정의 문제일 뿐이고, 언제든지 기회만 찾아오면 만들 수 있는 관계에 불과하다고 생각한다. 다만 자신에게 좋은 상대가 찾아오지 않았을 뿐이라고, 혹은 자신의 수입이나 직업 조건이 아직 마땅하지 않을 뿐이라고 여긴다. 사랑에 대해 알고 싶어서 책을 읽는다고 하면 주변 사람들에게 아직 연애소설이나 읽는 사춘기냐는 핀잔을 받기 일쑤다.

하지만 곰곰이 생각해보면 인간에게 사랑만큼 중요한 문제가 또 있을까? 모든 학문의 최종 목표는 인간의 행복일 것이다. 우리의 행복에 기여하지 못하는 학문이라면 그것이 존립할 이유를 어디서 찾아야 할까? 만약 행복을 목표로 삼는다면 이를 충족시켜주는 것 중 두세 손가락 안에 들어갈 중요한 요소로 사랑을 꼽는 데 주저할 사람은 별로 없을 것이다.

사랑과 욕망이라는 주제에 대한 독서는 호기심 충족을 넘어 진지한 고민과 논의로 이어져야 한다. 몇 권의 소설을 읽고 개인적 경험을 덧붙이는 정도로는 불가능하다. 또한 다른 주제와 마찬가지로 사랑도 역사적 맥락과 변화 과정을 거쳐왔다. 고대, 중세와 르네상스, 근대, 현대까지 시대별로 변화를 추적하는 과정을 동반해야 한다. 다만 사랑과 성에 관련된 나의 독서 경험이 아직 동양이나 한국으로의 확장에는 상당히 부족하기 때문에 여기서는 서구에서의 논의에 국한된 목록을 제시하고자 한다.

사랑과 성 독서 프로그램

고대의 사랑과 성	
호메로스	**『오뒷세이아』 천병희 옮김, 숲**
조철수	**「인안나와 두무지 이야기」『수메르신화』 서해문집.**
에우리피데스	**「박코스의 여신도들」『에우리피데스 비극 전집 2』 천병희 옮김, 숲.**
에우리피데스	**「힙폴뤼토스」『에우리피데스 비극 전집 1』 천병희 옮김, 숲.**
아리스토파네스	**「여인들의 민회」『아리스토파네스 희극 전집 2』 천병희 옮김, 숲.**
오비디우스	**『변신 이야기』 이윤기 옮김, 민음사.**
아이스킬로스	**「자비로운 여신들」『오레스테이아』 두행숙 옮김, 열린책들.**
소포클레스	**『안티고네』 천병희 옮김, 문예출판사.**
니체	**『비극의 탄생』 박찬국 옮김, 아카넷.**

라에르티오스	『그리스철학자 열전』 전양범 옮김, 동서문화사.
플라톤	『소크라테스의 변론, 크리톤, 파이돈, 향연』 천병희 옮김, 숲.
에피쿠로스	『쾌락』 오유석 옮김, 문학과지성사.
말리노프스키	『미개사회의 성과 억압』 한완상 옮김, 삼성출판사.
중세의 사랑과 성	
보카치오	『데카메론』 장지연 옮김, 서해문집.
보카치오	『유명한 여자들』 임옥희 옮김, 나무와숲.
푹스	『풍속의 역사 2』 이기웅 옮김, 까치.
하위징아	『중세의 가을』 이종인 옮김, 연암서가.
아우구스티누스	『고백록』 성염 옮김, 경세원.
아퀴나스	『신학 대전』 정의채 옮김, 바오로딸.
단테	『신곡』 박상진 옮김, 민음사.
루터	『갈라디아서 강해』 종옥배 옮김, 한국기독학생회출판부.
칼뱅	『기독교 강요』 원광연 옮김, 크리스챤다이제스트.
에라스무스	『우신예찬』 강민정 옮김, 서해문집.
모어	『유토피아』 주경철 옮김, 을유문화사.
몽테뉴	『수상록』 손우성 옮김, 동서문화사.
솔레	『성애의 사회사』 이종민 옮김, 동문선.
탱	『사랑의 역사』 이규현 옮김, 문학과지성사.
양태자	『중세의 뒷골목 사랑』 이랑.
근대의 사랑과 성	
사드	『악덕의 번영』 김문운 옮김, 동서문화사.
사드	『소돔의 120일』 김문운 옮김, 동서문화사.
푹스	『풍속의 역사 3』 이기웅 옮김, 까치.
데카르트	『정념론』 김선영 옮김, 문예출판사.
스피노자	『에티카』 강영계 옮김, 서광사.
루소	『에밀』 정영하 옮김, 연암사.
칸트	「추측해본 인류 역사의 기원」『칸트의 역사철학』 이한구 옮김, 서광사.

괴테	『젊은 베르테르의 슬픔』 박찬기 옮김, 민음사.
괴테	『파우스트』 김인순 옮김, 열린책들.
디드로	『달랑베르의 꿈』 김계영 옮김, 한길사.
볼테르	『랭제뉘』 이효숙 옮김, 지만지.
호르크하이머	『계몽의 변증법』 김유동 옮김, 문학과지성사.
보부아르	「사드는 유죄인가?」 『악덕의 번영』 김문운 옮김, 동서문화사.
바타유	『에로티즘의 역사』 조한경 옮김, 민음사.
들뢰즈	『매저키즘』 이경훈 옮김, 인간사랑.
현대의 사랑과 성	
푸코	『성의 역사』 이혜숙 옮김, 나남.
푸코	『헤테로토피아』 이상길 옮김, 문학과지성사.
바타유	『불가능』 성귀수 옮김, 워크룸프레스.
프롬	『사랑의 기술』 황문수 옮김, 문예출판사.
마르쿠제	『에로스와 문명』 김인환 옮김, 나남.
프로이트	『정신분석 강의』 임홍빈 · 홍혜경 옮김, 열린책들.
일루즈	『사랑은 왜 아픈가』 김희상 옮김, 돌베개.
사르트르	『자유의 길』 최석기 옮김, 고려원미디어.
들뢰즈 · 가타리	『안티 오이디푸스』 김재인 옮김, 민음사.
라캉	『욕망 이론』 민승기 옮김, 문예출판사.
바르트	『사랑의 단상』 김희성 옮김, 동문선.
벡	『사랑은 지독한 그러나 너무나 정상적인 혼란』 강수영 옮김, 새물결.
버스	『욕망의 진화』 전중환 옮김, 사이언스북스.
레이	『욕망의 아내』 유자화 옮김, 황소걸음.

미술의 난해함

> "그림도 글과 마찬가지로 하나의 언어인 이상 시대적인 상황과 문제의식을 담기 마련이다."

미술을 독서의 대상으로 생각하지 않는 사람이 꽤 많다. 그냥 작품을 보고 감상하면 될 일 아니냐고 생각하기 쉽다. 하지만 정작 미술관에 가면 십 중 팔구는 심하게 당황한다. 현대미술 앞이라면 유독 멍해진다. 도무지 무엇을 그렸는지, 무슨 메시지를 전달하고자 하는지 감도 잡히지 않는 경우가 대부분이다.

그림 자체에 어떤 이야기가 있어 만화나 드라마를 보듯 감상할 수 있었던 것은 유럽에서 19세기 후반에 유행했던 인상파까지다. 피카소를 중심으로 한 입체파 미술도 뭐하자는 것인지 잘 모르겠는데, 아예 사물의 형태가 사라진 추상회화에 이르면 황당한 느낌이 더욱 커진다. 그나마 20세기 초 · 중반의 추상회화는 양반이다. 도형이나 선을 통해 무언가 생각할 수 있는 실마리라도 제공하니 말이다.

20세기 중 · 후반부터는 아예 빈 캔버스 혹은 전시장 벽 앞에 그냥 서 있는 듯한 당황스러움을 느껴야 한다. 한국의 현대 회화만 하더라도 사물이 사라지고 극단적인 단순화의 길을 걷는 모노크롬monochrome 경향이 주류 미술계를 오랫동안 장악하고 있다. 모노크롬은 '단색화'로 번역되며, 한 가지 색으로 채도와 명도만 달리해 화면을 구성하는 양식을 말한다. 서양에서 1945년 이후에 등장한 모노크롬은 최소한의 표현을 추구하는 미니멀아트의 연장선에 있다고 봐야 할 것이다.

일체의 입체와 원근 표현을 부정하고 줄기차게 미술의 평면화라는 한 길만을 걷는다. 대부분의 작품이 단일한 색과 단조로운 선으로 만들어진다. 단색의 바탕 위에 명도나 채도의 차이로 면을 분할하기도 하고, 일부 공간에 선과 획을 긋기도 한다. 이런 그림을 앞에 두고 수십 분 이상 감상하는 관람객이 이해되지 않는다. 뭔가 있어 보이기 위해 폼 잡고 있는 게 아닌지 의심이 드는 경우도 많다.

현대미술은 한눈에 봐서 알 수 있는 단계가 이미 아니다. 미술의 역사를 이해하고 미술작품과 대화할 내적 준비가 되어 있어야 한다. 그림도 글과 마찬가지로 하나의 언어, 글자에 앞서는 근원적인 언어인 이상 시대적인 상황과 문제의식을 담기 마련이다. 시대별로 삶의 조건과 미술이 어떻게 연결되고 변화되어왔는지 이해하는 과정이 필수적이다. 그러한 독서와 감상 경험이 축적되면 현대미술도 자연스럽게 이해 범위 안에 들어온다.

미술 분야 독서 프로그램

미학과 미술 총론	
곰브리치	『서양미술사』 백승길 · 이종숭 옮김, 예경.
잰슨	『서양미술사』 최기득 옮김, 미진사.
에코	『미의 역사』 이현경 옮김, 열린책들.
하우저	『문학과 예술의 사회사』 백낙청 옮김, 창비.
미학대계간행회	『미학의 역사』 서울대학교출판부.

설리번	『중국미술사』 한정희 옮김, 예경.
캐힐	『중국회화사』 조선미 옮김, 열화당.
김원룡	『한국미술사』 범문사.
유홍준	『유홍준의 한국미술사 강의』 눌와.
원시와 고대미술	
아담	『원시미술』 김인환 옮김, 동문선.
임두빈	『원시미술의 세계』 가람기획.
번즈	『서양 문명의 역사 (상)』 박상익 옮김, 소나무.
말레크	『이집트 미술』 원형준 옮김, 한길아트.
카펜터	『고대 그리스의 미술과 신화』 김숙 옮김, 시공아트.
베일리	『미솔로지카』 박인용 옮김, 생각의나무.
우드포드	『트로이』 김민아 옮김, 루비박스.
김율	『서양 고대 미학사 강의』 한길사.
전호태	『고구려 고분벽화 연구』 사계절.
전호태	『고구려 고분벽화 읽기』 서울대학교출판부.
중세미술	
이덕형	『비잔티움, 빛의 모자이크』 성균관대학교출판부.
샹플뢰리	『풍자 예술의 역사』 정진국 옮김, 까치.
뒤랑	『중세미술』 조성애 옮김, 생각의나무.
신준형	『천상의 미술과 지상의 투쟁』 사회평론.
카밀	『중세의 사랑과 미술』 김수경 옮김, 예경.
뵐플린	『르네상스의 미술』 안인희 옮김, 휴머니스트.
베른슨	『르네상스의 이태리 화가들』 최승규 옮김, 한명.
브라운	『베네치아의 르네상스』 강미정 옮김, 예경.
터너	『피렌체 르네상스』 김미정 옮김, 예경.
이동주	『우리나라의 옛 그림』 학고재.
오주석	『옛 그림 읽기의 즐거움』 솔.
최완수	『진경 시대』 돌베개.
다다시	『조선 미술사』 심우성 옮김, 동문선.

근대미술	
베르나르	『근대미술』 김소라 옮김, 생각의나무.
튀펠리	『19세기 미술』 김동윤 옮김, 생각의나무.
덴버	『가까이에서 본 인상주의 미술가』 김숙 옮김, 시공사.
번즈	『서양 문명의 역사 (하)』 손세호 옮김, 소나무.
짐멜	『렘브란트』 김덕영 옮김, 길.
샤프	『미술과 사진』 문범 옮김, 미진사.
세종	『마네의 회화』 오트르망 옮김, 그린비.
라드브루흐	『도미에의 사법 풍자화』 박순철 옮김, 열화당.
마이어-그레페	『반 고흐, 지상에 유배된 천사』 최승자 옮김, 책세상.
바티클	『고야, 황금과 피의 화가』 송은경 옮김, 시공사.
루아레트	『드가, 무희의 화가』 김경숙 옮김, 시공사.
디스텔	『르누아르, 빛과 색채의 조형화가』 송인경 옮김, 시공사.
카생	『고갱, 고귀한 야만인』 이희재 옮김, 시공사.
현대미술	
린튼	『20세기의 미술』 윤난지 옮김, 예경.
미학대계간행회	『현대의 예술과 미학』 서울대학교출판부.
클락	『20세기 정치 선전 예술』 이순령 옮김, 예경.
메네구초	『대중성과 다양성의 예술, 현대미술』 노윤희 옮김, 마로니에북스.
칸딘스키	『예술에서의 정신적인 것에 대하여』 권영필 옮김, 열화당.
애론슨	『도발』 장석봉 옮김, 이후.
울프	『현대미술의 상실』 박순철 옮김, 아트북스.
페리에	『피카소의 게르니카』 김화영 옮김, 열화당.
보스케	『달리와의 대화』 정현종 옮김, 열화당.
박정자	『마그리트와 시뮬라크르』 기파랑.
도미노	『베이컨, 회화의 괴물』 성기완 옮김, 시공사.
리드	『간추린 서양 현대 조각의 역사』 김성희 옮김, 시공아트.
휘트포드	『바우하우스』 이대일 옮김, 시공아트.

루시-스미스	『20세기 라틴아메리카 미술』 남궁문 옮김, 시공아트.
버거	『본다는 것의 의미』 박범수 옮김, 동문선.
랑시에르	『미학 안의 불편함』 주형일 옮김, 인간사랑.
네그리	『예술과 다중』 심세광 옮김, 갈무리.
진중권	『현대 미학강의』 아트북스.
오광수	『한국현대미술사』 열화당.
조은정	『비평으로 본 한국 미술』 대원사.

3장

연령과 수준별 맞춤 독서 프로그램

1단계, 귀납법을 통한 접근

"고전을 처음 접하기 시작하는 중학생 정도의 연령부터 생각해보자."

독서 계획을 잡을 때 연령과 이해 능력 수준을 무시할 수 없다. 개인마다 사고 능력에 적지 않은 차이가 있긴 하지만 경험의 차이를 포함하여 같은 연령대에 속하는 사람들 사이의 공통점을 무시할 수 없다. 만약 그 차이를 무시하고 성급하게 난이도가 높은 책을 계속 붙들고 있다가는 독서에 흥미를 잃는다.

유아기 아이에게 적합한 그림책이나 초등학생이 쉽게 잡을 수 있는 동화책은 그 분야 독서 지도에 많은 경험을 갖고 있는 이가 친절하게 안내하는 것이 바람직하다. 이 책에서는 고전을 중심으로 한 독서를 다루고 있으니 고전을 처음 접하기 시작하는 중학생 정도의 연령부터 생각해보자.

중학생은 고전을 처음 접하는 시기이기 때문에 상대적으로 쉽게 접근할 수 있는 문학을 중심으로 한 독서 계획이 적절하다. 다소 무리한 구분이긴 하지만, 문학과 비문학으로 구분하여 접근하는 방법이 편리하다. 문학의 경우 고전소설 중에서도 상대적으로 줄거리 자체에 메시지가 담겨 있는 책이 적합하다. 직접 상황 설명이나 대화에서 메시지를 찾아내기 위해서는 일정 수준 이상의 문장 독해력과 이성적 분석 능력이 필요한데, 이는 독서의 결과이므로 독서에 앞서 미리 준비될 수 있는 성질의 것이 아니다. 그러므로 줄거리에 비중을 많이 둔 소설, 비유해서 설명하자면 귀납적 방식으로 메시지를 담고 있는 소설을 중심으로 만들어진 독서 목록이 좋다.

비문학의 경우도 마찬가지다. 어떤 주제나 소재에 구체적인 사례로 접근하여 점차 일반적·추상적 원리로 나아가는 귀납적 서술 방식이 적합하다. 문장도 중학생이 이해할 수 있는 수준이어야 한다. 이상의 조건이나 사정을 고려하여 문학과 비문학으로 나누어 독서 목록을 잡아본다.

1단계 독서 프로그램

문학	
볼핀치	『그리스 로마 신화』 한백우 옮김, 홍신문화사.
세르반테스	『돈키호테』 안영옥 옮김, 열린책들.
셰익스피어	『햄릿』 이경식 옮김, 문학동네.
셰익스피어	『베니스의 상인』 최종철 옮김, 민음사.
스위프트	『걸리버 여행기』 신현철 옮김, 문학수첩.
디포	『로빈슨 크루소』 류경희 옮김, 열린책들.
호손	『주홍 글씨』 조승국 옮김, 문예출판사.
오웰	『동물 농장』 도정일 옮김, 민음사.
오웰	『1984』 정회성 옮김, 민음사.
골딩	『파리대왕』 유종호 옮김, 민음사.
헉슬리	『멋진 신세계』 이덕형 옮김, 문예출판사.
바크	『갈매기의 꿈』 류시화 옮김, 현문미디어.
카나파니	『불볕 속의 사람들』 김종철 옮김, 창작과비평사.
깽	『처절한 정원』 이인숙 옮김, 문학세계사.
루쉰	『아큐정전』 이가원 옮김, 동서문화사.
채만식	『태평천하』 문학과지성사.
전광용	『꺼삐딴 리』 문학과지성사.
최인훈	『광장』 문학과지성사.
이청준	『병신과 머저리』 문학과지성사.
조세희	『난장이가 쏘아 올린 작은 공』 이성과힘.
김영하	『오빠가 돌아왔다』 문학동네.

비문학	
해리스	『음식 문화의 수수께끼』 서진영 옮김, 한길사.
노르베리-호지	『오래된 미래』 양희승 옮김, 중앙북스.
구달	『희망의 밥상』 김은영 옮김, 사이언스북스.
존슨	『누가 내 치즈를 옮겼을까?』 이영진 옮김, 진명출판사.
옹프레	『원숭이는 왜 철학 교사가 될 수 없을까』 이희정 옮김, 모티브북.

곰브리치	『세계사』 이내금 옮김, 자작나무.
김구	『백범일지』 돌베개.
조영래	『전태일 평전』 전태일기념사업회.
서경식	『나의 서양미술 순례』 박이엽 옮김, 창작과비평사.
유홍준	『나의 문화유산 답사기』 창비.
박홍규	『내 친구 빈센트』 소나무.

2단계, 작가와 대화하는 독서

"독서를 통해 어느 정도의 이해 능력이 형성되었음을 의미한다."

만약 중학생 시기에 앞의 책 가운데 일정한 정도 내에서 독서 경험이 쌓였다면 고등학생 시기에는 한 단계 더 나아갈 필요가 있다. 중학생인가 고등학생인가의 기계적인 구분은 아니다. 사실 여기서의 연령은 편의적인 구분이고, 실질적으로는 독서와 관련된 이해 능력 수준이라고 봐야 정확하다. 고등학생이나 대학생 혹은 직장인이라 하더라도 독서 경험이 거의 없고, 독서에 필요한 기본적인 독해 능력이 상당히 취약하다면 위에 제시한 중학생 독서 목록에서 시작하는 것이 바람직하다.

고등학생에 적합하다는 것은 위의 독서를 통해 어느 정도의 이해 능력이 형성되었음을 의미한다. 문학의 경우 본격적인 고전소설과 접하는 시기다. 우리가 흔히 대문호라고 부르는 작가들이 상당 부분 여기에 속한다. 줄거리의 흥미로움보다는 깊은 통찰을 담은 대화 내용이 곳곳에 등장한다. 지루하다고 책장을 넘길 일이 아니라 멈춰 서서 작가와 진지한 토론 시간을 가져야 한다. 사건이나 사례를 통한 접근보다는 대화를 분석함으로써 메시지를 소화시키는 능력이 요구된다.

비문학의 경우도 비슷하다. 사건과 사례를 넘어서지만 아직 개념적 정의와 추상적 논리 전개가 익숙하지 않기 때문에 무리하게 접근했다가는 낭패를 본다. 일본 제국주의를 비판하다 제2차 세계대전 중에 옥사한 사상가 미키 기요시(三木清)가 『독서와 인생』에서 학창 시절 독서 경험을 서술한 다음 내용은 좋은 참고가 된다.

> "고등학생 시절에 (…) 『예술이란 무엇인가』에서의 톨스토이에 공감하게 되었다. 그의 『인생론』도 감동을 받은 책이다. (…) 루소의 『참회록』이나 아우구스티누스의 『고백록』, 마르크스 아우렐리우스의 『명상록』과 같은 유의 책을 즐겨 읽었다. 철학자 중에서는 쇼펜하우어와 니체의 생철학이 유행하여 그 영향을 받았다."

사건과 사례를 통해 논의를 끌어나가면서도 보다 복잡한 상황을 담은 경우는 계속 중요한 독서 대상이 된다. 그 범위는 역사의 변화나 사회 구성 원리를 포함하는 식으로 확장된 내용을 담은 책까지 넓어진다. 여기에 더해 미키 기요시의 경험이 보여주듯이 강연처럼 사상가가 눈앞에 있는 독자에게 설명하는 것과 같이 풀어나가는 고전이 적합하다. 직접 추상적이고 원리적인 내용을 담고 있다 하더라도 친절하게 설명하는 방식이기 때문에 상대적으로 접근이 용이한 면이 있다.

2단계 독서 프로그램

문학	
호메로스	『일리아스』 천병희 옮김, 숲.
호메로스	『오뒷세이아』 천병희 옮김, 숲.
셰익스피어	『셰익스피어 4대 비극』 여석기 옮김, 시공사.
볼테르	『캉디드』 윤미기 옮김, 한울.
위고	『레미제라블』 정기수 옮김, 민음사.
발자크	『고리오 영감』 임희근 옮김, 열린책들.
입센	『인형의 집』 안동민 옮김, 문예출판사.
브레히트	「갈릴레이의 생애」 『브레히트 희곡선집 2』 임한순 옮김, 서울대학교출판문화원.
투르니에	『방드르디, 야생의 삶』 고봉만 옮김, 문학과지성사.
스타인벡	『분노의 포도』 김승욱 옮김, 민음사.
밀러	『세일즈맨의 죽음』 강유나 옮김, 민음사.
카프카	『변신』 전영애 옮김, 민음사.
그라스	『양철북』 박환덕 옮김, 범우사.
도스또예프스끼	『죄와 벌』 홍대화 옮김, 열린책들.
도스또예프스끼	『카라마조프 씨네 형제들』 이대우 옮김, 열린책들.
톨스토이	『부활』 박형규 옮김, 민음사.
톨스토이	『크로이체르 소나타』 이기주 옮김, 펭귄클래식코리아.
고골	『외투』 이항재 옮김, 문학동네.
고골	『광인일기』 이기주 옮김, 펭귄클래식코리아.
채만식	『탁류』 범우사.
염상섭	『삼대』 정호웅 편집, 문학과지성사.
강경애	『인간 문제』 창비.
김수영	『김수영 전집』 민음사.
박완서	『나목』 세계사.
이청준	『당신들의 천국』 문학과지성사.
이문열	『사람의 아들』 민음사.

황석영	『객지』 창비.
황석영	『손님』 창비.
박노해	『노동의 새벽』 느린걸음.
비문학	
플라톤	『소크라테스의 변론, 크리톤, 파이돈, 향연』 천병희 옮김, 숲.
아우구스티누스	『고백록』 성염 옮김, 경세원.
에라스무스	『우신예찬』 강민정 옮김, 서해문집.
마키아벨리	『군주론』 강정인 · 김경희 옮김, 까치.
기번	『로마제국 쇠망사』 송은주 옮김, 민음사.
몽테뉴	『수상록』 손우성 옮김, 동서문화사.
베이컨	『신기관』 진석용 옮김, 한길사.
홉스	『리바이어던』 신재일 옮김, 서해문집.
로크	『통치론』 강정인 옮김, 까치.
루소	『사회계약론』 이재형 옮김, 문예출판사.
밀	『자유론』 서병훈 옮김, 책세상.
소로	『월든』 강승영 옮김, 은행나무.
레비스트로스	『슬픈 열대』 박옥출 옮김, 한길사.
사르트르	『지식인을 위한 변명』 조영훈 옮김, 한마당.
프롬	『소유냐 존재냐』 차경아 옮김, 까치.
러셀	『게으름에 대한 찬양』 손은경 옮김, 사회평론.
싱어	『실천윤리학』 황경식 · 김성동 옮김, 연암서가.
프레이저	『황금가지』 박규태 옮김, 을유문화사.
도킨스	『이기적 유전자』 홍영남 · 이상임 옮김, 을유문화사.
사마천	『사기』 김원중 옮김, 민음사.
한홍구	『대한민국사』 한겨레출판사.
박제가	『북학의』 박정주 옮김, 서해문집.
박지원	『열하일기』 김혈조 옮김, 돌베개.

3단계, 독자적인 독서의 시작

"해당 주제를 심화시키고 인식의 지평을 확장하는 작업이 병행되어야 한다."

앞의 독서 경험을 쌓으면서 철학을 비롯한 각 분야 고전의 문장을 독해하는 능력에 어느 정도 자신감이 생겼다면 난이도가 높아 꺼렸던 책에 도전한다. 문학의 경우 소설이라는 형식을 갖고 있지만 실질적으로는 본격 철학에 다름없는 책이 여기 해당된다.

예를 들어 괴테의 『파우스트』나 카뮈의 『시지프 신화』는 어려운 철학책과 거의 다름없이 한 문장마다 고도의 집중이 요구된다. 혹은 카잔차키스의 『그리스인 조르바』나 프루스트의 『잃어버린 시간을 찾아서』, 두보의 『시선』처럼 인생의 깊은 성찰을 포함하여 음미와 사색을 요구하는 책도 이에 포함된다. 열 권 내외의 장편 대하소설도 충분히 길게 시간을 갖고 여유 있게 독서에 임할 수 있는 이 시기에 적합하다.

비문학으로는 본격적인 철학 분야 탐구에 접어들 때다. 바로 앞에서 예로 든 미키 기요시의 경우도 대학 시절에 철학자에게 사로잡혔다.

"대학 시절에 나는 칸트에서 헤겔에 이르는 독일 고전 철학을 비롯하여 바덴학파나 마르부르크학파의 신칸트 철학, 마이농의 대상론, 브렌타노의 심리학, 로체의 논리학 등 여러 서적을 읽어보려고 애썼다. 아우구스티누스나 라이프니츠의 이름도 거론해두고 싶다."

대화편 방식이나 수상록 방식의 서술을 넘어 개념어와 추상적인 내용이 난무하는 책이 여전히 어렵기는 하겠지만 조금씩 용기를 내어 도전해볼 때다. 칸트나 헤겔의 내용을 구체적으로 이해할 수 있을 정도의 수준이 되기 위해서는 이후 상당 기간 경험을 축적해야 한다. 처음에는 말 그대로 도전에 의미를 두고, 나중에 독서 인생 전체를 두고 몇 차례의 재도전을 통해 풍부하게 소화시켜야 할 책을 이때 읽는다.

철학과 역사학, 경제학 등 각 분야 핵심 고전에 대해 조금이라도 익숙해질 즈음부터는 개별 책을 넘어 다른 분야와 연계하는 통섭적인 독서가 활발해질 필요가 있다. 특정 분야에 관련된 역사적인 맥락만이 아니라 다른 분야까지 넘나들면서 해당 주제를 심화시키고 인식의 지평을 확장하는 작업이 병행되어야 한다. 이를 통해 비로소 독자적으로 자신의 독서 인생을 만들어나갈 힘을 얻게 된다.

3단계 독서 프로그램

문학	
헤시오도스	「신들의 계보」『신들의 계보』 천병희 옮김, 숲.
헤시오도스	「일과 날」『신들의 계보』 천병희 옮김, 숲.
소포클레스	『오이디푸스 왕』 강대진 옮김, 민음사.
소포클레스	『안티고네』 김종환 옮김, 지만지.
에우리피데스	「박코스의 여신도들」『에우리피데스 비극 전집 2』 천병희 옮김, 숲.
에우리피데스	「메데이아」『에우리피데스 비극 전집 1』 천병희 옮김, 숲.
단테	『신곡』 박상진 옮김, 민음사.

보카치오	『데카메론』 장지연 옮김, 서해문집.
괴테	『파우스트』 김인순 옮김, 열린책들.
사드	『악덕의 번영』 김문운 옮김, 동서문화사.
사드	『소돔의 120일』 김문운 옮김, 동서문화사.
카뮈	『시지프 신화』 김화영 옮김, 책세상.
보들레르	『악의 꽃』 김붕구 옮김, 민음사.
만	『마의 산』 홍성광 옮김, 을유문화사.
프루스트	『잃어버린 시간을 찾아서』 김희영 옮김, 민음사.
보르헤스	『불한당들의 세계사』 황병하 옮김, 민음사.
에코	『장미의 이름』 이윤기 옮김, 열린책들.
카잔차키스	『그리스인 조르바』 이윤기 옮김, 열린책들.
마르케스	『백년 동안의 고독』 안정효 옮김, 문학사상.
류노스케	「라쇼몬」 『라쇼몬』 서은혜 옮김, 민음사.
류노스케	「덤불 속」 『라쇼몬』 서은혜 옮김, 민음사.
이백	『시선』 이원섭 옮김, 현암사.
두보	『시선』 이원섭 옮김, 현암사.
박경리	『토지』 마로니에북스.
조정래	『태백산맥』 해냄.
비문학	
라에르티오스	『그리스철학자 열전』 전양범 옮김, 동서문화사.
플라톤	『소크라테스의 변론, 크리톤, 파이돈, 향연』 천병희 옮김, 숲.
플라톤	『국가』 천병희 옮김, 숲.
아리스토텔레스	『정치학』 천병희 옮김, 숲.
아리스토텔레스	『니코마코스 윤리학』 천병희 옮김, 숲.
공자	『논어』 김형찬 옮김, 홍익출판사.
장자	『장자』 김학주 옮김, 연암서가.
아퀴나스	『지성단일성』 이재경 옮김, 분도출판사.
다윈	『종의 기원』송철용 옮김, 동서문화사.
데카르트	『방법 서설』 이현복 옮김, 문예출판사.

몽테스키외	『법의 정신』 이재형 옮김, 문예출판사.
루소	『인간 불평등 기원론』 주경복 · 고봉만 옮김, 책세상.
칸트	『순수 이성 비판』 백종현 옮김, 아카넷.
칸트	『실천 이성 비판』 백종현 옮김, 아카넷.
헤겔	『정신현상학』 임석직 옮김, 한길사.
헤겔	『역사철학강의』 권기철 옮김, 동서문화사.
스미스	『국부론』 김수행 옮김, 비봉출판사.
프루동	『소유란 무엇인가』 이용재 옮김, 아카넷.
마르크스	『자본론』 김수행 옮김, 비봉출판사.
마르크스	『독일 이데올로기』 박재희 옮김, 청년사.
쇼펜하우어	『의지와 표상으로서의 세계』 홍성광 옮김, 을유문화사.
니체	『선악의 피안』 최현 옮김, 민성사.
벤담	『도덕과 입법의 원리 서설』 고정식 옮김, 나남.
키에르케고르	『불안의 개념』 임춘갑, 옮김, 다산글방..
하이데거	『존재와 시간』 이기상 옮김, 까치.
프로이트	『정신분석 강의』 임홍빈 · 홍혜경 옮김, 열린책들.
쿤	『과학혁명의 구조』 김명자 · 홍성욱 옮김, 까치.
푸코	『감시와 처벌』 오생근 옮김, 나남.
라캉	『세미나』 맹정현 · 이수련 옮김, 새물결.
들뢰즈	『차이와 반복』 김상환 옮김, 민음사.
롤스	『정의론』 황경식 옮김, 이학사.
정약용	『목민심서』 다산연구회 옮김, 창작과비평사.
일연	『삼국유사』 이재호 옮김, 솔.

| 에필로그 |

거듭 읽기의 즐거움

부끄러운 현실

"학교를 매개로 한 제도 교육이 공부의 한 부분일 수는 있어도 시작과 끝은 아니다."

책이 있던 손을 스마트폰이 대신 차지하고 있다. 앉아 있든 서 있든 대부분의 시선은 스마트폰에 꽂혀 있다. 우리의 독서 현실은 부끄럽다 못해 참담할 정도다. 독서 실정을 잘 보여주는 것이 평균 독서량이다. 평균 독서량은 조사 기관에 따라 그 방법의 차이 때문에 들쑥날쑥한 수치를 보인다. 조사 기간을 1년 단위, 1개월 단위 혹은 1주 단위로 하느냐에 따라 일정한 차이가 있다. 또한 독서량과 독서 시간 등 다른 조건을 기준으로 조사하기도 한다. 하지만 어떤 경우든 한국이 조사 대상국

가운데 거의 최하위 수준에서 벗어나지 못한다는 결과는 변함없이 동일하다.

일단 책 자체가 낯설다. 몇몇 조사를 보자. 미국 여론조사기관 NOP 월드가 세계 30개국의 주당 독서 시간을 조사한 결과를 보면, 책과 신문 및 잡지를 포함한 한국인의 주당 독서 시간은 3.1시간으로 30개국 가운데 최하위였다. 이는 30개국 평균인 6.5시간의 절반에도 못 미치는 수치다. 또한 주당 10.7시간을 기록한 인도의 3분의 1에 불과하다.

신문이나 잡지를 빼고 책으로 좁혀 보면 상황은 더 심각하다. 우리나라 통계청 발표를 봐도 한숨이 나온다. 한국 국민 열 명 중 아홉 명은 하루에 책 읽는 시간이 10분도 안 된다. 영화 관람, 스포츠, 인터넷 게임 등에 하루 평균 다섯 시간 22분을 쏟는 것과 비교해보면 얼마나 책을 안 보는지 실감이 난다.

물론 독서량 감소 자체가 한국의 현상만은 아니다. 상대적으로 독서와 친근한 유럽이나 미국에서도 갈수록 독서 인구가 줄어드는 추세이기는 하다. 프랑스 작가이자 구조주의 철학자, 비평가인 바르트도 『텍스트의 즐거움』에서 답답함을 토로한다. "프랑스인 두 명 중에 한 명은 책을 읽지 않는다고 한다. 프랑스인의 절반이 텍스트의 즐거움을 포기하거나 박탈당하는 셈이다."

미국도 마찬가지 사정이다. 미국서점협회는 절반 이상의 가정이 1년 동안 책을 한 권도 사지 않거나 읽지 않았다고 발표했다. 애플의 창업자 잡스도 성인의 상당수가 1년에 한 권의 책도 읽지 않는 현실을 지적한다. 예전에 아마존닷컴에서 새롭게 개발한 독서용 전자 기기 킨들을 출시했을 때 잡스는 『뉴욕 타임스』 기자들과 인터뷰하는 자리에서 이 기기에 대해 다음과 같이 말했다.

> "그 제품의 성능이 좋든 나쁘든 그건 중요한 문제가 아닙니다. 문제는 사람들이 더 이상 독서를 하지 않는다는 사실이죠. 미국인 중 40퍼센트가 작년 한 해에 읽은 책이 한 권이 되지 않아요. 사람들이 책을 읽지 않는다는 점에서 목적 자체가 어긋난 제품이죠."

우리만의 현상이 아니니 다행이라고 스스로 위로할 문제가 아니다. 문제는 그 가운데서도 한국이 비교할 수 없을 정도로 심각하다는 점이다. 그렇게 개탄의 목소리를 듣는 유럽이나 미국의 연간 독서량이 한국의 몇 배 이상 되니 말이다.

중국에서 시성詩聖으로 불리는 당나라 시인 두보는 시에서 "남아수독오거서男兒須讀伍車書", 즉 남자는 적어도 다섯 수레 정도의 책을 읽어야 한다고 말한다. 다섯 수레의 책이 곧바로 지금 우리가 보는 형식의 책 분량일 수는 없다. 당시에는 대나무 조각에 글씨를 써서 가죽 끈으로 묶은 죽간竹簡을 책으로 사용했다. 요즘 흔히 접하는 인문학 서적으로 치면 대략 수백 권 정도에 해당하지 않을까 싶다.

이러한 사정은 서양도 비슷하다. 서양 중세 사회에서는 송아지 가죽이나 양가죽으로 책을 만들었는데, 대형 성경 한 권에 200마리 이상의 양이 필요했다고 하니 그리 많은 책을 소유하기가 어려웠다. 수도원 문화의 황금기였던 9세기 후반에도 도서관의 장서는 약 500권에 지나지 않았다. 종이로 만든 책이 일반화되고 나서도 개인이 소유하는 책은 제한적이었다. 장서가이자 독서가로 유명했던 몽테뉴나 괴테의 경우 서재에 수백 권 정도의 책이 있었다고 한다.

수백 권이라고 하면 안도의 표정을 짓는 사람들이 꽤 있으리라. 나이나 독서 습관에 따라 다르겠지만, 스스로 웬만큼 독서를 한다는 사람들 가운데 그 정도는 읽었거나 앞으로 너끈히 읽을 것이라 자부하는 경우가 많기 때문이다. 자기 책장에 수백 권 넘게 꽂혀 있는 책을 훑어보며 흐뭇해하는 사람도 있으리라.

하지만 평면적으로 비교할 문제가 아니다. 당시의 독서와 현재의 독서가 너무나 다르기 때문이다. 무엇보다도 당시의 독서는 한 권의 책을 여러 번 읽고 또 읽어서 그 뜻을 새기는 방식이었다. 게다가 중요한 저작은 아예 암송을 할 정도로 반복하여 읽었다. 두보는 평생 유가적 가치관을 기준으로 삼아 공부하고 이를 세상에 실현하고자 했다. 스스로 유교 사상을 체현한 사람으로 자부했다. 공자가 줄곧 강조했던 인애仁愛 정신과 스스로 수양하고 세상을 다스린다는 수기치인修己治人의 도를 지켜 펼치고자 했다. 그러하니 유가 선비들의 독서 방법을 더 철저하게 이행했을 터다.

그렇게 읽은 책 다섯 수레를 요즘의 독서 습관에 대입하면 최소한 1,000권 이상의 책을 읽어야 한다는 말이 된다. 또한 지금처럼 서점에서 책을 얼마든지 구할 수 있는 조건이 아니었고, 죽간으로 만들어진 대부분의 책을 당사자가 일일이 옮겨 적어서 보관했으니 그 수고로움을 짐작할 수 있다. 여기에 당나라 때의 평균수명과 현재의 평균수명이 크게 차이 난다는 점도 고려할 필요가 있다.

그렇다 해도 평균 독서량으로 볼 때 한국인은 평생에 걸쳐 고작 수십 권을 볼 뿐이다. 그나마도 날이 갈수록 줄어드는 추세다. 더 심각한 것은 여전히 이를 자신의 문제로 받아들일 기미가 별로 보이지 않는다는 점이다. 정신이 빈곤을 넘어 기아 상태로 치닫고 있는 현실을 눈치조차 채지 못한다. 아니 보다 정확히 말하자면 눈치를 채지 않으려 한다.

다행히 독서의 길에 들어서도 문제는 여전하다. 부족이라는 말보다 결핍이라는 말이 어울릴 독서량도 문제지만, 다른 한편으로 어떤 책을 읽는가 하는 것도 문제다. 한국인이 가장 많이 읽는 책은 거의 두 분야로 압축된다. 먼저 예전만큼은 아니지만 여전히 인기 있는 분야는 소설이다. 당연히 소설 자체가 문제일 리는 없다. 과거 소설 붐이 일었을 때처럼 세상과 인간에 대한 통찰을 담고 있는 고전소설이나 우리 역사에 대한 사색을 자극할 역사소설이면 두 손을 들어 환영할 일이다. 현재는 거의 로맨스소설에 가까운 경우가 많다. 우연으로 점철된 전개와 아무 의미 없는 자극적인 이야기로 가득한 책 말이다.

그나마 시간을 내서 읽는 책 가운데 선호하는 또 다른 한 분야는 처세술이나 직업과 관련이 있는 내용이다. 아마 종종 대형 서점에 들르는 사람이라면 자기 계발이라는 표현으로 나와 있는 처세술 관련 책이 진열대를 온통 장악하고 있는 현실을 누구보다 잘 알 것이다. 심지어 인간의 가장 내밀한 정신과 마음을 탐구하는 심리학조차 처세를 위한 도구로 생각하는 비뚤어진 접근도 있다. 마음의 기술을 습득하고, 타인의 마음을 움직여 자신의 영향력을 높이기 위한 용도에 맞춰져 있는 경우다.

처세술로서의 심리학은 대부분 '이렇게 저렇게 살아라' 하는 방식의 충고로 가득하다.

직업과 관련된 전문적인 지식을 제공하는 책에 독서 경험이 갇혀 있는 경우도 흔하다. 직접적으로 전공에 한정된 독서만이 아니다. 형식적으로는 구분된 듯하지만 결국 직업과 연관된 기능적 지식을 늘리는 차원에서 손이 가는 경우가 있다. 점차 강화되는 실용적 독서 경향에 대해 20세기를 대표하는 철학자 중의 한 사람인 러셀은 『게으름에 대한 찬양』에서 다음과 같이 비판한다.

> "이제 지식은 그 자체로 좋은 것 혹은 폭넓고 인간적인 인생관을 세우는 수단이라기보다는 단순히 전문적 기능으로 여겨지게 되었다. 이 같은 현상은 과학기술과 군사적 필요에 의해 야기된 사회 통합의 일부일 뿐이다."

하긴 간혹 고등학생 대상 강연을 하던 중에 앞으로의 꿈이 뭐냐고 물어보면 가장 자주 듣는 답이 교사나 공무원이 되는 것 혹은 대기업에 취업하는 것이다. 인생의 '꿈'이 곧 '직업'이 되어버렸다. 모든 공부가 어떤 실용적이고 직업적인 쓸모와 연결된다. 자기 계발서나 실용적인 서적이 불필요하다는 말이 아니다. 독서의 일부가 아니라 중심을 차지하고 있기에 문제다.

독서를 어떤 기능적인 '쓸모' 안에서만 사고하는 경향이 현대사회에서만 나타나는 고유한 현상은 아니다. 전통 사회에서도 완강하게 하나의 흐름으로 자리 잡고 있었다. 그때도 직업이나 출세가 많은 사람의 관심사였을 테니 충분히 그럴 만하다. 우리 사회만 하더라도 '쓸모'는 조선시대의 뚜렷한 독서 경향이었으며 학문의 본래적 의미를 중시하는 학자들이 비판하는 바였다.

예를 들어 조선 후기 실학자인 이익은 『성호사설』에서 "찾는 것이 있어 책을 읽게 되면 읽더라도 얻을 것이 없다. 때문에 과거 공부를 하는 자가 입술이 썩고 이가 문드러지도록 읽어 봤자, 읽고 나면 아마득하기가 소경과 다름없다."고 하였다. 박지원도 『연암집』에서 "글을 읽어서 크게 써먹기를 구하는 것은 모두 다 사심私心이다. 1년 내내 글을 읽어도 학업이 진보하지 못하는 것은 사심이 해를 끼치기 때문이다."라고 하였다.

경전을 파고 제자백가를 논하더라도 지위나 직업을 위한 쓸모로 한정된 목적일 때 그 책이 말하고자 하는 본래 뜻을 제대로 깨우칠 수 없다는 것이다. 아무리 많은 책을 읽어도 사사로운 이익을 위한 수단으로서 접근하는 이상 통찰은커녕 잘해 봐야 겉도는 내용에 머물고 대부분은 내용을 왜곡하기 십상이다. 사사로운 뜻이 독서에 해를 끼친다.

최근 인문학 강연이 늘어나면서 생겨난 희한한 문제도 하나 있다. 지난 몇 년 사이에 지역 도서관, 학교, 각종 연수 프로그램에 인문학 관련 강연이 단골로 들어간다. 특정 강연자에 대해 일종의 팬 층이 형성되어 다른 지역에서 열리는 강연까지 찾아가 듣는 경우도 생겼다. '인문학 열풍'이라는 말이 생겨날 정도다. 인문학 강연 프로그램이나 강연자와 청중의 교감이 늘어나는 현상은 지극히 반가운 일이다.

문제는 책을 매개로 한 저자 강연임에도 불구하고 강연을 전후로 독서로 연결되지 않는 경우가 더 많다는 점이다. 강연은 말로 이루어지는 것이기에 부담 없이 들을 수 있다. 강연자도 대중 강연이다 보니 최대한 쉽게 풀어서 얘기하기 마련이다. 어떤 면에서 보면 먹기 좋은 형태로 음식을 만들어 입에까지 넣어주니 편하기 그지없다. 강연회가 아니라도 요즘에는 인터넷과 스마트폰, 특히 수많은 팟캐스트를 통해 교양이나 배경지식에 해당하는 내용을 언제든지 접한다. 아무래도 방송이니 대부분 다이제스트 식으로 간추린 지식을 쉽게 전해주는 데 초점을 맞춘다. 이에 비해 책은 정신적으로 고도의 집중과 긴장을 요구한다. 그래서인지 강연회나 팟캐스트 청취 등으로 독서를 대신하며 일종의 대리만족을 구하는 듯한 이들이 있다. 보다 정확히 말하자면 대신한다고 착각한다. 강연이나 방송이 독서의 안내나 자극 혹은 책을 읽고 이해가 덜 된 부분을 보완할 수는 있어도 대체할 수는 없다.

마지막으로 독서를 학창 시절에 하는 것 혹은 대학 학력을 가진 사람이나 하는 것으로 여기는 편견도 문제다. 특히 소설을 넘어서 철학, 미학, 역사학 등의 독서에는 일정한 학력이 전제되어야만 한다는 생각에 다가서기를 꺼린다. 이에 대해서는 미국의 경제학자이자 평화주의자이며, 무엇보다도 숲 속에서 자연과 어우러지는 삶을 산 것으로 잘 알려진 스콧 니어링의 『스콧 니어링 자서전』에 소개된 다음 일화가 좋은 대답이 될 것이다.

> 오하이오 주 톨레도 시의 샘 존스 시장이 방명록에 서명을 했다. 맨 처음에 유명한 목사는 이름 뒤에 'D. D.(신학박사)'라고 썼다. 두 번째 사람은 'Ph. D.(철학박사)'라고

썼다. 샘은 자기 차례가 오자, 잠시 머뭇거리다가 이름 뒤에 'L. L. L.'이라고 적었다. 옆에서 지켜보던 신학박사가 "잠깐, 샘. 잘못 쓴 것 같은데. 자넨 대학 문턱에도 가본 적이 없잖나?"라며 왜 L. L. L.이라고 썼느냐고 추궁했다.

샘이 말했다. "그건 배우고, 배우고, 또 배운다(Learning, Learning, Learning)는 뜻이라네."

독서에 관한 한 학력은 어떠한 연관도 없다. 가방끈이 긴 만큼 책을 더 잘 이해한다는 보장은 없다. 학력과 독서력이 반드시 일치하는 것은 아니다. 특히 한국처럼 대학교가 취업 준비 학원으로 전락한 상황에서는 더욱더 그러하다. 어떤 면에서는 한국의 대학 교육이 비판 의식과 성찰을 동반하는 독서에 방해가 되는 면도 많을 지경이다. 학교를 매개로 한 제도 교육이 공부의 한 부분일 수는 있어도 시작과 끝은 아니다. 존스 시장의 재치 있는 표현대로 배우고, 배우고, 또 배우는, 끝없는 여정이다. 그리고 'L. L. L.'의 가장 중요한 과정이자 스승이 바로 책이다.

굴절과 충돌

"가치판단 문제를 배제할 때 독서는 오히려 진정한 자신과의 대면을 방해하고 왜곡시킨다."

독서가 개인에게 미치는 영향에 대해서는 많은 사람이 이미 여러 차례 강조해왔다. 책과 항상 밀접한 관계에 있는 작가 및 사상가는 물론이고 우리에게 잘 알려진 정치인, 경제인 중에서도 자신의 현재를 책이 만들어주었다고 말하는 이를 자주 본다. 보통은 적극적으로 책을 권했고 스스로 대단한 독서가였던 부모의 영향, 도서관이라 해도 과언이 아닐 정도의 장서를 갖춘 부모의 서재, 그 안에서 자신만의 세계를 만들었던 어린 시절의 경험을 이야기한다.

어려서부터 책과는 전혀 무관한 조건, 특히 최소한의 인간다운 생활조차 유지하기 힘든 조건에서 독서를 통해 인생의 새로운 전망을 연 경험도 종종 있다. 그런 면에서 미국의 토크쇼 진행자로 유명한 오프라 윈프리Oprah Winfrey의 경험은 주목할 만하다.

그녀가 진행한 토크쇼 프로그램은 12년간 토크쇼 시청률 1위를 기록했고, 그녀 자신은 『타임』지가 선정한 20세기 영향력 있는 인물 100명 중 한 사람으로 뽑히기도 했다.

하지만 성장 과정은 불우하기 짝이 없었다. 사생아로 태어나 허구한 날 매질을 해대는 외할머니 손에서 자랐다. 아홉 살 때는 열 살이나 많은 사촌 오빠에게 강간을 당했고, 이후 어머니의 남자 친구나 친척 아저씨 등에게 끊임없이 성적 학대를 받았다. 열네 살에는 미숙아를 사산했으며, 20대 초반에는 마약을 복용했다. 미국 흑인 가운데 최악의 상황에서 고통스럽게 성장해오며 이제 망가진 인생만이 남아 있으리라 예상될 만했다.

하지만 그녀는 지옥 같은 고통의 시간을 독서로 견뎠다. 책은 그녀의 친구였고 일상의 고단함을 달래주었다. 단지 버티고 살아가게 해준 고

마운 벗이기만 한 것은 아니었다. 앵커로 성장할 수 있게 해준 가장 소중한 밑거름이 되어주었다. 앵커로 대중적인 인기를 끌게 된 데는 그녀의 말에서 묻어 나오는 번득이는 재치와 풍부한 교양이 큰 힘을 발휘했다. 특히 매일 한 시간씩 진행되는 토크쇼 분야에서 10여 년간 1위를 유지하려면 상당한 내공이 뒷받침되어야 한다. 독서가 그녀에게 에너지와 내용적인 자양분을 제공해주었다고 한다.

독서를 통한 성공 스토리를 늘어놓자는 취지가 아니다. 일반적으로는 그녀가 처해 있던 환경에서 좌절하거나 삐뚤어진 길로 가기 십상이다. 그만큼 성장 환경이나 사회 환경이 인간에게 미치는 영향은 매우 크다. 하지만 인간이 인간인 이유 중의 하나는 환경에 의해서만 규정되지 않는 특성 때문이다. 누군가는 이를 이성이라 하고, 또 다른 누군가는 의지라고도 한다. 무엇이 됐든 자신을 둘러싼 환경을 객관화하고, 나아가서는 자기 스스로도 객관화할 수 있는 정신이나 마음이 있기에 환경을 극복할 수 있는 가능성도 주어진다.

독서는 환경과 자신을 객관화시킬 수 있는 마음의 힘을 찾아주고 길러준다. 독서나 학문이 우리에게 주는 가장 중요한 선물이다. 그래서 맹자는 『맹자』에서 학문을 외적인 쓸모 이전에 마음과 연결시킨다.

> "사람들은 닭이나 개를 잃으면 곧 찾을 줄 알면서도, 마음을 잃고는 찾을 줄 모른다. 학문의 길도 다르지 않다. 그의 놓여난 마음을 찾는 데 있을 따름이다."

대부분의 사람은 중요한 것을 자신의 외부에서 찾는다. 예나 지금이나 가장 중요한 삶의 가치를 부나 지위에서 찾는다. 수단과 방법을 가리지 않고 경쟁에서 승리하는 일을 최고의 덕목으로 여긴다. 특히 사적 소유가 사회적으로 자리를 잡은 이후 배타적인 소유 욕구를 인간의 변하지 않는 본성처럼 신성시한다. 맹자의 말마따나 기르는 가축 한 마리만 없어져도 난리가 난다. 행여나 누가 가져가지 않았을까 노심초사한다.

하지만 맹자가 보기에 가장 중요한 마음을 잃고서는 태연하기만 하다. 아예 마음을 잃었는지조차 모르고 살아간다. 재산은 혹시라도 누가 훔쳐갈까 불안하여 높은 담을 두르고 대문을 걸어 잠그지만 마음은 지키려고 하지 않는다. 가구나 보석은 행여 먼지라도 앉을까 부지런히 갈고닦지만 마음을 깨끗하게 닦을 생각은 잘 하지 않는다.

독서는 그렇게 오랜 기간 방치되어 먼지가 켜켜이 쌓인 마음을 다시 들여다보고 끄집어내어 생명력을 불어넣는 작업이다. 마음의 중심을 잡는 사람은 외적인 조건이나 상황에 일방적으로 흔들리지 않는다. 독서가 어떻게 마음을 살피고 중심을 잡게 하는가? 어떻게 외부의 상황과 자신의 내면조차 객관화시키는 작용을 할까? 이와 관련하여 박지원이 『열하일기』에서 말한 내용은 좋은 참고가 된다.

"공자는 240년 동안 사적을 추려 적어 『춘추』라고 했다. (…) 문득 이런 생각이 든다. 먹 한 점 쿡 찍는 '동안'은 눈 한 번 깜빡, 숨 한 번 쉬는 동안이요, 눈 한 번 깜빡, 숨 한 번 쉬는 동안은 뒤미처 '작은 옛날', '작은 오늘'이 되어버리니 '큰 오늘'과 '큰 옛날' 역시 '큰 눈 한 번 깜빡', '큰 숨 한 번 쉬는' 동안이라고 할 수 있다. 이 보잘것 없는 '동안'에 이름을 내고 공로를 세우겠다고 날뛰는 것이야말로 그 아니 서글픈 일이라."

『춘추』는 공자가 엮은 것으로 알려진 중국의 역사서다. 공자의 역사 의식과 가치관에 따라 기원전 722년부터 기원전 481년까지의 역사적 사건을 연대순으로 기록한 것으로, 유가 경전의 하나다. 보통 춘추시대와 이어지는 전국시대를 합쳐 춘추전국시대라고 하는데, 이 책의 명칭에서 비롯되었다.

박지원이 『춘추』를 보면서 느낀 점을 기록한 글이다. 240여 년의 역사라면 너끈히 열 번의 세대가 지나갔을 긴 기간이다. 하지만 수백 년에 걸친 역사가 한 권의 책에 들어간다. 그러니 개인에게 당장은 세상에 둘도 없을 정도로 큰 문제처럼 여겨지는 어떤 사정도 긴 역사적 맥락에서 보면 한순간일 뿐이다. 박지원의 표현대로 역사 전체의 시야로 볼 때는 '눈 한 번 깜빡, 숨 한 번 쉬는' 동안에 불과하다.

독서를 통해 우리는 일상에서 경험할 수 없는 긴 시야를 갖는다. 긴 호흡을 갖지 못하면 지금 당장 벌어지는 사건이나 사정에 휘둘려 아등바등하게 된다. 박지원이 보기에 옳고 그름이나 명분을 따지지 않고 당장 이름을 내고 공로를 세워 부귀영화를 누리겠다고 달려드는 사람들이 바로 이와 같은 꼴이다.

그래서 박지원은 "함부로 입과 귀만 믿고 떠드는 자들은 속히 데리고 학문을 이야기할 상대가 못 될 것"이라고 한다. 독서를 통해 역사적인 시야를 가질 때 보다 객관적인 시각으로 당면한 사태를 살펴볼 수 있다. 이 과정에서 자신의 관점도 주관적인 이해를 넘어서 대상화, 객관화할 수 있는 가능성이 생긴다.

폭넓게 독서를 하지 않는 사람은 당장의 상황과 자기만의 세계에 감금되어버리기 쉽다. 왜냐하면 판단 근거가 주로 직접적인 경험의 한계 내에 갇히기 때문이다. 이 상태에서는 직접 겪은 성장 환경과 눈앞에 펼쳐진 주변 환경이 주는 영향에서 벗어나기 어렵다. 윈프리가 환경적 조건에만 묶여 있었다면 마약의 굴레에서 벗어나지 못했을 가능성이 크다. 독서가 열어주는 보다 폭넓은 경험이 새로운 세계와 새로운 자신을 발견하게 해줄 때 전혀 다른 전망이 그려진다.

독서가 새로운 전망을 제시해주기는 하지만, 무조건 올바른 방향으로 이끄는 것은 아니다. 독서광이 세상에 둘도 없는 사악한 인간이 될 수 있고, 반대로 책 한 권 본 적 없는 사람이 더없이 선한 사람일 수 있다. 전문 지식이나 배경지식 습득에만 몰두하고 옳고 그름이라는 가치 판단 문제를 배제할 때 독서는 오히려 진정한 자신과의 대면을 방해하고 왜곡시킨다.

자신과 진지하게 마주하고 대화를 나눌 때 독서는 스스로를 앞으로 나아가게 한다. 그렇다고 해서 일직선으로 나아가는 과정은 아니다. 독일 문학의 최고봉을 상징하는 괴테도 『파우스트』에서 "사람은 노력하고 있는 동안 방황하는 법"이라고 하지 않았나. 전진과 후퇴, 좌와 우를 넘나드는 예상치 못한 굴절을 경험하게 되는 것이다. 폭넓고 깊이 있는 독서가 제공하는 것은 가능성이고, 이의 실현은 책을 읽는 각자의 몫이다.

독서의 확장

> "대중 스스로 판단과 실천의 주체이기 위해서는 지식의 주체이기도 해야 한다."

매일 반복되는 일상 속에서 살아가는 우리는 고정적이고 평균적인 시야로 세상을 바라본다. 학교든 직장이든, 하다못해 집에서도 상식적 생활과 규범의 틀 안에서 벗어나지 않는다. 눈앞의 이해관계 안에서 되풀이되는 일상을 보낸다. 개인이나 가족의 이해관계, 특히 경제적 이익의 잣대로 세상을 바라본다. 벌면 버는 만큼 소비수준도 따라 올라가기 마련이어서 항상 상대적 결핍감을 느끼며 일하고 또 일한다. 금전적 이해관계가 정신을 지배한다.

미국식의 상업적 사고방식이 일상을 둘러싼 사건에 대한 해석과 관계 방식을 규정한다. 이 과정에서 러셀이 『게으름에 대한 찬양』을 통해 적절하게 지적하고 있듯이 텔레비전, 영화 등의 상업적 대중문화가 핵심 역할을 한다.

> "현대 세계의 획일화를 조장하는 가장 큰 요소는 영화다. 그 영향력이 미국 내에 그치지 않고 세계 전 지역으로 침투되기 때문이다. (…) 노골적으로 말하자면 영화는 미국 중서부에서 좋아하는 것을 할리우드식으로 구체적으로 표현해낸다. 사랑과 결혼, 출생과 죽음에 대한 우리의 정서가 이 조리법에 따라 규격화되어 간다."

미국 영화와 드라마는 부를 누리는 즐거움과 부를 획득하기 위해 택해야 하는 방법을 동시에 보여준다. 할리우드 방식으로 제작된 영화나 드라마가 세계 영화 시장과 대중매체를 장악하면서 세련된 삶의 결정판으로 유포된다. 그 결과 대중문화가 제공하는 소비 양식이 생활을 지배한다. 드라마나 광고를 통해 제공된 생활이 이상적인 것으로 자리 잡는다. 대중매체가 조작해내는 유행대로 입고 걸쳐야 시대에 뒤처지지 않는 인생이 된다. 심지어 사랑과 결혼을 둘러싼 인간관계도 철저하게 금전적 능력을 중심으로 재편된다.

현대사회에서 대중매체와 학교가 하는 역할을 전통 사회에서는 상당 부분 종교나 공동체 도덕이 담당했다. 대중매체가 인간을 금전적 지배 관계 안에서 고착시켰다면, 전통 사회에서는 종교와 도덕이 인간을 신분적 지배 관계 안에서 고착시켰다. 독서는 지배·피지배 질서가 강제하는 시각 안에서만 세상을 바라보는 편협한 사고방식에서 우리를 꺼내준다. 보다 폭넓게 세상을 바라보게 함으로써 고정관념에서 벗어나게 한다. 새로운 시선과 발상으로 억압과 차별을 인식하고 이에 저항할 가능성을 자극한다.

그래서 과거의 지배 세력은 동서양을 막론하고 노예나 농노를 비롯한 피지배층에게서 책 읽을 기회를 박탈하고자 했다. 이를 위해 글을 읽고 쓰는 능력을 극소수의 지배 세력이 독점했다. 대부분의 국가에서 글을 배우고자 하는 백성은 박해 대상이었다. 미국에서 흑인 노예들의 처지도 마찬가지였다.

흑인 노예들의 증언 기록에는 당시 목숨까지 내거는 극도의 위험을 무릎쓰고 글을 배운 경험이 생생하게 실려 있다. 글을 익히는 모습을 보고 주인이 구둣발로 마구 걷어찬 이야기가 수두룩하다. 책을 갖고 있는 걸 보면 심한 채찍질이 뒤를 이었다. 글을 배우거나 책을 읽다가 들키기라도 하면 소가죽 채찍, 끝에 매듭을 단 아홉 가닥 줄의 채찍이 떨어졌다. 그래도 계속 시도하면 책장을 넘기지 못하도록 집게손가락 첫 마디를 자르기도 했다. 남부 전역에서 노예가 다른 노예에게 글 쓰는 것을 가르치다 들키면 노예 소유자에게 교수형을 당하는 게 일종의 불문율이었다.

흑인의 독서가 지배 체제 유지에 얼마나 위협이 되는지는 백인 노예주 스스로가 너무나 잘 알고 있었다. 백인 노예주만이 아니다. 지난 수천 년 동안 지배자나 독재자는 대중이 문맹일 때 통치하기가 가장 수월하다는 점을 충분히 알고 있었다. 사람들이 그저 먹고사는 문제에만 신경 쓰고 나머지 문제에는 무지한 바보여야 그들에게서 저항 의식을 제거할 수 있을 테니 말이다.

하지만 프랑스대혁명을 경계로 신분제가 폐지되고 조금씩 형식적 민주주의가 정착하면서 글을 읽고 쓰는 능력이나 독서 자체를 봉쇄할 방법은 사라졌다. 그렇다고 해서 지배 세력이 사회적·정치적 무관심과 저항 의식 제거를 포기할 리는 만무하다. 새로운 지배 방식은 독서 범위의 제한으로 나타났다. 지배에 위협이 되지 않을 정도의 제한된 독서 안에 사람들의 의식을 가두는 것이다. 나머지 시간에는 기존 사회체제에 순응하는 사고방식만을 받아들이도록 유도한다.

이를 위해 가장 유용한 수단으로 선택되고 보급된 것이 바로 대중매체와 제도 교육이다. 취업과 연봉을 비롯한 금전적 이해관계, 경쟁을 통한 신분 상승을 유일하게 가치 있는 인생관으로 여기도록 만드는 것이다. 교육과정에서도 직업과 연관된 전문적이고 기능적인 지식의 범위 안에 독서가 머물도록 강제된다.

보통은 제도 교육이 기능적 지식으로서의 독서를 강제한다. 그렇기 때문에 현대사회에서 진정한 독서 경험을 갖고자 하는 사람들이 제도 교육 밖에서 영감과 활로를 찾고자 하는 경향이 확대된다. 프랑스 철학자이며 철학소설 작가로도 잘 알려진 카트린느 클레망Catherine Clement이 『악마의 창녀』에서 지적하듯이 유럽도 비슷한 사정이다.

> "대학이 그를 거부했기 때문에 바르트에겐 사람이 전부였지. 사람들은 제도의 테두리 바깥에서 정신분석가인 라캉을 추종했어. 그가 국제정신분석협회에서 배제되었을 때 보너스를 받은 셈이지. 잉여인간 만세! 사람들은 철학 교육을 배반하고 고정관념에 얽매이고 싶어 하지 않는 사람들의 성스러운 지도자인 레비스트로스를 연구하고 있어. 교수들을 피하고 학교 수업을 빼먹고 있지."

20세기 후반에서 현재에 이르기까지 유럽은 물론 세계 지성사에 한 획을 그은 사상가로 평가받는, 또한 끊임없이 사람들에게 새로운 발상을 자극하는 레비스트로스, 라캉, 바르트 등의 성과는 대학을 비롯한 제도 교육기관 활동에서 비롯된 것이 아니다. 이들은 제도권에서 오히려 잉여인간 취급을 받는다. 그들 역시 전문 직업인을 양성하는 취업 교육기관으로 전락해가는 대학에 기대를 갖지 않았다. 스스로 대중과 직접 소통하는 방식으로 집필과 강연 활동을 했다.

이들은 기능적 지식을 넘어 비판적·실천적 문제의식을 담은 책을 지속적으로 냈고, 대중은 독서를 통해 지적 갈증을 해결했다. 예를 들어 언어철학을 매개로 새로운 철학적 견해를 펼친 푸코의 『말과 사물』은 상당히 난해하고 두꺼운 책임에도 불구하고 엄청난 대중적 성공을 거두었다. 10만 부 이상이 판매되어서, 웬만한 사람의 책상마다 그 책이 놓여 있다고 해도 과언이 아닐 정도였다.

한국의 현실도 마찬가지다. 지난 몇 년 사이에 '인문학 열풍'이라는 말이 생길 만큼 대중적으로 뜨거운 관심이 생겨났다. 소설을 비롯한 문학보다 인문학 관련 책이 더 많이 판매되고, 각종 인문학 강연에의 참여 폭도 갈수록 넓어지고 있다. 하지만 인문학 열기의 진원지는 제도 교육과 사실상 무관하다. 대중적으로 신뢰를 받는 인문학 작가와 강연자는 대부분 교수가 아니다. 또한 대학이 아니라 각 지역의 도서관을 비롯한 대중적 공간에서 강연이 열린다. 이제 사람들은 대학이나 교수에게서 인문학적·사회학적 통찰을 얻으리라 생각하지 않는다. 독서와 강연, 자발적 공부 모임 등을 통해 스스로 전망을 연다.

대중매체나 제도 교육의 제한을 뛰어넘는 독서는 전혀 다른 각도에서 세상을 보는 색다른 경험을 마련해준다. 특히 대부분의 인문학·사회학 고전은 고정관념에서 벗어나 새로운 시선과 발상으로 사유를 전개했던 흔적을 담고 있다. 따라서 책을 읽음으로써 우리는 통념에서 벗어난 생각과 판단을 시작하게 된다. 관성과 상식의 세계에서 벗어나기 위해 그간 익숙하던 것을 낯설게 바라보는 자유로운 발상이 힘을 얻게 되는 것이다.

자유로운 발상은 단순히 생각으로만 머물지 않는다. 새로운 세계관과 인생관을 만나고 새로운 삶의 지평 안에서 사회를 변화시키기 위한 실천적 모색에도 영향을 미친다. 실제로 실천적 지식인 가운데 독서를 통해 형성된 세계관이 행동 방향에 직접 영향을 준 경우가 많다. 스콧 니어링은 『스콧 니어링 자서전』에서 책을 통해 만난 스승으로 톨스토이를 꼽는다.

> "그가 남긴 글과 내가 만난 톨스토이주의자들, 그의 생애와 시대를 다룬 논문과 책을 통해 그의 사상에 빨려 들어갔다. (…) 그는 탐욕과 경쟁이 판치던 러시아 사회의 도덕적 기반과 소유욕, 계급적 독점, 사회적 특권과 제도의 압력에 정면으로 맞섰다. 인간다운 삶을 향한 신념을 실천하고자 온갖 구속을 뛰어넘어 저항했다."

아예 활동한 시대가 다르니 당연히 한 번도 직접 만나보지 못한 스승이었다. 귀족 태생이었지만 신분제는 물론이고 전제 통치와 그것 못지않게 권위를 떨치던 국교에 도전했다. 니어링은 자신이 속한 집단을 비롯하여 개인적 이해관계를 뛰어넘고 일체의 억압과 차별에 저항했던 톨스토이의 사상과 삶의 태도를 자신의 것으로 받아들이고자 했다.

중국 혁명의 상징이라 할 마오쩌둥(毛澤東)도 어린 시절부터 읽은 책이 성장 과정에서 삶의 방향을 정하는 데 중대한 영향을 미쳤다고 한다.

> "내가 즐겼던 책은 고대 중국의 전기소설과 특히 반란에 관한 이야기입니다. 『수호

전』, 『홍루몽』, 『삼국지』, 『서유기』 등을 부지런히 읽었습니다. 이런 책은 법에 어긋나는 좋지 않는 책이라고 말하는 늙은 선생님의 눈을 피해 열심히 읽었습니다. 선생님이 옆을 지나갈 때는 고전 책으로 얼른 덮어버리곤 했습니다."

그는 학교 교육에 그다지 흥미를 느끼지 못했다. 중학교에 입학했으나 곧 그만두고 아예 도서관에 파묻혀 책만 읽었다고 한다. 그가 언급한 책들은 예전부터 청나라 조정이 민중이 읽기에 해로운 금지 서적으로 지정한 것이다. 대부분 당시의 지배 체제에 저항한 이야기를 포함하고 있기 때문이다. 『삼국지』의 경우도 조조를 중심으로 하는 정식 역사서와는 달리 그에 대립했던 유비 세력을 중심으로 한 전개 과정을 보인다는 점에서 시각을 달리한 작품이다.

사회 변화와 관련된 독서의 중요성이 소수 지식인으로만 한정될 수는 없다. 현대는 소수의 지식인이 사회 변화 전망을 제시하고 대중을 이끌어가는 방식으로 변화하는 사회가 아니다. 점차 전문가 못지않게 대중 스스로 사회문제를 인식하고 더 나아가서는 직접적인 실천 행동을 이끌어내는 '대중의 시대' 성격이 결합되어 있음을 부인하기 어렵다. 저항운동이 어느 방향으로 가야 하는지에 대해서조차 대중의 논의와 선택에 의존하는 경향이 뚜렷하게 나타나고 있다. 그러므로 이제는 대중이 스스로 판단과 실천의 주체이기 위해·지식의 주체이기도 해야 한다. 변화된 현실에서 대중 스스로 미래의 희망이기 위해서는 독서의 저변이 대폭 확대되어야 한다.

텍스트의 즐거움

“우리에게는 직업적인 일과 상관없는 영역에서 흥미와 기쁨을 누리는 시간이 필요하다.”

모든 독서가 자신의 내면과 만나도록 이끌고 사회를 변화시키며, 개인의 행복을 증진시켜주는 것은 아니다. 괴테는 『파우스트』에서 제1부를 학문에 회의하는 파우스트의 독백으로 시작한다.

> “나는 철학, 법학, 의학, 신학 등을 열심히 공부했다. 그 결과가 이 가엾은 바보 꼴이구나. 조금도 현명해지지 않았다. 석사니 박사니 하는 칭호를 들어가면서, 10년이나 학생들의 코를 쥐고 흔들어댔다. 그리하여 아무것도 알 수 없다는 것을 알았을 뿐이다. (…) 그 대신 모든 기쁨을 잃어버렸다.”

파우스트는 학문이 자신을 현명하고 행복하게 만들어줄 것이라 기대했다. 각 분야를 섭렵했지만 현명함과는 거리가 멀었다고 토로한다. 석사, 박사라는 말이나 학생을 쥐고 흔들었다는 말로 봐서는 대학의 교수 일을 했다는 점은 충분히 예상 가능하다. 제도 교육을 통해 얻을 수 있는 학력의 끝에 도달한 셈이다. 지식의 양으로 보면 그 누구보다도 상당한 경지에 올랐다. 하지만 우리는 더 많은 지식이 곧바로 더 많은 현명함으로 연결되는 것은 아니라는 점을 잘 안다.

현명함은 책을 통해 습득한 전문적 지식만이 아니라 풍부한 경험적

지식, 삶에 대한 통찰에서 나오는 지혜, 자신과 정면으로 마주하는 내면적인 성찰 등을 모두 포함한다. 제도 교육은 이 가운데 주로 전문적 지식을 제공한다. 그렇기 때문에 외골수로 지식만을 파고들 때 오히려 현명함과 거리가 멀어지는 역설적인 상황이 얼마든지 발생할 수 있다. 또한 전문적 지식이 삶에서 우러나오는 생생함, 의식과 무의식의 뿌리에서부터 꿈틀대는 감정과 멀어질 때 기쁨과의 거리도 멀어진다.

하지만 그렇다고 해서 독서와 학문이 반드시 현명함이나 기쁨과는 다른 길로 갈 수밖에 없다는 의미는 전혀 아니다. 이는 제도 교육이 제공하는 기능적인 지식 혹은 스스로 공부하더라도 현학적인 지식에 머물 때 나타나는 현상이다. 분명한 것은 지식 없이는 현명해질 가능성도 사라지거나 적어진다는 점이다. 시간과 공간의 한계로 인해 개인이 직접 경험할 수 있는 지식은 매우 한정적이기 때문이다. 또한 자신의 내면과 정면으로 마주하고 깊이 있는 대화를 나누기 위해서도 독서를 통해 타인의 내면 성찰 경험과 풍부하게 만나야 한다.

기능적 지식에서 벗어나 고전의 향기를 느끼는 독서라면 삶의 기쁨을 느끼게 해준다. 독서광으로도 유명한 마키아벨리가 편지에서 서재로 들어가는 자신을 묘사한 장면은 무척 흥미롭다.

> "저녁이 되면 나는 집으로 돌아가서 서재로 들어간다네. 문가에 그날 입었던 진흙과 진창으로 더렵혀진 옷을 벗어두고, 위풍당당한 궁정풍의 옷을 입지. 나는 고대의 대가들을 만나러 고대 궁전으로 들어가고, 그들로부터 따뜻한 환영을 받으면서 나를 위해 준비된, 내게 어울리는 음식을 먹는다네."

마키아벨리가 이 편지를 쓴 시기는 마흔네 살이 되던 1513년으로, 새로운 정부에 반대하는 음모에 가담한 혐의로 체포되어 고문을 당하고 시골로 쫓겨난 상황이었다. 보통은 상처 입은 짐승이 동굴에 웅크려 있으면서 상처를 핥는 심정으로 시골에 틀어박혀 있기 마련이다. 그렇게 분통을 터뜨리며 몇 년을 지내다 보면 어느새 화병에 걸리기 십상이다. 일제강점기의 독립운동이나 독재 정권 시절의 민주화 운동 과정에서 고문과 투옥 경험을 가졌던 사람들 가운데 적지 않은 경우가 비슷한 처지에 있었다.

하지만 마키아벨리는 독서를 통해 새로운 삶의 행복을 찾는다. 마치 격식을 차리고 멋진 레스토랑이나 공연장을 찾아 귀한 사람을 만나듯이 서재로 들어간다. 실제로 고전 독서를 통해 우리는 평소 상상도 할 수 없었던 귀한 사람을 만난다. 인류 역사를 통틀어 성인으로 존경을 받거나 대사상가로 인정을 받는 사람을 만나니 그리 과장은 아니다. 흠모하던 사람을 눈치 볼 필요 없이 며칠이든 몇 달이든 붙잡아둘 수 있고, 밤새 대화를 나눌 수도 있다. 그들은 화를 내지 않고 친절하게 대화에 응해준다. 현실의 고통과 지루함을 잊게 해주고 그 무엇으로도 대신할 수 없는 행복감을 안겨준다.

프랑스 구조주의 철학자이자 비평가인 바르트도 『텍스트의 즐거움』에서 독서를 포기해선 안 되는 즐거움으로 꼽는다.

"프랑스인 두 명 중에 한 명은 책을 읽지 않는다고 한다. 프랑스인의 절반이 텍스트의 즐거움을 포기하거나 박탈당하는 셈이다. 그러나 우리는 이런 국가적인 수치를 프랑스인들이 책을 소홀히 함으로써 다만 도덕적인 자산, 고귀한 가치만을 포기한다는 듯이 오로지 휴머니즘적인 관점에서만 개탄한다. (…) 즐거움에 대한 몽매주의가 있다."

독서의 즐거움을 내용적인 것으로만 제한하여 이해하면 안 된다. 흔히 책을 통해 얻게 되는 지식의 증가나 도덕적인 가치판단의 함양을 즐거움으로 강조하는데, 바르트가 보기에 이는 즐거움에 대한 무지에 불과하다. 독서의 즐거움을 무언가 엄숙한 의미로만 연결하는 경직되고 고루한 태도다.

독서는 내용적인 의미에 머물지 않고 독서 행위 자체가 주는 즐거움을 포함한다. 책을 읽다가 몽상에 빠지는 경험, 독서를 둘러싸고 특정한 시간과 공간에서 느끼는 감흥, 독서 과정에서 느끼는 마음의 편안함, 어느 순간 받는 새로운 정신적 자극 등도 모두 즐거운 감정을 느끼게 해준다. 독서가 일종의 즐거운 놀이일 수 있는 것이다. 내용이나 의미와는 별개로 즐거움 자체에 빠지는 시간 말이다. 우리에게는 직업적인 일과 상관없는 영역에서 흥미와 기쁨을 누리는 시간이 필요하다. 독서는 이를 위한 훌륭한 계기를 만들어준다.

공자가 『논어』에서 강조한 공부의 즐거움도 이와 무관하지 않다.

"배우고 때로 익히면 또한 즐겁지 아니한가?"

학문의 즐거움을 표현할 때 흔히 인용하는 말이다. 보통은 배움을 통한 성취가 즐거움을 제공한다는 의미로 해석한다. 앞에서 언급했듯이 지식의 증가나 도덕적 가치판단의 함양이 주는 즐거움으로 이해하는 경직된 접근이다. 하지만 공자는 지식이나 도덕적 태도의 증가라는 고루한 측면에서 즐거움을 논한 것이 아니다.

무엇보다 먼저 이 말에 바로 "벗이 있어 먼 곳으로부터 찾아오면 또한 즐겁지 아니한가?"라는 말이 이어진다는 점을 고려해야 한다. 두 가지 모두 즐거움에 대해 논하는 내용이다. 당연히 서로 무관한 내용을 이어 붙여놓았을 리는 만무하다. 『논어』에서 종종 그러하듯이 서로 다른 분야를 통하여 하나의 메시지를 보다 강조하는 방식이다.

벗이 찾아와서 얻는 즐거움이라는 게 그 벗으로부터 어떤 의미 있는 특정한 내용을 얻기 때문이라고 볼 수는 없다. 말 그대로 벗이 찾아와서 함께하는 시간 자체가 주는 즐거움이다. 우리의 경험을 생각해보면 어렵지 않게 이해가 간다. 마음이 통하는 친구와 만나면 그 친구와 무슨 대화를 나눠도, 심지어 아무 말 없이 그저 서로 마주하고만 있어도 즐겁다. 학문에 대해서도 같은 맥락에서 즐거움을 논하는 것으로 봐야 한다. 책이 곧 벗이고, 벗이 주는 즐거움이나 책이 주는 즐거움이 비슷하다는 의미다.

『논어』의 다른 대목에서 "올바른 것을 아는 사람은 좋아하는 사람만 못하고, 좋아하는 사람은 즐기는 사람만은 못한다."라고 말한 내용도 긴밀하게 연결된다. 올바르기 때문에 하는 것은 즐겨서 하는 것을 따라갈 수 없다. 다른 일이 그러하듯이 학문도 마찬가지다. 내용이 주는 의미 이전에 학문 자체가 주는 즐거움을 강조한 내용으로 봐야 한다.

독서는 평생 함께할 반가운 벗을 만드는 일이고, 언제나 즐거움을 제공하는 놀이를 만드는 일이다. 그만큼 마음은 풍요로워지고 행복으로 향한다.

다시 시작하는 독서

지은이 | 박홍순

초판 1쇄 인쇄일 2016년 7월 1일
초판 1쇄 발행일 2016년 7월 8일

발행인 | 한상준
편집 | 김민정 · 박수희 · 이현령
표지 디자인 | 조경규
본문 디자인 | 김성인
종이 | 화인페이퍼
제작 | 第二吾

발행처 | 비아북(ViaBook Publisher)
출판등록 | 제313-2007-218호(2007년 11월 2일)
주소 | 서울 마포구 월드컵북로6길 97(연남동 567-40) 2층
전화 | 02-334-6123 팩스 | 02-334-6126 전자우편 | crm@viabook.kr
홈페이지 | viabook.kr

ISBN 979-11-86712-14-6 03800

• 이 도서의 국립중앙도서관 출판시도서목록(CIP)은 e-CIP홈페이지(http://www.nl.go.kr/ecip)와 국가자료공동목록시스템(http://www.nl.go.kr/kolisnet)에서 이용하실 수 있습니다. (CIP 제어번호 : CIP2016015180)
• 잘못된 책은 바꿔드립니다.